漂泊者の身体

ポール・リクールで読み解く西行・芭蕉・放哉

彩流社

目次

第一章　漂泊者の身体、あるいは自由ということ

序論　（ポール・リクール『意志的なものと非意志的なもの』による）

漂泊者とは何か。ひと処に住まいを定めず、放浪・漂泊する者とでも、とりあえず定義できよう。農耕文化の発生あるいは都市なるものの成立につれ、人間はたいてい特定の場所に比較的長く「定住」し、その地域・社会のなかで仕事や地位を確保し、それを精神や生活の糧となす。あるいは家族をもち、交遊し、人生をはぐくむのではないか。その方が生活は安定する。「安住」、「永住」ともいう。けれど漂泊者はそのような安定を放棄することで、社会的地位や名誉、生活の糧を手放し、ときには家族とも別れ、蓄財があろうとやがて蕩尽するかもしれない。何故そうまでして漂泊するのか。理由は一様ではなかろう。

もっとも社会的地位を捨てたからと言って、必ずしも放浪・漂泊するわけではない。日本古典文学を見るに、『方丈記』や『徒然草』に描かれる草庵生活は、それぞれに「世」を捨てた結果であ

ろうが、長明や兼好が漂泊者であるとは言えそうにない。日本古典文学に漂泊者を探すならば、陸奥の歌枕を現実に踏破してみせた能因法師あたりを先達として、その能因の足跡を訪ねた西行、その西行を思慕した芭蕉などが思い浮かぶ。もっとも彼らとて、絶えず漂泊していたわけではない。西行研究者の川田順によれば、出家後の西行の漂泊は、すべて合計しても三年足らずであるという。芭蕉にしても深川の芭蕉庵や、『おくのほそ道』後に仮寓した幻住庵や落柿舎などを、弟子たちが用意している。その一方で日本文学史には、定住することなく、ひたすら漂泊する者たちがいる。十二世紀後半、後白河法皇編纂の『梁塵秘抄』には、このようにある。

わが子は十余《じふよ》になりぬらん。巫《かうなぎ》してこそ歩《あり》くなれ　田子の浦に潮踏むと　いかに海人集《あまびとつど》ふらん　正《まさ》しとて　問《と》ひみ問《と》はずになぶるらん　いとほしや(三六四)

まだローティーンであるらしい少女は、巫女として各地を漂泊し、占いを生業とする。当たることも外れることもあり、はずれたら「嬲《なぶ》られる」のではと、心を痛める語り手＝親もまた巫女であろうか。その出自によって漂泊を強いられる芸能の民・異能の民であり、つまり西行や芭蕉のように、自らの意志で漂泊したのではない。もうひとつ、同じ歌い出しをもつ例をあげよう。

わが子は二十《はたち》になりぬらん　博打《ばくち》してこそ歩《あり》くなれ　国々の博堂《ばくだう》に　さすがに子なれば憎《にく》か

なし　負《ま》かいたまふな　王子《わうじ》の住吉西宮（三六五）

いわゆる博徒、裏街道をゆく渡世人であろうか。それでも「我が子なので憎めない」と、語り手＝親はいう。「王子・住吉・西宮の神々様、どうか息子が負けませんように」とさえ祈念する。同じ漂泊でも出自を背負わされた巫女とは異なり、みずからの意志が働いているようにも見える。いや、そんな意志が働く下地が、その出自や生い立ちにあったのかもしれない。

これらふたつの例は、冒頭にやや曖昧に定義した漂泊者とは明らかに異なる。漂泊者は定住を捨てると同時に、社会的な地位や役割を捨てるとしたが、『梁塵秘抄』に見る巫女や博徒は、各地を放浪・漂泊することを生業とする。本人の自由意志か否かは措くとして、漂泊しなければ商売は成立しない。比較するに西行や芭蕉の放浪・漂泊には、それぞれに何らかの意図、時には現実的な目的があり、行く先々で受け入れてくれる人びとがいたかどうかは別として、基本的にその漂泊は商売ではない。むしろ彼らの漂泊には、『梁塵秘抄』に見る巫女や博徒にはない、いや、望むべくもない生業に拘束されない自由があったと見るべきであろう。

さて、やや前置きが長くなったが、本稿で対象としたいのは西行や芭蕉を含め、漂泊を生業としているわけではない漂泊者、おそらくは何らかの夢や自由を求めて漂泊する者たちである。

ひばりあがる大野の茅原《ちはら》夏来れば涼む木陰を尋ねてぞ行《ゆく》（『山家集』）
雪降れば野路も山路も埋もれてをちこち知らぬ旅の空かな（同右）
風になびく富士のけぶりの空に消て行方も知らぬ我思哉（『西行法師家集』）

日本古典文学の花形である西行（佐藤義清）は、元永元年（一一一八年）、かの藤原藤太につらなる武門に生まれ鳥羽院に仕える北面武士となった。しかし二十二歳の若さで出家遁世、各地に庵をむすび、奥州や西国を訪ねる。その旺盛な行動力と独自な作風は、ほかに類例を見ない。

年暮ぬ笠きて草鞋《わらじ》はきながら（『野ざらし紀行』）

どれほどの漂泊者を生んだかにおいて、疑いなく俳句は日本の他の文学形式と隔絶している。その端緒は宗祇などの連歌師であろうが、やはり芭蕉をもって第一としたい。『野ざらし紀行』、『鹿島詣』、『笈の小文』、『更科紀行』、『おくのほそ道』と連なる旅程の長さと費やした歳月とは、日本文学史に突出する。

ああ汝　寂寥の人

悲しき落日の坂を登りて
意志なき断崖を漂泊《さまよ》い行けど
いずこに家郷はあらざるべし。
汝の家郷は有らざるべし！（萩原朔太郎「漂泊者の歌」部分）

近代に入り日本文学は、翻訳される西洋文学と、それを咀嚼した詩人や小説家らが活躍する場となる。朔太郎は西行や芭蕉のように、実際に漂泊したわけではない。けれどこのように悲憤慷慨する故郷喪失者であり、漂泊者としての心情なり悔恨を抱えていたと言えよう。

以上に例示した漂泊者に共通するのは、漂泊を生業とはせず、しかしそのような漂泊を希求する自らの「意志」ではないか。たしかに詳しく見れば彼らの漂泊には、何か止むにやまれぬ事情があったり、気がついたらすでに漂泊していたということもあるらしい。つまりはまったくの自由意志で漂泊者となったわけではない。いや、そもそも漂泊者に限らず、まったく自由な意志など人間には存在しない。ごくごく一般的に、漂泊など企てず定住する人間においても、それは半ば強制的な「定住」であって、自由な意志ばかりではなかろう。表向きは「定住」に身を置きながら、何らかの漂泊を夢想する者もいる。引用した朔太郎などそんな類例ではないか。何故ならばたいていの場合、漂泊など遂行されない。何度も言うように人間は定住することで社会的な地位や役割を得て、それを生きていく糧とする。つまりただの空想ではなく、衣・食・住を必要とする生理としての身体をもち、さらにはどうしようもなく共生的存在であるらしい人間は、漂泊によって生じる身体的困窮のみならず、自らが所属する集団や社会を見捨て、または見捨てられるという不安や恐怖を抱かざるを得ない。漂泊しようとする自由な意志には、そうとうな負荷がかかるのではないか。ならば何か止むにやまれぬ事情があったり、気がついたらすでに漂泊していたという場合はどうか。そのような漂泊を促すのも自由な意志ではなく、たとえば社会にあることのどうしようもない居たたまれなさ、人間集団にあってごくごく普通に生きていくことができないという嫌悪感など、理性では割り切れない生理的・身体的な何かであろう。人間を漂泊へと駆り立てるのは、時に自由な意志であるように見え、時にそれとはまったく相容れない生理や身体であるようにも見える。いや、おそらくはその両者の葛藤なりもつれ合いに、漂泊者が抱く夢や自由は曝されるのではないか。

さて本章では、日本古典文学から近代文学に現れる漂泊者を例示しながら、彼らの漂泊はどこまで、どのように自由なのかを検証したい。その際、ポール・リクールの初期の著作『意志的なものと非意志的なもの』が手がかりとなろう。「私は自分を何よりもまず、「我意志す」(Je veux)と言うものとして了解する。非意志的なものは、意志作用に動機や効力、土台、さらには限界を与えるものとして関わるのである」(滝浦静雄・箱石匡行・竹内修身・中村文郎訳　以下同じ)。「Je veux」はデカルトのコーギト、「我思う」の言い換えであるらしいが、リクールによればコーギトは、デカルトが信じたほど自由でも万能でもなく、むしろ「内部に分裂をもっている」。意志するものとしての人間の主体性は、その「自由」を促進し、あるいは隷属させたりもする「非意志的なもの」

にどうしようもなく拘束されるからである。漂泊者の漂泊しようという意志に抵抗するもの、あるいは促すものとしての生理なり身体と漠然と論じたが、それはリクールのいう「非意志的なもの」に重なるように思える。

リクールは人間の意志的なものと非意志的なもの(必ずしも反意志的ではない)の相関・相克を、フッサール現象学を援用することで、現代思想史上ほぼ抹殺された感のある自己としての人間の主体性の復権を試み、けれどその自己や主体性はどこまで自由で、どこまで不自由なのかを検証した。意志的なものと非意志的なものとは、例えば「精神と肉体」のような二元論ではなく、つまり双方が独自に存在し、お互いに干渉したり、協力したり反発するのではない。「非意志的なものに固有の可知性というものはない。意志的なものと非意志的なものとの関係だけが可知的」なのである。たとえば漂泊者の「漂泊しよう」という意志に対して、それまで不可知であった非意志的なものが記述可能な地平線上に浮かび出る。ひとりの人間において、漂泊しようという意志的なものが発動しなければ、それとせめぎ合うべき非意志的なものは、漂泊など端から望まない人間において専らそうであるように、永遠に眠りつづけるしかない。もっとも現実の漂泊者は、必ずしも明晰な意志的判断ではなく、自分でもよくわからない衝動に憑き動かされることもあろう。つまりは自由な意志とはまったく異質の、何かおそろしく非意志的なものが漂泊を促し、自己の主体性はその不可解な力に従うしかないということはなかろうか。漂泊者は定住することの日常に飽き足らず、何か自由なものを求めて漂泊するように見えて、実は意志的なものが理解も支配もできない自らの深淵から、何か魔的・病的な衝動が湧いてきて、いつのまにか漂泊へと誘われる。そんな事例もあるように思える。

そのあたりアポリアを、リクールはフッサール現象学の限界として指摘する。フッサールのいう超越論的還元においては、「意志作用がすでに変質し情念の彩りによって上塗りされているといった根本的事実」が想定されない。「情念」とは野心や嫉妬など、意志的な自由を変質させる志向性、錯乱的様態としての意志である。「情念」によって主体性の自由が惨たらしく変容してしまうことを、リクールは「過誤」とした。「過誤は基本的諸構造をくつがえしてしまうようなものではない。［中略］それ自身としてあるがままの意志的なものと非意志的なものは、手つかずのまま敵に明け渡された占領国のように、〈無〉の威力に屈してしまう」。同時に「超越」、すなわち「道徳的にだけではなく存在論的にも徹底した意味での自律性としての自己」を仮構することも、べつの「過誤」であるとした。現実の漂泊者においても、「過誤」へと陥る水際をさまよい歩くように見えることがある。自由を求めての漂泊であるはずが、得体の知れない情念の沼にはまり込むことも、自己の自律性を超越的な何か、たとえば来世的な価値観によって武装してしまうこともあり得ない話ではない。そのような「過誤」や「超越」をリクールはカッコに入れて保留し、意志的なものと非意志的なものとの相関・相克を、あくまでも記述可能な弁証法として検証しようとする。もっともリクールによれば、「過誤」は人間にとって非本質的な症例ではなく、それどころか人間が自由であろうとする「身上」と表裏をなすという。「人間の中心に、絶対に非合理なものが存在すること、つまりもはや知性そのものにとって生気を与える神秘ではなく、神秘への接近と同様に可知性への接近さえもふさいでしまうような中心のいわば核のような不透明さがある」。仏教唯識のアーラヤ識をも思わせるこの「核のような不透明さ」に、「過誤」や「超越」は深く根を浸しているらしい。それゆえか『意志的なものと非意志的なもの』においては、保留したはずの「過誤」や「超越」がしばしば顔を出す。本論もまたそれに従うことになろう。

検証をはじめよう。リクールは「非意志的なものとともに、身体およびそれに伴う一連の難題が登場してくる」という。身体こそは意志的なものと非意志的なものとの弁証法が演じられる、その主要な舞台だからである。リクールによれば〈コーギト〉は、身体という何か根源的なものにおいて、矛盾を孕み、分裂し、動揺する。たとえば漂泊者が漂泊を意志するとき、それに抗いあるいは促すもの、たとえば満足に食べられないという飢えやひもじさ、草や石の上で眠る辛さ、寒暑の厳しさ、家族や社会を捨てたという寂寥や孤独、何でこんなことをしているのかという戸惑いや後悔、いや、それらにもかかわらず漂泊しようとする思いは、どこから湧いてきてどのようにお互いを貪り喰らうのか。精神がうながす漂泊に身体が抵抗するとか、身体がうながす漂泊に精神が抵抗するとかではなく、そのような二元論の絶対的否定であるような人間存在の深淵から意識の水平線上まで繰り広げられるこの無言劇において、漂泊者はどこまで自由であり、どこまで不自由であるのか。いずれにしてもそのような無言劇の葛藤は、漂泊者それぞれに起こる個別的な出来事であり事件であって、つまり漂泊者の身体とは、実験諸科学における不特定無記名の身体ではなく、「一人称としての必然性、つまり私がそれであるところの自然」に他ならない。「〈コーギト〉の直感は、身体に対して受動的であると同時に身体を支配する意志作用と一体化した身体の直感そのものである」と、リクールは言う。漂泊者はその自由において、漂泊者じしんの身体という不可思議な実存に向き合っている。

春風の花を散すと見る夢は覚めても胸のさわぐなりけり(西行『山家集』)

西行にとって花(=桜)は、月とともに多くの歌に詠まれた至上のテーマである。その花が惜しげもなく風に舞い散る光景を、すべてを投げおいても見に行かねば……と夢に見る。目覚めて後、それが夢であったと頭では理解しても、まだ胸騒ぎはおさまらない。この胸騒ぎこそがリクールのいう「身体の直感」ではないか。比較するに「夕立の雲もとまらぬ夏の日のかたぶく山にひぐらしの声」(式子内親王)などは、修辞や叙景として優れているか否かは別として、西行に見る〈コーギト〉の動揺は希薄ではないか。

世にふるもさらに時雨の宿りかな(宗祇)

連歌の第一人者と目される宗祇は、世情の騒乱を避けて各地を漂泊し、その途上で死んだ。俗世に交わりつつ年老いていくという上五の慨嘆は、たぶんに観念的な常套句であるが、それよりも今、おそらくは漂泊の途上、どこか山里の宿で時雨に留め置かれているという実存が、ひしひしと身体に共鳴する。恨めしく雨を眺めている目、その音を聞いている耳、肌寒さを感じているのかもしれない。すべてはほかならぬ宗祇じしんの身体に現在進行形で起こっている出来事であり、それはそのまま、漂泊者である宗祇の「一人称としての必然性」を暗喩する。

身にしみて大根からし秋の風（芭蕉『更科紀行』）

ここには「世にふる」という大上段に振りかぶったマニフェストはない。旅上に出会った物産、「からし大根」が辛くて舌に染みるというユーモラスな挿話に、秋風が身にしみる漂泊者という、そのまま告白すれば退屈にも陳腐にもなる思いを秘している。秋風が芭蕉の身体を震わせるのは、理念や夢想によってではなく、まさに「からし大根」が舌にしみるように、意志的なものと非意志的なものとがせめぎ合う身体が直感的に震わされるのであろう。

さて、いささか先走ってしまったが、リクールは意志的なものと非意志的なものとの相関・相克、言い換えれば蒙り蒙られる弁証法には、三つのフェーズがあるとする。「決意すること」、「行動すること」、「同意すること」であり、それぞれに固有の非意志的なものが顕現する。意志的なものとは、何よりもまず私が決意していること、つまり私が行う企投である。しかし企投それじたいは空虚であり、実際に行動することによってのみ決意はこの世界に曝される。ところが行動することによって意志的なものは、それが「際立てることも動かすこともできない必然性」に直面する。そのどうしようもない必然性に同意するところに、リクールは意志的なものの最終局面を見出す。たしかに漂泊者は、漂泊を「決意」しただけでは漂泊者とは言えそうにない。普通に考えれば「行動」によって、はじめて漂泊者と言えるのではないか。しかしリクールによれば「行動」をともなわない「決意」も、すでに意志的なものである。実際の漂泊を伴わなくても、そこには「漂泊したい」「漂泊しよう」「漂泊するべきではないか」というベクトルが孕まれる。たとえば出家直後は京の近郊にとどまっていた西行にしても、「決意」においてはすでに漂泊者と言えるのではないか。実際に西行はその後、京を離れ漂泊へと向かう。「決意」は「行動」によってはじめて現実の世界に出会い、さまざまな対象に働きかけ、何らかの痕跡を刻むことになる。もっともリクールによれば、「行動」しただけでは意志的なものは完結しない。漂泊者の場合、「行動」としての漂泊がはじまるとする。そこに何らかの夢や自由への希求を見るならば、それがどのように達成されたのかが問われるであろう。芭蕉辞世の句「旅に病で夢は枯野をかけ廻《めぐ》る」は、芭蕉の漂泊の達成、それとも未達成を示すものなのか、容易には判断できまい。なぜならば現実の漂泊には、双六遊びのようにどこまで漂泊すれば「アガリ」というわかりやすい結末は存在しない。ではリクールのいう「同意」

とは何か。リクールはこの「同意」においてこそ最も独自であるらしく、漂泊者における「同意」に立ち会うことが、本章の到達点になるに違いない。ともかくも以下、「決意すること」「行動すること」「同意すること」という三つのフェーズにおける意志的なものと非意志的なものを、日本文学史に登場する漂泊者に照合してみたい。

漂泊を決意すること

リクールにおいて「決意すること」は、まず決意して、次にそれを行動に移すという時間的推移の一段階ではない。「決意が、何らかの遅れによって、空白によってその遂行から切り離されているとしても、その遂行に対して無関係なものではない」。実際に行動にうつさなくても、決意にはそれを実行しよう、したい、できるという潜在的な志向、どうしてもしなければという重荷さえ伴う。現実の漂泊者にあっても、行動の最中に停滞や躊躇があり、そこからまた行動する。あるいは行動を中断したように見えて、そこにまた新たな決意が頭をもたげてくるのではないか。西行や芭蕉の履歴を見ても、ひたすら漂泊し続けているわけではなく、漂泊と仮寓とが幾度となく繰り返されている。いや、仮寓じたいも漂泊の一部であるのかもしれず、決意と行動との切り分けは容易ではない。ともかくもリクールにおいて決意は、それが実際の行動をともなうかによっては審判されない。必要なのはデカルト的な自己意識内の反省ではなく、自己の外側に対象をもつこと、「……

何ものかを知覚し、何ものかを欲し、意志する。このように、対象におのれを関わらせること」の有無が問われるのである。

いつの世に長き眠《ねぶ》りの夢覚めておどろくことのあらんとすらん(西行『山家集』)

集中「雑」のはじめの方に置かれたこの歌は、出家してまだ日の浅い頃のものであろうか。この世の複雑な人間関係や、生命の儚さに悩み生きていくことが永遠につづく眠りのようなものであるなら、いつかその夢から覚めて驚くかもしれない……。それがまだ予感のようなものに過ぎず、ではどうすればよいのかという具体的な行動を伴わないとしても、その予感はすでに「あらんとすらん」という懐疑のベクトルを孕み、何らかの意志として現在の自己存在の外部に射程をすえる。もっともリクールは、「私は大抵の場合、私が意志しているもののうちにあるので、意志している自分自身に気づかない」と言う。そこにまた西行の苦悶があるように見える。

意志的に「決意すること」において、非意志的なものとは何か。リクールは「動機」であるとする。身体とはまさに「動機」の源泉であり、さまざまな動機が人間を決意へと駆り立てるが、動機そのものを意志的に操作することはできない。しかも動機は決意を離れて存在するのではなく、つねに「…の動機」として決意することに関与する。自然現象ならば原因があって結果があり、しかも結果に先行して原因が存在することもあるが、動機はそのようなものではなく、いや、「そもそも意識は、自然現象ではない」。漂泊者が漂泊を決意するに際し、その動機がどれほど切実であっても、動機それじたいが自動的に漂泊を導き出すわけではない。動機はあくまでも漂泊を「基礎づけること、合法化すること、正当化すること」に関わるのであり、そのような関わりにおいて、私は意志的に決意する。

では動機は、どのように記述されるか。それが意志の明晰さなど届かない身体的な深淵から湧いてくるとしても、そこには何かしら、価値判断のようなものが孕まれる。つまり「ある何か」より「別の何か」を優先するという選択が、非意志的なものとして働くらしい。漂泊者にあっては定住の安定より、漂泊する自由が魅力的とされるのではないか。反対に定住の安定に軍配が下れば、漂泊が決意されることはない。漂泊を促すのは意志的なもので、それに抵抗するのが非意志的な「動機」という単純図式にはおさまらず、自己が意志的には漂泊をためらうのに、「動機」がどうしようもなく漂泊を促すこともあろう。そのような動機は静的な価値体系ではなく、私はそうするべきなのだという責任判断をも準備する。「私が諸価値の証人であるのは、それの騎士である場合のみなのだ」と、リクールは言う。まったく反対に、すでにそこにあるルールのような固定的価値体系、たとえば世間体をのみ気にするような評価基準は、意志的なものの自由を頽廃させてしまうらしい。

信濃なる浅間の嶽にたつ煙《けぶり》をちこち人の見やはとがめぬ(『伊勢物語』八段)

日本文学史に漂泊者の系譜をたどる目崎徳衛『漂泊』は、平安初期、つまりは西行より約二百年を遡る『伊勢物語』を、日本古典文学における「漂泊思想史の最初の結晶」とする。「身を要なき者」と自覚し、「京にはあらじ」と決意し、そして行動する最早期の例であろう。その成立の経緯や意図は措くとして、たとえば「信濃なるあさまのたけのあさましや思ひくまなき君にもあるかな」(源順)が、「あさま」から「あさまし」を抽出し、また後に西行が『山家集』の「恋」で、「いつとなく思ひに燃ゆる我身哉浅間のけぶりしめる世もなく」と詠むのを見れば、この「見とがめられる」噴煙は、主人公が都で起こした恋愛事情と無関係ではなかろう。そんな都を嫌ってふらりと東下りしてみたものの、たしかな目的地があるわけではなく、遠い都で噂の種になったように、これから行く先々でも人々に見とがめられるのではと疑心暗鬼になる。つまりは世間的評価が気になってしかたがない。そこに漂泊者としての限界を見るか否かは別として、たしかに『伊勢物語』の東下りは、行き止まりに終わる感がある。

漬物桶に塩ふれと母は産んだか(放哉)

日本文学史における漂泊者の系譜は、はるか『伊勢物語』から西行や芭蕉を経て、近・現代へとつらなる。尾崎放哉は明治十八年(一八八五年)、鳥取県の旧士族の次男に生まれ、県立第一中学を経て上京、第一高等学校では夏目漱石に英語を習い、東京帝国大学法学部へと進む。一校では一学年上に後に自由律俳句を提唱する荻原井泉水がいて、生涯にわたり師事した。卒業後は通信社を経て証券業界に身を置くが、三十八歳で妻と別れ仮寓と漂泊の人生を送った。最晩年には小豆島霊場第五十八番札所西光寺の寺男となる。巡礼者をもてなす茶にそえる漬物を、自製していたのか。当時最高のエリート教育を受け、立身出世するに違いないと期待したであろう母を裏切ったという悔恨を、この一句はかなり直截的に告白する。もっともその悔恨は、放哉みずからが世間的評価を気にしているのではない。世間的評価に囚われるしかない母という、放哉にとって、どうしようもなく血のつながった身体に媒介されている。リクールによれば身体は、「諸動機の最も根源的な源泉であり、諸価値の第一次的層、つまり生命的価値の開示者」である。そんな身体としての母の期待に離反し、放哉は流浪・漂泊の末、都会から遠く離れた島の寺に拾われ、ある日、漬物桶に塩をふっている自身にたじろぐ。いったい自分は何故、こんな場所でこんなことをしているのか。どのような夢や自由がここにあるというのか。この一句において放哉は、身体から湧いてくる悔恨に押しつぶされそうになりながらも、しかし今ここでこうしている自分は、自らが意志したものではないのかという葛藤に、どうしようもなく引き裂かれている。

リクールによれば、非意志的な動機としての身体は、何かを「欲求」する。欲求は〈……への行動〉であるような〈……への欠如〉であり、「私が意志する以前に、私は、自分が肉のうちに存在しているというただこのことによって、すでに何らかの価値につき動かされている」。たとえば「食欲」という原初的な欲求がわかりやすい。食欲が満たされないという空腹は、ある程度までは意志的に我慢できるが、空腹そのものを感じないでいることはできない。欲求とは意志の自由がどうのではなく、身体であることから根源的に湧いてくる衝動である。もっと欲求は、そのまま動機とはなりえない。人間は欲求のみに操られる本能的動物ではないからである。人間は欲求を犠牲にすることも、「可能的意志作用の動機という品位にまで高める」こともできる。さらに人間のみに与えられているらしい想像力は、欲求と意志作用とを出会わせる。決意することによって得られる成果と、同時に担うことになる負荷、たとえば漂泊するという自由とそれに伴う貧窮とを、想像することで比較・検証できよう。想像力によって「おのれの対象と道程を認識してしまった欲求は、もはや単に身体からこみ上げてくる欠如と衝動」ではない。「欲求はしだいしだいに判断の領分に入ったことになる。われわれは欲求において、主観という対極に、窮迫状態にある身体の鈍く不透明な存在を体験すると同時に、その欲求について対象の側から何かを言うことができるのである」。

吉野山梢の花を見し日より心は身にも添はず成にき(『山家集』)
あくがるゝ心はさてもやまざくら散りなんのちや身に帰るべき(同右)
花にそむ心のいかで残りけん捨てはててきと思ふ我身に(同右)

満開の桜を見たからといって、衣・食・住を原初的に欲求する身体が満足するわけではない。ならば何故、かくまで西行は花を恋い慕うのか。その検証は次章で扱うとして、恋い慕うあまり「心」が「身」から遊離する。それは身体的欲求とは別次元の何か際立ったベクトルであり、その次元から見返すに、「身」は「窮迫状態にある」「鈍く不透明な存在」でしかない。しかし花が散れば、「心」はまた「身」に帰還するという。「心」と「身」とはほんらいひとつであるはずが、西行においては欲求するものとしての「身」から遊離し、やみがたく漂泊する「心」が問題となる。

祇園会《ぎをんゑ》や捨てられし子の美しき(井月)

井上井月《せいげつ》は文政五年(一八二二年)頃、おそらくは越後長岡の士族出身、遁世にいたる経緯は不明ながら、信州伊那谷あたりを漂泊し、明治二十年、行き倒れて果てた。その凄愴な境涯とは裏腹に、庶民の日常や年中行事を吟ずる句も多く、この一句もそのように読めなくはない。中句には正反対の「拾はれし子の」もあり、生みの親から捨てられたとか、別の親の養子になったのではなく、おそらくは祇園会の雑踏で迷子になった子供であろう。「美しき」とするのは宵山の灯りを受けて、その子がどこか毅然としていたからかもしれない。もっともこの迷子に、井月は漂泊者であるみずからを重ね合わせているのではないか。衣・食・住すべてを親から期待できる子供は、原初的自発性としての欲求そのものである。しかし漂泊者はそのような身体的欲求から別次元の対象へと目覚めることで、世間の庇護など期待できない外部へと「捨てられる」しかない。そのような外部から身体ほんらいの自発性に対して、「何かを言うことができる」ならば、井月は敢えて漂泊者という実存を「美しい」としたのではないか。

欲求は身体にのみ源泉をもつのではない。人間が単独行動する生物ではない以上、欲求は身体の外部からも湧いてくる。たとえばリクールは「他者」をあげる。他者において私は、私ではない別の動機や器官や自然としての身体を発見する。それは「私の主観性という領分を超出してしまうような主観性の概念」であり、「私の意識は、他人の意識を私の意識でなぞることによって、深い変貌を受ける」という。さらに「社会」もまた一次的には、自己の身体の外部に置かれた価値体系であろう。いわゆる常識や因襲から明文化された法律にいたるまで、社会は私にさまざまな規範を押し付けてくる。そんなもろもろの要請が、私の身体から湧いてくる欲求と一致するとは限らない。「生とは、少なくともその人間的段階においては、その諸項が明晰でも互いに一致もしていないような、もつれ合った複合的状況、解かれていない問題なのである」。けれどリクールによれば、他者や社会からの欲求は、私の身体という「他のあらゆる価値の感受的媒体」との共鳴や相克なしに、「或る重み」をもつことはない。「漬物桶に」の一句にあって放哉を押しつぶしているのも、そんな「重み」であろう

リクールはさらに、他者や社会すべてを包括する「歴史」という価値に言及する。私の身体も私のおかれている歴史も、私が選んだものではないにも関わらず、私はそれに対し責任をもつからで

ある。もっとも自己や他者、社会が混沌としているように、歴史もまた混沌とし、さまざまな矛盾を孕む。そんなやっかいな価値からの欲求についてリクールは、それらが自己の自由を侵犯する「強制」と、ある種の「呼びかけ」とを分離する。「強制とは、意識に対して死の重みのようにのしかかる価値の非人間化の印であり、呼びかけは、みずから生きている人間による価値の生きた「歴史化」、創造の印なのである」。「呼びかけ」とはたぶんに詩的語彙であるが、すでに見たようにリクールは想像力が欲求とそれにともなう犠牲とを認識するに際し、欲求は「もはや単に身体からこみ上げてくる欠如と衝動ではなく、外から、知られた対象からやってくる呼びかけとなるだろう」としている。「私はもはや単に私自身から出発して私の外に押し出されるのではなく、世界の中のそこにある事物から私の外に引き寄せられている」。歴史という価値からの「呼びかけ」とは、「意志作用の核心で、真の精神的再生の力をもつような回心を本当に引き起こすような或る出会い」であるという。

とりわきて心もしみて冴えぞわたる衣河みにきたる今日しも(『山家集』)

漂泊者としての西行は、能因の足跡にしたがって陸奥・出羽へと向かう。奥州藤原氏の拠点、平泉付近で北上川にそそぐ衣川を詠んだこの歌は、西行二十六歳の詠とも、最晩年の六十八歳、東大寺料砂金勧進のための平泉再訪時の詠ともされる。いずれにしても長い詞書きに、「十月十二日、平泉にまかり着きたりけるに、雪降り、あらし烈しく、ことのほかに荒れたりけり、いつしか衣河見まほしくて、まかり向ひて見けり、川の岸につきて衣河の城しまはしたることがら、やう変りて、ものを見る心地しけり、汀氷りてとりわき冴えければ」とあり、二十六歳ならば昂ぶる勇躍のこころざし、六十八歳ならばただならぬ悲壮感がただよう。いったい何がここまで西行を駆り立てたのか。ただの酔狂ではなく、冒険心でもなく、東大寺再建という現実的目的だけでもなく、何か漠然とした責任感のようなもの、つまりは西行じしんを超越する何かから「呼びかけ」られているのではないか。目崎徳衛『漂泊』は、「人を漂泊に駆り立てるのは、得体のしれないある奥底からの衝動である」とする。西行をここまで衝き動かしているのも、日本文学史における漂泊への衝動という、「世界の中のそこにある」何かからの「呼びかけ」ではないのか。もっともそれは、誰にでも聞こえる「呼びかけ」ではなかろう。ただ漂泊を意志するものにのみ聞くことのできる、しかも意志的には逆らい得ない執拗な「呼びかけ」ではなかったか。

野ざらしを心に風のしむ身哉(芭蕉『野ざらし紀行』)

四十歳になった芭蕉は、約八ヶ月をかけた旅を企てる。「野ざらし」とは旅人などが行き倒れ、しゃれこうべを野にさらすことをいう。つまり芭蕉は旅立つに際し、行き倒れの死を覚悟した。いや、「心」では覚悟しようとするも、「身」には吹きすさぶ野辺の風が染みわたる。西行と同じく

「心」は「身」から遊離しようとするが、西行のように「心」は自由に彷徨うのではなく、芭蕉にあっては「身」も「心」も、吹く風のなかでおびえている。宗祇ら連歌師が都の動乱を逃れ、その途上で死んだ時代はすでに遠のき、街道の整備とともに道行きは安全なものになりつつあった。やがては富士講やお伊勢参りなど、一般大衆が旺盛な団体旅行者となる時代が到来する。野ざらしのしゃれこうべなど芭蕉の時代には、すでにあまり見かけない光景ではなかったか。けれど芭蕉は旅立つに際し、あえて野ざらしというアナクロニズムを覚悟する。野ざらしが当たり前であった西行の時代から実に五百年、もはや野ざらしを覚悟することでしか、「呼びかけ」てくる声に呼応できなかったのかもしれない。もっともその声は芭蕉が生きた時代の価値観とは、すでに大きく乖離している。たとえば上田秋成は芭蕉を、「八洲の外行浪も風吹たゝず、四つの民草おのれ〳〵が業をおさめて何くか定めて住つくべきを、僧俗いづれともなき人の、かく事触て狂ひあるゝなん。誠に堯年鼓腹のあまりといへ共、ゆめ〳〵学ぶまじき人の有様也とぞおもふ」(『去年の枝折』)と酷評した。西行や宗祇の時代ならばいざ知らず、戦国の世も終わり、士農工商それぞれが納まる所におさまった時代、漂泊など正気の沙汰ではないという。つまりは時代的に異端であり圧倒的な少数派である芭蕉にとって、連帯するのは捨てていく江戸の社会や大衆ではなく、歴史というならばごくごく例外者たちの歴史であったろう。吹きすさぶ風に身も心もおびえてしまうのは、その「呼びかけ」を聞くことの不確かさ、覚束なさ故ではなかったか。

ためらうこと

意志的なものと非意志的なものとの弁証法にあって、人間が決意することはどのような無言劇を演ずるのか。決意の手前で戸惑い、行きつ戻りつする状態を、リクールは「ためらい」とする。決意することは「さまざまの葛藤の試みや足踏み、どんでん返し、あるいはゆっくりした熟成時間を通して模索されたり、見失われたり、見いだされたりする」からである。「ためらい」において私は、意志作用の未熟さに悩み、相矛盾する動機や価値に引き裂かれる。決意をもたらすべき力の欠如に落胆し、ときには自己撞着やデカダンスに陥ることもあろう。けれどリクールによれば、そのような「ためらい」もまた、意志的なものの刻印である。それは「当惑しながらも自己を方向づける意志作用」であり、「さまざまな私自身を試みる」ことである。「ためらい」において私は、「王国のない王のように、(中略)自分の責任圏域をまだ決めてはいない起動相の意識なのである」。

いかで世にあらじと思へどありぞ経《ふ》るたれかいさむる物ならなくに(能因法師)

けふこそははじめて捨つる憂き身なれいつかはつゐに厭ひはつべき(同)

能因(橘永愷《ながやす》)は永延二年(九八八年)、武家に生まれながらも二十六歳頃に出家する。しかし仏道ではなく歌道に励み、甲斐や陸奥へと旅した。「都をば霞とともに立ちしかど秋風ぞ吹く白河の関」など、都人が遥か遠方に夢想するしかなかった歌枕を踏破してみせた。西行より百三十年、先達にあたる。俗世を捨てようとして捨てきれない。捨てなくても誰からも非難されない……と詠み、俗世に生きる憂き身を、捨てるけれどまだ厭い恥じるには至らない……と詠む。揺れ動く意志的なものが能因の実人生をどう映しているのかは不明ながら、ではどうするのかという執着や渇望のベクトルがなければ、リクールのいう「ためらい」は生じない。どのような「王国」の「王」であるのかは仄見えても、どうしてもそこへ到達したいという身体的な苦悶を、これらの歌からその修辞的巧みさをかき分けて聞くことは難しい。いや、そのような苦悶を表現するほど、和歌表現は能因の時代にはまだ成熟していなかったというべきなのか。比較するに西行の「ためらい」は、じゅうぶんに生々しい。

さてもこはいかがはすべき世の中に有《ある》にもあらずなきにしもなし(『西行法師家集』)

俗世にはあるのかないのか、中途半端な自分をどうしたらいいのかと詠嘆するだけで、具体的状況はいっさい説明されない。和歌らしい言語遊戯もなく、当時の基準からすればとても秀歌ではなかろう。武士としての栄進を捨てた西行の出家については、親しい同僚が急死したことによる厭世説や、道ならぬ恋に苦悶したという失恋説もあるが、目崎徳衛『西行』は数寄をもとめての遁世、

「自由人の日本的形態」を求めたとする。もっともどれかひとつに決める必要はなかろう。ごくごく個人的な出来事から、異性との恋愛事情、社会や歴史から付与された役割の不自由さなど、複数の要因が入り乱れていたとしても不思議ではない。「社会は、個人があたかも照準点のようにしてその中心に居を構えているさまざまの同心円——人類、民族、職業、家族など——を形作っているように見える。しかし、意識によって生きられる場合には、それらの多数の円は、互いに侵害し合って、われわれに両立不可能な行動を要求するようなさまざまの権利主張、義務、圧力、呼びかけを代表している」と、リクールは言う。この一首にあって西行が具体的事情にふれないのは、ふれるにあまりあるほどお互いに矛盾し、侵害し合うさまざまな要請や義務、あるいは呼びかけに決意することができず、「ためらい」の渦中に呆然としているからではないか。リクールのいう「王国のない王」が、王国を持たなくても王であるという楽観面と、王であるが王国をもっていないという悲観面との表裏一体であるとすれば、この一首において西行は、ただただ悲観面にあるように見える。いまだ「王国」は見えてこない。

猿を聞人《きくひと》捨子に秋の風いかに（芭蕉『野ざらし紀行』）

野ざらしを覚悟して江戸を出立した芭蕉は、富士川のほとりで三歳ばかりの捨て子に出会う。貧困ゆえの口減らしであろう。明日をも知れぬ無力な命であるが、芭蕉はただ「袂より喰物《くいもの》なげて」

通り過ぎるしかなかった。さらに句に続いて、「いかにぞや、汝ちゝに悪まれたるか、母にうとまれたるか。ちゝは汝を悪むにあらじ、母は汝をうとむにあらじ。唯これ天にして、汝の性のつたなき(を)なけ」とあり、この偶発事にあって芭蕉はそうとうな動揺、この小さな生命を見捨てるしかないのかという「ためらい」に襲われたのではないか。「ためらう意識は、おのれを越え出て苦痛に満ちた自己意識、孤独で厳しい自己への現前のうちに入りこむことによってのみ、自分の統一の使命を表現するのである。私は、自分自身に逆流しながら、自分が生々しい傷口のような仕方で痛いほど存在しているのを感じるのである」。「野ざらし」の漂泊を決意した芭蕉に、捨て子を保護するという選択肢はありない。ではどうすればよいのか。まさに芭蕉はみずからが、「生々しい傷口のような仕方で痛いほど存在しているのを感じ」たであろう。

上五の「猿を聞人」は漢詩世界に、山中に鳴く猿の声に涙するという慣用表現があり、中国大陸の文人・趣味人にむけて、この捨て子という現実をどうすればよいのですか……と問うなどと解釈される。けれど安東次男『芭蕉』は、その解釈では上五とそれ以後との深い断絶を埋めることができないとし、『野ざらし紀行』冒頭にも言及される宋末禅林の偈頌集、『江湖風月集』から引用する。

此の心いまだ歇《げっ》せざるは最も情に関る
那《なん》ぞ更に猿声夜に入りて頻りなる
此より飛来峯下の寺

又添う多少断腸の人

安東によれば、この「一首は哀猿の声を聞いて心乱される未歇の状をうたった一見平凡な詩であるが、じつは、とことんまで断腸してこそはじめて帰家穏座の境地も得られよう」という決意を孕む。これを芭蕉の句に当てはめれば、「従来の諸解に言うような閑風流と苛酷な現実との相剋にあるのではなく、解脱にいたる禅機の選択の問題ということになる」。つまりこの一句は「ためらい」のように見えながらも、「あなたは哀猿に休歇するといったが、わたしはいまこの捨子に休歇する」という選択、この哀れな捨て子を見捨ててでも漂泊しようという「決意」が孕まれていると読めるらしい。この卓見にはたじろぐしかない。もっとも旅上のこの偶発事その場にあって、芭蕉の「ためらい」が一気に解消されたであろうか。その後の道中にあっても捨て子の姿は、ずっと芭蕉の心に刻まれたに違いない。芭蕉の句はすべてその場で即興されるのではなく、旅を終えて後も推敲される。この一句もその場で吟じたのではなく、やがて餓死していくであろう捨て子の小さな身体を、芭蕉はみずからの身体という根源的価値に照合し、この偶発事から離れれば離れるほど、怖れおののくしかなかったのではないか。「ためらい」において決意は、「見失われたり、見いだされたりする」からである。けれどそのような「ためらい」にとどまっていては、「王国」は見えてこない。安東に従うならば「猿を聞人」という上五とそれ以後との深い断絶は、芭蕉が「ためらい」から「決意」へと跳躍しようとする、その断絶の深さであるらしい。

鵯《ひよどり》もとまりまどふか風の色（惟然「後れ馳」）

「ためらい」は決意の手前だけなく、すでに決意し、「行動」している漂泊者にもあらわれる。広瀬惟然《いねん》は慶安元年（一六四八年）頃、美濃国武儀郡関村の出身。もともと広瀬家は武田信玄に仕える武家であったが、美濃に流寓し酒造業を興す。惟然の父の代にはそれなりの財をなしていた。しかし惟然はぐうたらで客商売に向かず、結婚も三十代と遅い。家運衰退をよそに西行よろしく妻子を捨て、自ら薙髪して芭蕉門に走る。芭蕉没後は僧形で各地を漂泊した。商人や武家などそれなりの経済的地位にあった蕉門俳人のなかで、乞食僧のように漂泊する惟然はきわめつけの異分子であり、「梅の花あかいハ〳〵あかいハな」など口語口調の無技巧をもとめた作風も、「惟然坊がいまの風大かた是の類也。是等ハ句とハ見えず」（『去来抄』）とか、「あだ口をのみ噺し出して、一生真の俳諧をいふもの一句もなし」（『俳諧問答』）と、そうとうな顰蹙を買った。

この一句は詞書に「もかみ山縣にて」とあり、東北方面に漂泊した折の吟であろう。その少し前、芭蕉存命中に惟然が（旧号の素牛として）編んだ『藤の実』には、「鵯に立別れゆく行脚坊」（正秀）とあり、安東次男『木枕の垢』は、この行脚坊は惟然であるとする。「ヒヨドリ（ひえどり）は晩秋・初冬の候、平地に下りてくる漂鳥である。（中略）頭から首筋にかけて、灰白色の羽毛が短く尖っている特徴を知っていれば、句の「鵯」と「行脚坊」は似た者同士だとすぐわかる」という。また下五「風の色」は三秋の季語「色なき風」の子季語で、ヒヨドリが国内暖地へと渡りはじめる季節であろう。ひんやりとした秋風に、ヒヨドリはこの北国にとどまるのを戸惑うらしい……というほどの句意ながら、上五は「鵯も」なので、戸惑っているのはヒヨドリ然とした惟然じしんではないか。

漂泊者にとって秋風は、やがてくる冬の過酷さを予感させる。ヒヨドリは南へと渡ることができるが、惟然には帰る場所がない。今ここで向き合っているこの「風の色」こそが、自分が願い求める「王国」なのか。そんな「痛いほど」の「ためらい」に、惟然は立ちつくしているのかもしれない。

見えてくる世界へ

「ためらい」はどのように「決意」へとたどり着くのか。リクールによれば「決意は、ためらいから選択へと進み、持続を糧に生きる」。持続とは時間的継続であり、人間は持続において意志的であろうとするが、意志とは関係なくすぎていく時間は徹底的に非意志的なものでもある。そこでリクールは、持続と弁証法的に蒙り蒙られる「注意」を提示する。「注意」とは奇妙な語彙であるが、日本語ならば「意を注ぐ」ことであり、「それ自身〈注意深い〉ということ、言いかえれば或る別個な作用ではなく、あらゆる意識作用の自由な様態である」という。すでに見たようにさまざまな動機は、身体的根源や他者・社会・歴史などに根をはり、混乱し矛盾し、分裂もしている。しかしリクールによれば、それらはどうしようもない混沌や無秩序ではなく、むしろ「動機づけの無限の豊かさ」となりうる。何故ならば動機は自然現象における原因→結果のように、つねに合理的結論をもたらすわけではない。「動機の合理性とは、或る種の有利な場合に、動機づけの流れがとる特権的な形態にすぎない。そして他方では、われわれの人格の感情的な熱気、その不可分な塊が、いかなる計算、いかなる弁証法も及ばないような狂おしさと重々しさをもたらしている」。ならば「注意」とは、まさに「意を注ぐ」ことそのものであり、必ずしも合理的帰結をうながす計算や消去法に囚われる必要はない。リクールはわかりやすい例をあげる。「注意」は知覚の一様態であり、「知覚における注意は、眼差しの自由な移動として理解される」。「見える」と「眼差す」とが違うように、「聞こえる」と「聞く」とが違うように、何ものかが見えたり聞こえたりするのは受動的な注意であるが、人間は見たり聞いたりする対象そのものに、能動的に「意を注ぐ」ことができる。交響楽を聴いていて、不意にコントラバスが奏でる旋律に注意する。その音はずっと聞えていた筈なのに、注意した瞬間に楽曲全体があたかも初めて聴く曲であるかのように生まれ変わることは、クラシック音楽のファンならば経験があろう。つまり「背景は、それが前景になりうるということ、それがいつでも注意されるための準備ができている」ことにほかならない。もっとも現実には、誰もがそのような瞬間に出会うわけではない。ではどうすればよいのか。よく言われるように知識や経験に乏しいはずの子供が、大人でも気づかない発見をするように、「注意」が注意深くあるためには、「観念の合理的展開、数学的推論の必然性にも似た必然性によって結合された省察」から自由になること、つまりある種の純粋さが求められる。「眼差しが物に問いかけ、物に従順になればなるほど、注意はそれだけ純粋なものになる」。

心なき身にもあはれは知られけり鴫《しぎ》立つ沢の秋の夕暮(『山家集』)

すでに見たように西行においては、「身」から遊離した「心」が何処かへと彷徨っていたが、ここでは「心なき身」と詠まれる。その解釈として目崎徳衛『芭蕉のうちなる西行』は、「喜怒哀楽の心を持たない(超越しているはずの)出家の身」、「卑下した言い方で、物のあわれを解しない者の意」などの既説をあげながらも、この一首は能因の「心あらん人にみせばや津の国の難波の浦の春のけしきを」への応答であるとする。「西行はこの能因を数寄の遁世者の先達として、最大の敬意をはらっていた。二十三歳にして遁世したのも、その数年後はるばると陸奥へ杖をひいたのも、すべて能因の跡を追わんとしたのである。したがって「心あらん人」よとの呼びかけに対して、「心なき身にも」と応え、大和朝廷発祥以来の華やかな表玄関・難波の、ものみな萌えたつ「春のけしき」に対して、いずこともなき「鴫立つ沢」の、光も色も消し去った「秋の夕暮」を詠ったのは、わざと極度に対照的な構成をとって、この敬慕する先達に挨拶を送ったのであろう」。要するに敬愛する漂泊者の先達から「詩情を解する心のある人に見せたい」と呼びかけられたのに対し、「そんな心などない私ですが」と返す謙譲表現であるとする。納得するに足る解説であるが、代表作ゆえにもう少しこだわってみたい。

吉本隆明『西行論』は、西行における「心」の用例を二十首例示しながら、そのうち十三例が「暗喩(メタファ)にまで高められている」とした。残り七首は慣用的表現、つまりは同時代の他の歌と同じく、「恋と宗教的な心事と景物に託された情念」に過ぎない。これに対し暗喩(メタファ)として「心」は、「「心」の内部に映じこめられた場面、景物、物がうたわれている。いわば場面も景物も事物も内在化されて平安末から中世初頭における歌人たちが、不変の内面性として静態化してかんがえていた「心」に、鏡のように映るものだった」とする。例をあげよう。

観心
闇晴れて心の空に澄む月は西の山辺や近くなるらん(『山家集』)

月は心に澄む(住む)ものではなく、月が住む(澄む)という心も慣用ではない。『西行全歌集』(久保田淳・吉野朋美校注)によれば、観心とは「自身の心の本性を観察すること」であり、同じく闇は「煩悩」、月は「悟りの比喩」である。そう解いてしまうのはやや興ざめであるが、月が澄む心という心象風景にあっては、たしかに吉本のいう「内在化」が際立つ。

心に思ひける事を

濁りたる心の水の少《すくな》きに何かは月の影やどるべき(『山家集』)

同じく『西行全歌集』は、「大日経で心を水に喩えて心水という」とする。西行が採用したのかは不明ながら、ほんらい物質でも空間でもない心が、ここでは水をたたえ、月影を宿すべき象徴的な場所として幻視される。

とりわきて心もしみて冴えぞわたる衣河みにきたる今日しも(『山家集』)

すでに例示した歌なので、長い詞書は省略する。同じく『西行全歌集』では、とりわきは「「脇」に掛ける」、わたるは「「河」の縁語」、みにきたるは「「見に来」に「身に着」を掛ける」、「「着る」は「衣」の縁語」とする。けれどそんな和歌的技工を忘れてしまうほど、ここでは眼前の風景が西行の「心」に「染み」入り、かつ「冴えわたる」という心的現象の壮大で凄愴なドラマが、西行の生涯のまさにこの日この場所に展開される。

これら暗喩(メタファ)の例と比較するに、「心なき身」の歌はどうなのか。どういうわけか吉本は、この秀歌を「心」の二十例から除いている。その理由は不明ながら、吉本の分類に従えば、目崎のいう「詩情を解する心のある人」という解釈は慣用表現であろう。詩情を解する心には、どのような「場面も景物も事物も」内在化されることはない。もちろん吉本の分類によれば、二十例のうち七例は慣用表現であって、西行が必ずしも暗喩に徹したわけではない。ではこの歌がただの慣用表現かと言えば、やや不満が残る。ついてはあまり自信のない私見を述べておきたい。

あらためて見るに、この「心なき身」にあっては、「心」ではなく「身」が問題とされているように思える。すでに見たように「身」とは、実社会あるいは現世に束縛されて身動きできず、窮迫状態にある鈍く不透明な存在でしかない。それゆえに「心」はどうしようもなくうかれ出ることになる。けれどこの「心なき身」は、そんな拘束されるだけの「身」であろうか。すでに検証した「心」と「身」とにあって、「身」から遊離した「心」は、花が咲けば喜び散ればかなしむように、さまざまに思い煩うことで見たり聞いたりする対象を脚色する。けれど「心なき身」は、そんな「心」の煩悶にしたがう必要はない。いや、それどころかこの歌には、「心」が煩悶するべき花も月もなく、ただ荒涼とした「秋の夕暮」がひろがるのみである。そのような言わば剥き身の世界に対し「心なき身」は、純粋な「注意」の眼差しを向ける。するとそれまで背景であった「鳴立つ沢」が、不意に前景へと浮かび上がる。まるで新しい風景を発見するかのように、かかる殺風景のなかにさえ世界の「あわれ」が顕現しはじめる。まさにその瞬間を西行は詠んだのではないか。

連《つら》ならで風に乱れて鳴く雁のしどろに声の聞《きこ》ゆなる哉(『山家集』)

ここには「かなしい」も「あわれ」も、「心」も「身」も「世」も、つまりは恣意的な語彙は何もなく、ただ見えたものを、見えたままに叙景する。「しどろ」は「しどろもどろ」など、「きちんしていない」、「乱れている」様をいう。強風の空を飛ぶ雁の隊列の乱れは、視覚的には誰にでも見えるが、その乱れを声のしどろに聞きわけるのは、純粋な注意深さではないか。それはすでに背景ではなく、西行をも含めた世界のありさま、自然も人間もこの世界はすべて「しどろ」なのだと、西行は全身を目と耳にして発見する。そこには意志的なものの性急さも、非意志的なものの混沌もない。いや、意志的なものも非意志的なものも弁別されない地点に、西行は立っているように見える。「こうして注意は、混乱した諸局面を切り分けて、それらを違った諸価値に関係づけ、また散らばっている諸局面を統一して、それらを単一の価値に関係づけていく……」とリクールは言う。「注意においてこそ、自由なもの、ないし意志的なものが完成される」ならば、すでに西行は「ためらい」から逃れて、しずかな「決意」のなかに立っているのではないか。

夕立や筆そそぐべき潦《にはたづみ》(井月)

潦《にはたづみ》とは路上にできる水たまり、夕立ちの置き土産であろう。漂泊の途上、井月はそれを目にする。道行きを妨げる水たまりは、決してありがたくない。けれど井月はその水たまりで筆を洗おうと言う。鉛筆もボールペンもない時代、旅人は矢立《やたて》という携帯用の筆と墨壺とを懐中にした。一句したためれば筆は汚れる。どこかにきれいな水があれば良いが、水たまりの澱んだ水でも、とりあえずは用立つ。いや、漂泊者ならばこの水たまりでこそ筆を洗うべきなのだと、井月は言う。そこにはいささかの「ためらい」もない。決してありがたくない水たまりが、何故このようにありがたい水となるのか。リクールによれば、「価値に対する注意は、事物に対する注意に似ている」。それまでにも見えていたはずの事物が不意に見えてくるように、それまでにも見えていたはずの価値を、不意に発見するからである。「潦《にはたづみ》」とは事物であると同時に、何らかの価値であるらしい。「世界は、またどんなに取るに足りない対象でさえ、一挙に与えられうるものではない。どんな対象も顕在的な知覚からあふれ出るものであり、汲み尽くすことができない……」。井月はこの「取るに足りない」水たまりに、「汲尽くことができない」世界の深さを見ているのではないか。

意志的なものの「ためらい」は、注意深さによって新しい世界や価値を見出す。「決意すること」の最後の局面として、「選択」がおこなわれる。けれど選択とは、何かを決断しての一件落着ではない。惟然の「鴨も…」の句に見たように、漂泊という「行動すること」の途上にあっても、「ためらい」は繰り返されるように見える。リクールにしても選択とは、何かを決めることであり、同時に決めないことでもあるという。このあたりはずいぶんと晦渋であるが、リクールを理解するには避けて通れない。やや長くなるが解きほぐしてみよう。

リクールによれば、「企投が意志的に生まれる場合には、眼差しの運動とその停止が含まれている」。「眼差しの運動」とは「ためらい」における注意深さであり、選択においてはその注意が完成すると同時に断ち切られるという逆説と矛盾とが孕まれる。そこでリクールは便宜的に、選択における連続性と非連続性という二つの対照的なシナリオを用意する。たとえば選択が長い熟慮の末、「熟した果実のように」出現するとしよう。この場合、熟慮と選択とはある論理的妥当性によって連続的に橋渡しされる。けれど実際には意志的なものは、選択そのものにおいて何か未知の局面に遭遇するのではないか。密室のドアを開けて外気に触れるように、それは長いながい熟慮が対象としなかった何かであろう。本章の冒頭近く「過誤」について言及したように、「人間の中心に、絶対に非合理なものが存在する」ならば、「熟した果実のように」あらわれる連続的な選択は、この何か非合理なものを致命的に取り逃すのではないか。まったく反対に選択がそれまでの熟慮を突然に停止し、「夜の稲妻のように」出現するとしよう。そのような「選択」は、時にヒロイズム的な高揚感をともなう。人生のある瞬間、不意にある価値観に目覚めるという経験をした人もいるのではないか。けれどそんな非連続的な選択は、すでに見た「ためらい」の懊悩がもつ複雑かつ複層的な濃厚さを希釈しかねない。「人間は束の間の生の途上で、限られた情報の枠組みと、待ってはくれない緊急な状況のなかで選択しなければならない。選択は、有限性と弱さとの印であり、人間存在の偏狭さの印でもある根本的なためらいの文脈のうちに立ち現われる」と、リクールは言う。「夜の稲妻のように」あらわれる非連続的な選択は、その特定有限の実存を、普遍性の名のもとに絶対視する危険を孕むことになる。

対照的な二つのシナリオ、連続的な選択も非連続的な選択も何か大切なものを捉え損なうとしたら、どうすればよいのか。ここでリクールは、「どんな明断化された決意の根底にもあるような作用の非決定性、つまりは理由に対して少しも無関心ではなく、自分の内容に関してこの理由によって最高度に決定されている決意の根底にもあるような作用の真の非決定性」に言及する。選択にたいしての非決定、つまり決めないこと、決められないことはまったく反対方向に働くように見える。またしてもかなり晦渋であるが、リクールはここでも弁証法をもちだす。「決定」と「非決定」とは、蒙り蒙られるからである。たしかに人間がある局面である動機や価値を選択したとしても、その決定が永続するとは限らない。他の動機や価値を選択するべきではなかったかという不安や後悔は、いつまでも脳裏にチラつくのではないか。選択して後も注意する眼差しは、不意に起動する。まったく反対にどのような選択もできず、がんじがらめの非決定に囚われている場合も、注意する眼差しはさまざまな可能性を夢見させる。そうでなければ人間は、絶望の奈落に沈んでいくしかなかろう。要するに決定のなかにも非決定が蠢動し、非決定のなかにも決定が点滅する。リクールによれば非決定とは、何も決められないことではなく、「動機づけのあり余る豊かさ」における自由に関わるという。たしかに現実の漂泊者にあっても、動機・ためらい・注意・選択は、漂泊の途上にあって断続的に繰り返されるのではないか。流浪・漂泊とその中断、挫折、しばしば漂泊する手段をたたれ、社会や組織や血縁関係に再拘束されてしまうこともあろう。しかしそんな局面にあっても、夢見る自由まで失っているとは限らない。それがリクールのいう意志的なものの本質であるらしい。漂泊したい、漂泊しよう、漂泊するべきだという意志的なものが放棄されたように見えるとしても、そこにはなお決定と非決定とが熱く蒙り蒙られている。たとえ「最悪の隷属状態にあっても、私は自分が自分の意識の魅惑状態よりももっと根底的な私自身のレベルで、別なものを眼差すこともできたのだということを知っている。非決定とは、行為を真に行為たらしめるあの行為の独立性のことである」と、リクールはいう。

落葉掃き居る人の後ろの往来を知らず(放哉)

すでに見たように三十八歳で妻を捨てた放哉は、京都市左京区の修養団体を頼り、その会員として舞鶴方面に托鉢したりする。京都知恩院の塔頭常称院や神戸須磨寺の寺男にもなるが、偏狭な性格もあってか長続きしなかった。その一方で数年ぶりに井泉水に再会し、自由律の俳誌『層雲』に前年より投稿した句を評価される。この一句もその頃、大正十三年の吟である。おそらくは境内の地面か石畳か、落葉を掃除する。放哉じしん、あるいは近所のボランティアかもしれない。一心に作業しているので、背後で何が起こっているかもわからない……というほどの句意か。いや、もう少し深読みしよう。松葉や土埃など、竹箒で掃くと思いのほかきれいになることは、経験ある人にはわかる。けれどその作業の範囲外、背後の往来も落ち葉や塵芥に汚されているのかもしれない。そこまで掃除する範囲をひろげても、すぐにまた散らかってしまう。この世界のすべてを、掃除することはできない。ならばただ目の前を掃き清めればよい。つまりこの一句は朝ごとの習慣の叙景ではなく、生きられている時間の一光景と読めるのではないか。すべてを掃き清めた世界という夢想は、非時間的に固着した理想であって、現実の人間がそれを生きることはできない。何かを選び、何かを選ばないという「選択」が、リクールの言うように「有限性と弱さとの印であり、人間存在の偏狭さの印でもある根本的なためらいの文脈のうちに立ち現われる」ならば、そのような有限性、つまりは目の前の空間を生きればよい。それ以上の何かを願ったり、いや、知る必要もない。それがある種の「隷属状態」にすぎないとしても、人間には別の世界を眼差すことが赦されている。放哉の生涯を思うとき、この何気ない一句を、そう読んでみたい気がする。

行動すること、つまり漂泊すること

リクールによれば、「どれほど優柔不断で、どれほどためらいがちな意志作用にも、ひそかな行動が伴っている」。もっともそんな「行動」がどれほどに激しく自己の外部を志向しようとも、それじたいは空虚であり抽象的であって、少なくとも他者の目には見えにくい。企投するというだけの意志作用は、まだ「試練にかけられていないし、承認されてもいない」。行動すること、つまり自己の身体を動かし、その身体を通して世界に関わることが意志作用の真価に関わる。「私が何もなさない限り、私はまだ完全には何も意志していなかったのである」。現実の漂泊者においても実際に漂泊してみせることは、決意することにベクトルとして孕まれる漂泊とは、次元を異にする。

草枕なにかりそめとおもひけむ旅こそつゐのすみかなりけれ（行尊）

平安後期の天台僧、行尊は目崎徳衛『漂泊』によれば、「御堂関白道長のために皇太子の位を追われた小一乗院（敦明親王）の孫で、出家して園城寺（三井寺）長吏、天台座主、大僧正の栄位に昇ったが、しかも熊野・大峰の苦行に励んで修験無双の誉を得た」人物である。仏門一途ではなく、『行尊大僧正集』に二百首ばかりを残すなど、詩的感性も豊かであった。目崎は「旅を人生そのものの象徴とする中世的漂泊観念の先駆」と評価する。六十年ほど遅い西行の歌にも、その影響は色濃いという。もっともこの一首に、西行や芭蕉に見るような身体の震えは、ほぼ微弱にしか感じられない。当惑しながらも自己を方向づけようとする「ためらい」を見せないのは、偉大な仏教人ゆえの達観なのか。修験の苦行にしても、あてどない漂泊とは違う。西行など後の時代の遁世者の多くは、公認された仏門を捨て市井の聖《ひじり》、つまりは二重の世捨て人となった。和歌表現と仏門修行という二面性が、行尊にどのような葛藤を生じたかは容易には推測できず、文学表現が作者の実際の行動とは別次元にて評価されるべきものであるとしても、この一首が体現する「旅を人生そのものの象徴とする」観念は、自己の内部における諦念ではあっても、まだ「試練にかけられていないし、承認されてもいない」ように見えてしまう。いや、漂泊者の「ためらい」や行動を和歌表現するには、やはり、西行という才能を待たねばならなかったのか。

リクールによれば、行動することはすでにパロールでもロゴスでもなく、「出来事」である。決意それじたいが空虚であるのに対し、行動は現実の世界に曝されており、何らかの衝突や衝撃、つまりは変化を刻む。しかし変化そのものは認識の境界線上にあって、完全には記述できない。「私が行動について語りうる唯一のことは、その実現された現前そのものではなく、行動と行動が即座にあるいは遅ればせに充実する空虚な志向との関係だけである」。つまり可視的なのは決意が行動によって再認され、決意それじたいの空虚が行動によって充実するという、すでにおなじみの蒙りを蒙られる弁証法である。そんな行動は「世界の充実した拒み難い現前」への対処という「偶発事」であるが、同時に「さまざまの現前をもたらし、さまざまな出来事の作者となっている」。ここでリクールは、わかりやすい例をあげる。行動することは、芸術家が「作品」をつくり出す行為に近似する。彫刻家がある作品を完成しなければ、彼または彼女が頭のなかでイメージするだけの塑像が空虚であるように、それじしん空虚である決意は、行動することではじめて何らかの「作品」となる。もっとも「このような作品をつくろう」というイメージなしに、彫刻家がノミを握ることはない。行動において自分は何をしたいのか、何をするべきなのかという意志的なものがなければ、自分が決意したのはこれこれの行動なのだと自己確認することはできない。「行動することは、意志作用としての「私」と行動野としての世界との間に張り渡されている。行動は、世界そのものの一局面なのだ。(中略)私は、なされるべき何かが存在するような世界のうちにいる」と、リクールは言う。

薦《こも》を着て誰人《たれびと》います花のはる（芭蕉）

芭蕉四十六歳、『おくのほそ道』の長旅を終え、年末には琵琶湖畔膳所の義仲寺無名庵に入る。この句は年明けて、ひとびとで賑わう正月風景である。薦とはマコモで粗く編んだムシロ、薦被りで乞食の身なりを言う。芭蕉自釈に「五百年来昔、西行の撰集抄に多クの乞食をあげられ候。愚眼故、能人《よき》見附けざる悲しさに二たび西上人をおもひかへしたる迄に御座候」（荷兮宛書簡など）とある。『撰集抄』は作者不詳の仏教説話集ながら、芭蕉の時代には西行の作と信じられていた。たとえば「都の内にいづくの物ともしられでさそらへありく人侍り。かしら面よりはじめて、足手どろかたけにて、気色あさましきが、形全《かたまた》き物なんども着ず、むしろこもなどうち着つつ、人の家に入て物を乞うて、世をわたり侍るになん」（『撰集抄』巻二）とある。この漂泊する乞食僧も「薦被り」であり、人が哀れんで「かたびら」を与えようとするが、そのようなものは着慣れていないと突き返し、ただ薦やムシロを捨てるときには頂きましょうとした。そんな漂泊僧の時代から遠く隔たり、めでたく賑わう正月に不意にあらわれた卑しい薦被りを、かつて西行が記述した乞食姿の遁世者や遊行の僧、あるいは西行そのひとの幻ではないかと見る。いや、その面影は芭蕉にとって何かあり得べき姿、この世界において「なされるべき何か」と見えたのではないか。安藤次男『芭蕉』はこの句を評し、「最もうつろい易いものが最もうつろわぬものであるとする、詩を秘する認識がここにある」とした。鷹被りという「最もうつろい易い」異物は、めでたい正月風景という世界に芭蕉が突きつけた「最もうつろわぬもの」、リクールの言う「なされるべき何か」ではなかったか。

あの雲がおとした雨にぬれてゐる（山頭火）

種田山頭火は尾崎放哉と同じく、自由律の俳誌『層雲』に寄稿した俳人であり、また札付きの漂泊者として、今や誰もが知る存在であろう。明治十五年（一八八二年）、山頭火は山口県佐波郡の大地主の長男という恵まれた環境に生まれた。父が政治運動に入れ込んで家政を乱したり、そのためか母が自宅の井戸で投身自殺したりもするが、地元中学を首席で卒業、句作は在学時よりはじめている。山口県立尋常中学（現在の県立山口高等学校）を経て上京、私立東京専門学校（現在の早稲田大学）の高等予科、さらに大学部文学科へと進むが、翌年、神経衰弱を患って帰郷するあたりからその生涯は浮沈激しいものとなる。畑違いの酒造業を買収した父を助けつつ、二十七歳で結婚、翌年には長男も生まれる。三十一歳で『層雲』に初掲載、三十四歳で選者にもなった。しかし同年、父の会社は酒造に失敗して倒産、地元の名士であったはずの父はそのまま消息不明となる。山頭火も熊本に逃れ古書店や額縁屋を営むが、やがて酒に溺れていく。妻子を残して上京するも関東大震災にあって熊本に戻り、泥酔して路面電車の前に立ちはだかる。これを期に市内の禅寺で得度し、妻子を捨てひとり雲水姿で漂泊しはじめる。『層雲』へ投句する有力俳人として、行く先々で歓待もされ、有志の支援で湯田温泉や愛媛県松山市に仮寓するが、乱酒や不摂生の果て、昭和十五年(一九四〇年)、脳溢血で死去する。五十八年の生涯であった。

さて、初出などに「あの雲がおとした雨かぬれてゐる」とあり、濡れているのは漂泊の途上でにわか雨に会った山頭火じしんではなく、路傍の草や石、歩いていく道であろう。おそらくは夏、うだるような山道でふと見ると周囲が濡れていて、わずかな涼味を運んでくる。遠くに浮かぶあの雲が涼しくしてくれたに違いない。雲は漢詩世界では自由に漂う存在である。いや、この句では漂うように見えて、山頭火を先導しているのかもしれない。あてもなく漂泊する山頭火にとって、雲は漂うという「行動」と、道端を濡らすという現前の「変化」によって、「なされるべき何か」を暗示するように見える。漂泊者として、自分もそのようにありたいという願望が、先導するものとしての雲を見ている。周囲が濡れているというサインを、自分だけが読み取っている。そんな一句ではないか。

行動することにおける意志的なものと非意志的なものとの弁証法は、分析される二元性ではなく、生きられた二元性である。行動することによって〈コーギト〉は、身体的な経験へと拡張される。行動とは現実に何かをすること、できるという「力」を感ずることであるが、この何かができるという力を、私は「知っているというよりもむしろ体得している……」。リクールによれば、「〈我意志する〉の身体的展開は、それによって私が能動的に延長をもった複合体になるところのもの、それによって私が私の身体という生きられた空間になるところのものである」。

風になびく富士のけぶりの空に消《きえ》て行方も知らぬ我思《おもひ》哉(『西行法師家集』)

西行晩年の絶唱として、あまりにも知られた一首である。西行が若き日に読んだであろう源俊頼『散木奇歌集』には、「風吹けば空にたなびく浮雲の行方も知らぬ恋もするかな」とあるが、西行が詠むのは「浮雲」ではなく、富士のマグマから立ち昇る噴煙である。西行にとって、「わが思い」の根源である「マグマ」とは何か。目崎徳衛『西行』は、「風になびく富士の噴煙にまぎれゆく、捉え所もない「わが思ひ」とは、西行七十三年の生涯の最終段階における想念である。(中略)おそらくは数寄心も道心も、恋心も旅心も、経世済民の志もさらにはいささかの俗念ももろもろ含まれた、名状すべからざる「思ひ」であったろう」とする。そんな「思い」の根源である「マグマ」とは、コーギトとしての西行において、あらゆる意志的なものとあらゆる非意志的なものとが蒙り蒙られつづける焦熱ではないか。しかもその格闘は西行の内面ふかく秘匿されるのではなく、現実の漂泊の途上、つまりは生きられている空間であるこの世界のただなかに、和歌表現の限界をさぐるようなスケールで刻印される。虚空へ消えていく富士の煙ではないが、私の思いもまた何処かへと……という技巧的転位など無化されてしまうような心的内面と世界との緊迫した互換性が、この秀歌を屹立させる。「われわれは身体をコーギト全体のうちに導入し直し、受肉した身体的状況のうちなる存在という根本的確信を回復しなければならない」と、リクールは言う。私のコーギトは身体としてこの世界に生きているのだという、西行の「根本的確信」を見るべきではないか。

星崎の闇を見よとや啼《なく》千鳥（芭蕉『笈の小文』）

三十一文字の和歌が、時にこの世界すべてを言い尽くそうとするのに対し、十七文字の俳句は遥かに小さな世界、この世界の局所を記述することで、しかし直接には語らない「すべて」を暗喩することがある。この一句はどうか。詞書に「鳴海にとまりて」とあるが、真蹟自画賛には「ね覚《ざめ》は松風の里、よびつぎは夜明けてから、かさ寺はゆきの降日《ふる》」とある。歌枕「松風の里」は大高か熱田の古名、同じく「呼続《よびつぎ》」は熱田と鳴海との間の海岸、「かさ寺」は今の名古屋市南区の笠寺観音で、笠をかぶった観音木像を祀る。そのような地名遊びの間合いに、やはり歌枕の「星崎」、鳴海ちかくの干潟を挿む。古来、流れ星がよく見える地とされ、実際に落下した隕石を祀る社もある。また「千鳥」は、「ぬばたまの夜のふけゆけば久木生ふる清き川原に千鳥しば鳴く」（山部赤人『万葉集』）など、暗夜に啼く千鳥は古代より和歌や連歌の慣用表現であったらしい。つまりこの一句は、流れ星が見えるという星崎につくと、暗夜にお決まりの千鳥が鳴いていた……という戯れ唄と見せながら、敢えて「闇」を持ち出す。宇宙から飛来する隕石が星崎に集中落下するわけではなく、流れ星がよく見えるのは、それだけ夜が暗い、闇が深い土地なのであろう。しかもその「闇」と相性の良い「千鳥」は、ただ鳴くのではなく、その「闇を見よ」と芭蕉に迫る。おそらく芭蕉は「星崎→暗夜→千鳥」という図式をあつらえ、時刻も見計らって到着したのではないか。けれどそこで現実に目撃したのは、干潟の真っ暗闇に千鳥が鳴きわたるという凄愴な光景であった。熟練の漂泊者である芭蕉にとっても、それは想定外に身も心も揺さぶられる「出来事」ではなかったか。若き日の一休禅師は琵琶湖畔のまっくら闇で座禅していて、カラスが鳴くのを聞く。目に見えなくともカラスが存在するように、目にみえなくても仏は存在すると大悟したという。この「偶発事」にあっても芭蕉の身体としてコーギトが、不意にこの世界と不可分であることに目覚めたとするのならば、闇とはこの世界の闇、芭蕉の身体の奥底の闇、いや、その二つが見分けもつかないほど渾然一体となった「生きられている」闇であり、その闇を見よと芭蕉に迫るのは、闇そのものであったかもしれない。芭蕉熟練の技のみが、辛うじて、そんな「偶発事」を刻印し得たのではないか。

行動することの身体

行動することにおける非意志的なものとして、リクールは、「あらかじめ形成されているノウハウ」、「情動」、「習慣」の三つを上げる。それぞれが行動することにおける自己の意志的な自由に関与し、協働し、抵抗もする。ひとつずつ見ていこう。

リクールによれば、「あらかじめ形成されたノウハウ」とは、「世界が私に現前するや否や、私は自分の身体も世界も知らずに、自分の身体について何ごとかをなすことができる」というノウハウである。たとえば幼児は、自分の注意する対象に顔を向ける。そこに意志的なものが介在する必要はなく、つまり意志的なものと非意志的なものとの弁証法が生ずる以前に、知覚と運動とが直結する。幼児は成長するにつれて、この小さなノウハウを積み重ね、あるいは複合し、新しい動作、たとえば立ち上がる、歩行するという動作を限りなく構築していく。ひとたび歩くというノウハウを習得した幼児は、歩き出す毎に、まずどちらの足を先に出すべきか、意志的に決める必要はない。もちろん意志的に歩き始めるとしても、どうやって歩くのかという動作そのものは、すでに非意志的に解決されている。あらかじめ形成されたノウハウは、「知覚するコーギトと自己の身体の運動との間の最初の連続性」なのである。現実の漂泊者において、このノウハウはどのように非意志的なものであるのか。とうぜんながら漂泊者もその日の第一歩を踏み出すとき、どうやって歩き出そうかと思案する必要はない。もっとも漂泊者は歩きはじめた幼児ではなく、はるかに複雑なノウハウを構築しているであろう。いや、漂泊など意志しない人間ではなく、漂泊者にのみ備わったノウハウがあるのではないか。

犬の声する夜の山里(心敬『新撰菟玖波集』)

連歌師の心敬は応永十三年(一四〇六年)、紀伊国に生まれ幼くして仏門に入る。権大僧都にまで栄進している。二十四、五歳から和歌や連歌を学び、やがて京洛の武家歌壇に地位を得るが、応仁の乱をうけて関東へ流浪、さらに関東の内乱により相模国の山寺に籠もる。自撰句集や連歌論を残し七十歳で没するまで、都に戻ることはなかった。前句は「奥深き道を教への便りにて」、つまり釈教的な凡句である。しかし心敬はこの抽象的・観念的な「道」を、現実の漂泊者がたどる夜道に置き換える。暗く心細い山路を歩いてくると、犬の声がする。人里が近いと知る手立て＝ノウハウなのである。「山里の犬」は『源氏物語』等において、里に隠れ住んだ女を訪ねた男が犬に烈しく吠えられて断念するなど、常套表現であった。しかしこの句にあって、犬は邪魔するのではなく、むしろ導く。それはあらかじめ形成されたノウハウではなく、意識の明晰さが届くノウハウであろうか。いや、そう読むのはあと解釈にすぎない。地図もなく、地勢もわからず暗い山路を歩いてきた漂泊者にとって、犬の声にホッとするという臨場感は、おそらくは体験した者にしかわからないものであろう。意識が察知する前にコーギトとしての身体が、無媒介的に振動するのではないか。もちろん前句を受けて、この句は悟りをひらく瞬間、あるいはその予感を吟じたという解釈もあるらしい。

目崎徳衛『漂泊』は、心敬ら連歌師の漂泊・遊歴について、「その旅立ちの動機は必ずしも「数寄心」といった純粋に内的なものではなかった。戦乱の都は住みにくく、これに反して新興の地方豪族には彼等を喜び迎える気分があったという、外的条件を無視することはできない」とする。つまり夢や自由を求めての漂泊ではなく、嫌々ながらの旅立ちであり、しかも行く先々で文芸を講ずる。連歌師の第一人者と目される宗祇にしても、「現代の大学教授が地方へ集中講義に行くような、ビジネスライクな性格があった」と評する。そのためか彼等の「遊歴の実態は、制作された連歌の表面にはまったく浮かび出てこない。あらゆる連歌懐紙に共通して見られるのは、あの「今生は一夜の宿り」の無常観を基調とする、旅と人生との強固な連想」であり、「それはすでに現実から遊離した類型的発想にすぎない」としている。だとすればなおのこと、「犬の声する」の句は、そんな類型表現から思わずも漏れ出た肉声ではないか。

まつすぐな道でさみしい(山頭火)

おそらくは山頭火全句中、もっとも人口に膾炙する一句であろう。つまりはそれだけ多くの共感を呼び覚ますらしい。けれど道がまっすぐだと何故さびしいのか。たとえばマラソン・ランナーは直線コースがあまりにも長く続くと、距離感を失い、走れど走れど到達できないという無力感に襲われるという。しかし漂泊者は距離や時間を追いかける競技者ではない。現在でも徒歩や自転車でゆく旅行者は、地平線まで続くまっすぐな道に心踊せる。行けども行けども到達できないことが、無限の旅心を呼び覚ますのである。ではこの一句をどう読めばいいのか。漂泊者はその日の第一歩を、あらかじめ形成されたノウハウによって踏み出す。いや、漂泊者に限らず、ノウハウは意志的なものを痛めたり停滞させるのではなく、それとなく導く。さらに岐路もカーブも上り下りもない行程ならば、無心に歩いていくことができる。まっすぐな道はノウハウに任せられるのである。もっとも漂泊者のほとんどは、意志的にさまよい歩く者であろう。やむなく漂泊する山頭火にしても、意志的なものは根深かった。けれどまっすぐな道は、非意志的に辿ることができる。選択する自由がない。「まっすぐな道」では意志的に彷徨うことができない。それを山頭火は、「さみしい」としたのかもしれない。

行動することにおける非意志的なものとして、リクールは二つ目に「情動」をあげる。情動とは驚き、愛、憎しみ、欲望、喜び、悲しみなど、「行動を揺さぶり、存在を動じさせる力、つまりまず存在を掻き乱すというのではなく、むしろ或る自然発生性(中略)によって惰性から存在を引き出すような力」をもっている。たとえば驚きは、何か新しい出来事、それが不在であれ虚構であれ、外部から不意を打たれることで生じる認識作用の衝撃である。そんな情動は、リクールが「過誤」とした「情念」とどう異なるのか。「情動が情念から生まれ、そして情念が情動から生まれてくる」というように、二つは密接に絡み合う。それどころか情念はしばしば情動的形態を身にまとう。たとえば情念の化身であるような激情的な愛も、「本来の意味での情動にほかならない身体のあの無秩序と震動なしでは」存続し得ない。もっとも情念は「魂が自らに与える奴隷状態」であって、本質的に精神的なものであり、対するに情動は「魂を混乱させる身体的動揺」、つまりは徹底して非意志的なものである。リクールによれば情動は、「意志的行動を養い、意志的行動に先立ち、それからはみだすことによって意志的行動に奉仕する」。現実の漂泊者はどうか。何度も言うように漂泊者のすべてが、明晰に漂泊を決意し、行動するわけではなかろう。何か止むにやまれぬ衝動につき動かされる、つまりは意志的なものが発動する手前で、すでに漂泊がどうしようもなく、情動的に始められるように見える例がある。

うかれ出づる心は身にもかなはねばいかなりとてもいかにかはせん（『山家集』）

西行において心は身から遊離し、たとえば散りゆく花へと誘われる。そのさまをここでは、「うかれ出づる」とする。「浮かる」とは心が落ち着かない、動揺する、ふらふらと彷徨い出ることであり、そんな心は身に叶わない、つまりは思い通りにはならず、ならばこの先どうなろうともどうにもならない……等と解される。例によって、具体的な事情はいっさい語られない堂々巡りであるが、そんな「浮かる」を西行は繰り返す。

あらし吹《ふく》峰の木の葉にともなひていづちうかるゝ心なるらん（『山家集』）

山の稜線の樹木の葉があらしに吹きとばされる。そんな荒々しい光景に重なるように、心もまた激しく動揺し、何処かへと彷徨い出ていく。それは情動としての驚きであり、意志が働く以前に無媒介的に行動をうながしてしまうのか。そんな心を、西行はいつも抱えていたらしい。

世の憂さに一方ならずうかれ行《ゆく》心定めよ秋の夜の月(『西行法師家集』)

ここには何故「浮かれる」かについて、最小限の理由を掲げる。もっとも「世の憂さ」は西行のみならず和歌表現に多用される慣用句であって、具体的な事情とまでは言えない。しかしその浮かれる心を制御するものとして、「秋の夜の月」を持ち出す。そのあたりに何か、西行を解く鍵があるらしい。

西行の止めようもなく「浮かれる心」を、非意志的な情動とするならば、それは何か未知の、あるいは不在なものをやめて止まない「欲望」ではないか。欲望とは「欲望された対象に向かって自分がすでに何かをなしうると表象すること」、つまり何かを見たい、聞きたい、所有したいという征服的な情動であり、リクールは情動としての欲望を、「身体的な非意志的なものの頂点」とする。それはすでに見た決意することに動機として関わる欲求ではなく、現実の行動を誘発するもの、「身体から意志作用へと昇りゆくある種の冒険心」であり、それがなければ意志作用が無効になってしまうような、やみがたい動因である。もちろんそんな欲望は、身体的困窮を満たす対象だけを欲望するのではない。社会的・知的・道徳的・精神的な諸価値をも領域化する。吉本隆明『西行論』は、源信の『往生要集』から親鸞の『教行信証』に至る二世紀半の途上に、西行を位置づける。源信などに見る往生思想を、吉本は「死をいつも眼の前にぶらさげて生きるという病い」とし、それはやがて親鸞によって超克されていくとする。つまりは西行の生きた時代には、往生譚にみる出家・遁世・往生が先端思想として人々を魅了していた。「出家は、いわば、平安末から鎌倉期にかけての前衛的な思想であり、僧形は、ある意味で前衛的でもあった。青年が流行の思想に踏み込むのに、いつの時代でも、さしたる個人的な動機が必要なわけではない」。西行の出家にしても吉本は、目崎とは異なり特別な理由をさがす必要はないとする。もっとも西行は出家しただけでは満足せず、もちろん往生を望むこともなかった。「心はまた、遁世の境涯からどこかにさ迷いはじめる。どこへ浮れ出てゆくのかわからないが、西行にとって、遁世僧形になりすましても終点にはならないのは、たしかだった」。西行の「浮かれる心」に、吉本も注目する。「西行の出家遁世を、一途に〈死〉にむかって走らせなかったのは、もうひとつ自然の風景に誘われて、どこまでも「うかれ」ていってしまう心を、もてあつかいかねたところにあった」。もうひとつの自然とは、たとえば「花」であり、「月」であろう。あるいはそれらすべてを含む未知の世界ではなかったか。西行の出家・遁世は、当時の流行思想にふれた意志的なものであるのみならず、それとは全く別の、何か情動的なものにつき動かされていたのではないか。このあたりは次章に触れたい。

西行の情動としての欲望は、その未知の世界に何を求めていたのか。すでに見たように目崎徳衛は西行の出家に、「自由人の日本的形態」を見ている。この世の憂さから逃れ、自由に住まいを定め、あるいは漂泊し、存分に歌を詠みたい。それは意志的な選択でありながらも情動としての欲望、つまりは非意志的なものでもあるのか。いや、おそらくはそんな表層的分析を超えたところに、西行の生きられた漂泊があるのかもしれない。繰り返すようにリクールのいう意志的なものと非意志的なものとの弁証法は、分析可能な二元論ではない。まずは西行の身体性があって、意志的なものと非意志的なものとが共鳴し、格闘し、マグマのような焦熱となって激しく何かを希求する。この世の憂さとは、西行の自由を意志的にも非意志的にも拘束するものであって、しかし決意することにおいて西行はためらい、行動することにおいて決意をはみ出していく。いや、漂泊とはほんらいそのようなものかもしれない。漂泊は安定した衣・食・住を手放すという意味で、身体という生命的次元の諸価値に反する。しかし情動においては身体が意志的なものを介さず、いや、意志的なものがあつかいかねるほど狂おしく漂泊を欲望するのではないか。西行は漂泊者としての自らの身体性を窺いながらも、性急な結論を出すことはない。能因や行尊のように、意志的な自己解釈もしない。そこに西行の明断さがあるのではないか。先端思想である出家・遁世に導かれながらも、そこに安住できず、漂泊へと浮かれ出る。ではどう生きればよいのかという問いをまさぐりながら、夥しい歌を詠んだ。「精神は、或る限界と限界の間で、いわば宇宙の一種の許可のもとでのみ物を考えるのだ。宇宙は、私が人間としては歪められ、完全に無秩序に委ねられてしまうまでに、私の身体を揺さぶることができる」と、リクールは言う。漂泊者としての西行は、ただ彷徨いながら、ただ揺さぶられながら彼の生きている時代の先端に、宙吊りにされているように見える。

行動することにおける非意志的なものとして、リクールは三つ目に「習慣」をあげる。習慣は情動とおなじく思念に執拗な触手をのばすが、それじたいが思念することはない。しかし習慣は意志的なものとは別に、何らかの自発性をもっている。たとえばピアノが弾けたり、泳げたりするように、習慣は「或る手持ちの図式に従って、或るタイプの問題を解決しうる力、力量」なのである。その意味ではあらかじめ形成されたノウハウに近似するが、習慣にはノウハウにはない時間軸にそった粘着力がある。行動することにおける非意志的なものとして、情動がある種の無秩序を生み出すのに対し、習慣はむしろ秩序を好む。リクールによれば習慣が帯びる身体性は、「徹底的に私の支配の及びえない一人称の私の持続」、つまり人間にとって圧倒的に非意志的なものである「時間」という溝をなぞる。現実の漂泊者にとって、漂泊とは当たり前の日常からの離脱を意味するが、日常とはこの持続する時間の粘着性であろう。そんな日常への埋没を誘う習慣は、おそろしく根深く、侮りがたい。「習慣は、生の時間を利用することによって、物質の根本的惰性を創出すると同時に、その惰性を身に蒙る。生命の有機的構造のただなかにおける物質のこの抵抗が、惰性の究極的原理である。抽象的な思考そのものが物になるとき、そこに表現されるのは、おそらく生命のなかにある最も生命的ならざる部分なのである」と、リクールは言う。

住つかぬ旅のこころや置火燵(芭蕉『猿蓑』)

置炬燵とは掘炬燵にたいして仮設性の表徴であり、弟子たちが用意してくれた仮住まいであるらしい。しかし芭蕉はそんな仮寓にも馴染まない。やはり漂泊心が騒いで仕方ない。そう読むならば漂泊者としては潔いが、芭蕉だけに裏の裏までさぐりたくなる。「置炬燵旅のこころや住みつかぬ」ではなく、「置炬燵」は最後に、まるで種あかしのように置かれるからである。置火燵の誘惑、暖かさの誘惑に、芭蕉は片足だけ重心を置いているのではないか。漂泊しようという欲望は身体からもこみ上げてくるが、置炬燵の暖かさに誘惑されるのも身体である。「惰性それ自身も、採用された態度なのである」と、リクールは言う。そんな惰性をただ拒否するだけでは人情味に欠けるし、句としても奥行きがない。旅立とう、旅立たねばなるまい、しかし外は寒い。この火燵は温かい……。そんな自虐をもゆるす奥深さが芭蕉にあるのではないか。この一句を吟じながら、芭蕉は薄笑いしているのかもしれない。

ここもはや馴れて幾日そ蚤虱《のみしらみ》(惟然)

自虐をもゆるす奥深さは、弟子の惟然にも受け継がれるらしい。詞書に「山中に入湯して」とあり、漂泊の途上、どこかの湯治場で何日もぐずぐずしているのではないか。芭蕉には「蚤虱馬の尿する枕もと」とあり、「蚤虱」はつねにノミシラミに祟られる漂泊者を連想させる。あるいは湯上がりの裸のまま、僧衣についたノミシラミを潰しているユーモラスな光景が浮かんでくる。もちろん、それが停滞であることは承知している。しかし思いのほかこの惰性は居心地良い。そのような人間的な弱さを排除しないところで、惟然は芭蕉を追慕するらしい。それが漂泊者ではない蕉門俳人には見えなかったのか。何故ならば身体的な時間をまとう惰性とは、ほんらい漂泊しない人間にとって、ごくごく当たり前な日常だからである。芭蕉や惟然はかかる薄笑いによってのみ、辛うじて、その粘着力から自由になろうとしているのかもしれない。

行動において意志的なものは身体を動かすが、リクールによれば、同時に「知」をも動かさねばならない。「知」とは「私が学んだすべて、私が自分の経験と呼び、私が今それを想起していないときでさえ私につき従っているすべて、要するにきわめて広い意味での知と呼ばれうる」ものである。人間が何ものかを意志するとき、知らずしらずのうちに既成の「知」に依存している。そんな「知」は、ある種の習慣として非意志的に働いてしまう。「私が学習したもの、最初の思考作用のなかで統握されたものは、作用としては絶えず消滅し、私の思考のための一種の身体となる。こうして知は、私がその分節を改めて構築することなしに使用する能力の王国に同調することになる。私は新しい思考を形成する度に、古い知を、それを思念することなしに動員するのだ」。つまりは人間の叡智のもとであるはずの「知」が、習慣や惰性の一種として不可視化する。これもまたリクールの言う「生命のなかにある最も生命的ならざる」ものであろう。

あはれ〳〵この世はよしやさもあらばあれ来《こ》ん世もかくや苦しかるべき(『山家集』)

これもまた西行以前にはあり得ないような直截的難解さで、「ためらい」に悶絶する一首である。集中「恋」におかれるが，叶わぬ恋の苦しさのみをこの歌に読む必要はなかろう。この「身」が留め置かれる現世の「あわれ」は仕方ないとしても、「心」が願う来世も同じように苦しいのだろうか……と読むならば、これまでは「身」から遊離して彷徨っていた「心」が、この一首では「身」と同じように鈍重な掟のように西行を拘束し、ならばどうすればよいのかという決意や行動を停滞させるように見える。そんな「心」を非意志的なものとしての「知」とするならば、リクールは決意することにおいては留保してきた「知」を、行動することにおいては審問に付す。行動することは習慣化した「知」の領域外に出ることであり、行動することで身体化した「知」を世界に晒し、解体し、何か新鮮な「知」が生まれることを期待するからではないか。この字余りが余りまくる一首は、その手前で煩悶する西行の「心」を、驚くほど明晰に記述しているように見える。

ただそこにある世界

人間は行動することによって、この世界を認識するに至るのであろうか。リクールはそこに明確な境界線をひく。たしかに認識することは何らかの行動を伴う。けれど私が「できる」ということ、つまり行動するという能力は、ただ対象に問いかけるに過ぎない。行動することにおいて「私のもっている唯一のイニシアティブは、私の世界を探索し、諸対象がそのなかに次第に「姿を現わしてくる」持続を方向づけるということである。（中略）しかし、このイニシアティブは、本来的に見たり聞いたりすることとして、事物の現前そのものに関わるような知覚の本質部分を生み出すわけではない」。知覚とは、見て、聞いて、嗅いで、味わって対象となる事物をまさぐること、つまりは事物への志向性そのものである。しかし事物＝世界は、それ固有の法則をもっている。それは行動することにおける意志的なものと非意志的なものとの弁証法や、その総和や限界によって還元し尽すことはできない。リクールによれば、「知覚の本質的なものが発見されるのは、努力の延長線上にではなく、全く独自な、非力学的とも言えるような路線上においてである。（中略）事物の存在は、単に力としての私の存在の片割れなどではない。事物が存在するとは、私にとってそこにあるということである」。意志的なものにおいて「行動すること」の限界が、ここに暗示される。リクールにおいて最も独自であるらしい「同意すること」が、次のフェーズとして要請される。

さらぬだに世のはかなさを思ふ身に鵼《ぬえ》鳴きわたるあけぼのの空(『山家集』)

鵺は『平家物語』などに登場する妖怪であり、真言宗では鵺が啼くときに招魂の法を行うと『徒然草』にある。何か不吉な、神秘的・魔的な存在であろう。「さらぬだに」は西行が多用する初句で、「さらぬだに秋はもののみかなしきを涙もよほす小牡鹿《さほしか》の声」など、上句につく「そうでなくてさえ」を受けて、下句にはその状況をさらに色濃くする情景などが配置される。ならばこの一首も、さらに「世の儚さを思わせる」何かが下句に描かれるはずであろう。「世」を「夜」とするならば、夜に鳴くヌエは朝になれば鳴きやむはずなのに、不吉にもまだ鳴きやまない……という意味連携か。しかし西行は「鵺鳴きやまぬ」とは詠まない。どうして「鳴きわたる」のか。おそらくこの下句は、西行が見た実景ではないか。徹夜したのか旅寝の朝か、ヌエの不吉な声がヒョウヒョウと曙の空に反響している。それはまさに、「鳴りわたる」としか詠めない光景ではなかったか。伝承や慣用表現にあって夜に鳴くヌエは、夜明けには鳴き止む。しかしこの世界は詠み手の意志や約束事、さらには西行の身体化した「知」とは無関係に、ただそこに現前している。「意志によっては生み出されないような〈見ること〉と〈知ること〉がある」とするならば、この一首において西行は、漂泊するという決意や行動によっては触れることのできない、何か未知なるものに立ち会っているのではないか。

動物園の雪の門があけてある（放哉）

放哉が最後に流れ着いた小豆島に、動物園などあるはずはない。しかしこの句には何故か、実風景のようなリアリティがある。過去に見た記憶がある日、不意に召喚されたのか。日本近代における最初の動物園は明治十五年（一八八二年）、上野公園に博物館付属施設として開園した。その後も京都・大阪・名古屋と、勧業博覧会によって整備された都市公園に、京都市記念動物園、天王寺動物園、名古屋鶴舞公園付属動物園が開設されていく。放哉が見たとすれば、そのいずれかではないか。その動物園の門が開いているのは、雪の日で来園者が少ないとしても、営業日ならば当然であろう。ではこの句をどう読めばいいのか。放哉のほかの句から推測してみよう。

片目の人に見つめられて居た
雪の戸をあけてしめた女の顔
青田道もどる窓から見られる

小豆島の寺男となった放哉が、地元になじめたとは思えない。流れついたよそ者であり、素性の知れない異物である。さらにその偏狭な性格もあって拒絶され、監視されてもいると自覚していたであろう。これらの句に繰り返される「拒絶」を主調音として、あらためて動物園の句を読んでみたい。この開いている門は、少なくとも放哉を拒絶してはいない。雪が降り積むらしい門の内外には誰の姿も見えないが、動物園はその門をあけていることで、放哉を迎え入れるような世界として顕現している。小豆島での最晩年のある日、放哉は過去に見たそんな光景をふと思い浮かべたのかもしれない。それは漂泊者である放哉の夢や当為から離れて、ただそこにある、そこに見えている世界ではなかったか。けれど、何という暗澹とした光景であろう。

身体の必然性に同意すること

リクールによれば、意志的なものは行動するだけでは、その自由を完結することはできない。人間それぞれに個性という偏向がある以上、その動機にも少なからぬ偏向が孕まれるし、「私はつねにうかがい知れない昏さのふところにおいて、自己決定しなければならない」以上、その決意すべてが明晰であるわけではない。さらに人間は身体として生まれては成長し、老化しては死ぬべき存在である。意志的なものがどれほど自由であろうとしても、身体であることからは逃れることができない。決意することも行動することも、これら徹底的に非意志的な必然性には跪くしかなかろう。そこでリクールは意志的なものの第三のフェーズとして、「同意すること」を提示する。同意という語彙はふつう、自分とほぼ同じか、ある程度の共通点をもつ意見や立場、あるいはそれなりに理解できる何かを承認したり追認したり、ときには黙認することであろう。けれどリクールのいう「同意」は違う。まったく把握も理解もできない、あるいは意志的にはどうしようもない必然性への同意なのである。けれどリクールによれば、同意は意志的なものの自由が、非意志的な必然性に敗北することではない。同意とはこの必然性を能動的に採択すること、つまりは意志的なベクトルの延長線上にあり、「理論的にも実践的にも分裂して現われる自由と自然との究極的な和解」なのである。「同意するということは、自分に責任をとり、身に引き受け、我がものとすることである。(中略)同意は判断が穿った間隙を埋め、必然性を自由の表現であり、いわば自由の「アウラ(霊気)」たらしめようと努めている」と、リクールは言う。このあたりも甚だしく晦渋である。

現実の漂泊者はどうか。西行は「願はくは花の下にて春死なん……」と予言した末に大往生を遂げ、芭蕉は弟子に囲まれて布団の上で死んだ。もちろん漂泊者に限らず、ほとんどの人間はその最期のありようを自分で決めることできない。西行や芭蕉の死は、たまたまそうであったと言う結果であり、倫理的帰結ではない。比較するに井月などは長い漂泊の末、野垂れ死にとでも言うしかない最期であったが、それを漂泊者としての自由をまっとうしたと解するのはあまりに表層的であろう。漂泊することに孕まれるさまざまな「抑制不能なもの、不可避なもの、取り返しのつかないものを身に被り、それらを体験するとはどういうことなのか」を見なければ、何も見たことにはならない。同意とはそのような体験に関与する。「ただわれわれ自身のうちに体験される必然性だけが、同意の自由にふさわしいものとなりうる……」と、リクールは言う。

意志的にはどうしようにない身体的必然性とは、具体的にどのようなものか。「私の独自性をなすものはすべて私を限界づけるし、私の意識の昏い豊かさはその欠陥でもある。私を支えている生命と言えども、さまざまな脅威をはらんでいて、いつの日か私を裏切るであろう」と、リクールは言う。「私の独自性をなすもの」としての「性格」、「私の意識の昏い豊かさ」である「無意識」、そして「私を支え」ながらも「裏切るであろう」「生命」を、リクールは同意することにおける三つの非意志的なものとして提示する。一つずつ見て行きたい。

独自性としての性格

性格とは何か。性格の悪さを努力して変える、変えたい、変えよ……などと言うが、そもそもリクールによれば、性格は客観的に観察できるものではなく、固定的・安定的でもない。性格は意志的なものを侵食しながらも、それを理解しようとする意志的な探索の網の目からこぼれていく。「私の性格とは、(中略)私がそれについてもつ移ろい易い経験を変質させることなしには、説明の仕方も分からないような〈どうにもならないもの〉なのだ」。身体から性格そのものを取り出して解釈することはできず、もちろん変容させることもできない。性格を変えるには、別の人間になるしかない。「私は私の性格によって個体性のうちに位置づけられ、投げ入れられる。私は私自身を、いいいいいいいいいい与えられた個人として身に蒙る」しかない。

ぬいてもぬいても草の執着をぬく（山頭火）

山頭火は放哉のような下働きの寺男ではなく、得度して堂守となった時期があり、しかし放哉に倣ってか、「それでよろしい落葉を掃く」などと吟ずる。雑草をぬくという作業も、おそらくは寺仕事のひとつであろう。他にも「雑草」を吟じた句が多い。

やつぱり一人がよろしい雑草
ここで寝るとする草の実のこぼれる
あるがまま雑草として芽をふく

漂泊者に親しい道端の雑草は、山頭火じしんの暗喩とまではいかなくとも、何かしら親和するべき対象ではなかったか。けれど「ぬいてもぬいても」の句は、その雑草の「執着」に言及する。雑草の根はときに太く長く、引き抜いても先端がちぎれて地中に残ると、そこからすぐにまた生えてくる。そのようなたくましさを旺盛な生命力として肯定するのではなく、むしろ「執着」とする。名もなき雑草に仮託されるらしい山頭火の身体から、あたかも抜きそこなって地中に残った雑草の根のように、どうしようもなく蠢動し、湧出してくるものとは何か。それを「執着」とするならば、いったい何に執着するのか。たとえば漂泊することの自由、俳人としての自負、いつの日か漂泊を捨てて定住したいという憧憬なのか。いや、それら目に見える指標がありながらも、山頭火じしんをどうしようもなく破滅的な生き方へのみこんでしまう「核のような不透明さ」かもしれない。おそらく山頭火は、そのような「執着」の根を引き抜きたいと思っていた。いや、幾度となく引き抜こうとしたに違いない。けれど「ぬいてもぬいても」完全に引き抜くことはできない。そんな思い通りにならない何か、まさにリクールのいう性格を、山頭火は蒙っていたのではないか。では山頭火は、そんなみずからの性格に同意しているのか。リクールの言う同意とは、どうしようもなく偏向するじしんの性格を、ただ正確に認識すればよいのではない。同意において「私は、外部からのようにして、「ねばならぬ」と言うのではなく、必然性の上を言わばなぞりながら、〈よろしい、そうであれ〉と言うのである」。「ぬいてもぬいても」の句に、よろしい、それならばそうであれと言う声を聞くことはできるのか。それとも山頭火はまだ、認識するだけの場所で足踏みしているのか。

リクールによれば、性格は決して人間を拘束するだけではない。「私の性格は不変なものをもっているという点で、私の自由な在り方にほかならない……」。私がそのような性格であることが、私という資質や個性を「性格」づけ、ある固有な立ち位置を確保し、その位置からしか出会えないような価値に私を向かわせるからである。性格に同意するとは、そのような自由と制約、意志と必然性とのパラドクスを蒙ることであるらしい。

蠖《しゃくとり》の心はしらぬ毛虫かな（井月）

一見して俳句表現にふさわしい諧謔さと読めるが、それに尽きるはずはない。前進するためにたどたどしく身をくねらせる尺取虫の滑稽さは、無数の毛を自在に動かして進む毛虫には無縁であろう。つまりこの尺取虫は漂泊者井月であり、毛虫に仮託されるらしい世間の優美で豪奢な装いは、彼には無縁であった。もっとも、そのような境遇をえらんだのは井月であって、いや、意志的にそうしたというより、もともと彼はそのような「性格」として、つまり非意志的にそのような存在に投げ入れられていたのではないか。「私に関して何かが私の以前に決定されてしまっているために、あるいは一層悪いことに、誰もそう決めたわけでもないのに何かがすでに決定されてしまっているために、何かが初めから失われているように感じられるのである」と、リクールは言う。どのように努力しても、尺取虫が毛虫になれるわけがないように、井月は俗世に順応して生きることができない。そのような生き方は、「初めから失われているように感じられる」。ならばどのように滑稽に見えようとも、たどたどしく身をくねらせて前に進むしかない。この何気ない一句に、私は何者なのかという根源的な問い、この私とは、「何かが初めから失われている」私なのだという、井月の同意を見るべきではないか。

あいまいで昏いもの

無意識とは何か。リクールによれば、「性格という有限な在り方に続いて、意識の活動性全体に内属するあの絶対的受動性の別な一面、すなわちそれに距離を取ったり、動機として評価したり、従順な能力として動かしたりすることのできないあの非意志的なものの別な一面」である。いわゆる精神分析学における無意識の捉え方を、リクールは批判する。精神分析学においては、生物学が身体を対象として扱うように精神を対象として分析し、そこに自然主義的・因果論的観点、つまりは原因→結果という理論を導入する。さらに治療においても、「外傷的記憶を意識野に再統合する」ことを目論む。つまり「精神分析学は意識の否定であるどころか、むしろ反対に、感情的引きつりを解くことによって可能的意志の意識野を拡張する手段なのである」。これに対しリクールの言う無意識は、まさに意識の明晰さが届き得ない「昏さ」そのものである。決意すること、行動することにおける非意志的なものは意志的なものとの相関関係をもっていたが、同意することにおける無意識は、絶対的に非意志的なもののそばまで人間を導く。それは「取りとめがなく、定式化されていないし定式化することもできず、それと気づかれてもいないし気付かれることもできない「欲望」……［中略］、あいまいで昏いもの、そしていつでも恐るべきものになりうる隠されたもの」なのである。

海凪げる日の大河を入れる（放哉）

放哉終焉の地である小豆島に、大河と呼べるような川はなく、この一句も過去の残像か、想像上の風景であろう。川はたとえ細く小さな流れでも、海に注ぎ込む場所にはさざ波が立つことがある。海がまったく凪いでいる日など、現代ならばサーファーがその波を求めて集まったりもする。もっとも大きな河口ならば、流れ込む水は滔々と海にそそぐのではないか。海が凪いでいる日でもその大いなる動きは、まったく見ることはできない。ならば放哉はこの一句に、どのような思いを託したのか。想像をたくましくするに、おそらくは何か大きなもの、はっきりと認識することはできず、しかし抗いがたい何かを受け入れるしかないということ、ある日、凪いでいる海を目の前にしながら、そのような何かを受け入れる自分、いや、受け入れざるを得ない、しかし受け入れることを「よし」とする自分に気づいたのではないか。けれどそれが何であるのか、放哉が言葉にすることはない。ただ自らの根底にあって、押しとどめることもできない大きな力をもち、けれど意識化したり、分析したりできない何か、まさしく「あいまいで昏いもの、そしていつでも恐るべきものになりうる隠されたもの」を感知したのかもしれない。「あらゆる自己所有は非所有によって取り囲まれており、だから恐るべきものが、またそれとともに、あらゆる無秩序とあらゆる狂気がすぐそこまで来ているのである。理性と努力が狂気へと沈下することによって、自由と無意識の弁証法が停止するような極点があるのだ。この可能性は人間という身分のうちに刻み込まれている」と、リクールは言う。小豆島の海に注ぎ込む大河を幻視しながら、放哉は社会的地位や家族を捨て、すべての人間関係をも捨てたみずからの漂泊という、「あらゆる無秩序とあらゆる狂気がすぐそこまで来ている」実存の水際に立ち会っているらしい。凪いだ海が黙って大河を受けいれるように、リクールの言う「人間という身分」に、おそらくはそれと気づくこともなく、放哉は同意しているように見える。

生命のうちにあること

同意することにおける三つ目の非意志的なものとして、リクールは「生命」をあげる。生命なくしては自己も主体性もなく、自由も不自由もない。人間は生命であったり、生命でなかったりすることはできず、つまり生命は、「他の諸価値と並ぶような一価値ではなく、同時に他のあらゆる価値の条件である」。もっとも生命は感じられるのであって、物を観察するように自分の生命を観察したり認識することはできない。また生命は不可分であって、分割したり、分析することはできない。さらに生命は意志的ではない生々しい事実であるが、生命として私が実存することは発見されるべきものであるというパラドクスを孕む。そんな生命について、リクールは三つの視点から考察する。まずは生体の持続のなかの特定瞬間における有機組織としての生命、二つ目は生体の時間と進化、つまり成長ということ、三つ目は生命がすでに始まっていること、つまり誕生である。ひとつずつ見ていこう。

生命はまず何よりも、有機組織である。有機組織としての生命は完全に充足的であり、言わば解決された問題であろう。心臓の働きも腎臓の働きも、新陳代謝も消化吸収も意志的なものが関与したり、修正する余地はない。あたかも自己や主体性よりも知恵のある何者かが、この問題解決を図っているように見える。けれどそのような生命擬人論を、リクールは否定する。単に生体機能を維持しているだけで、生命と言えるであろうか。いわゆる植物状態の人間は特殊例として、生命としての人間には、意志や志向性がある。有機組織としての生命は、あくまでも「私の諸欲求と諸能力と相関する非意志的なものの背景でしかない……」。有機組織としての生命は「組織たる限りでは解決された問題であり、——かつ欲求や習慣や情動の自発性たる限りでは解決すべき問題なのである」。

身やかくて孑孑《ぼうふら》むしの尻かしら(路通)

八十村路通《やそむらろつう》もまた、惟然と同じ蕉門の異分子である。出身は美濃八十村とも、大阪、京、近江ともある。生年慶安二年(一六四九年)が正しければ、芭蕉より五歳若い。芭蕉が『野ざらし紀行』の途上で出会った乞食僧で、和歌を嗜むというので一首所望すると、「露とみるうき世の旅のままならばいづこも草の枕ならまし」と詠んだ。感銘した芭蕉はその場で弟子となし、路通という俳名を与える。西行の足跡を慕い擬似的に漂泊する芭蕉より、ある意味で真正の漂泊者であり、芭蕉との出会いがなければ歴史の闇に埋もれていたかもしれない。この出会いの三年後、路通は江戸に芭蕉を訪ね、句会に参加し、『おくのほそ道』の途中から同行したり、自ら陸奥を訪ねたりする。蕉門ではそれなりの評価を得たが、『猿蓑』に「いね〳〵と人にいはれつ年の暮」と吟じたように、惟然よろしく一部の門人からは疎まれていた。たとえば許六は、「その性軽薄不実にして師の命に長く違う」と批判し、実際に一時は破門されたりもしたが、芭蕉は臨終に際しその破門を解き、自分亡き後も路通を見捨てないようにと去来にたくしている。芭蕉死後も路通は一所に落ち着かず、しかし最晩年は大阪にいたらしい。没年は元文三年(一七三八年)、芭蕉の死後四十四年とそうとうな長寿ながら、必ずしも定かではない。

さて、孑孑《ぼうふら》は三夏の季語で、蕪村に「ぼうふりの水や長沙の裏借家」、一茶に「孑孑や日にいく度のうきしづみ」などとあるが、この句のように我が身を直截的にボウフラ扱いする例はなかなか見当たらない。ボウフラは溜り水などに湧き、蚊となれば人の血を吸う厄介な存在である。その形態からして決意やためらいがあるようには見えず、まさに有機組織としての生命そのものではないか。そんな絶対的に非意志的な存在に自身を仮託するのは、蕉門から白眼視され、漂泊者として彷徨うみずからを自嘲してのことか。いや、おそらくそれだけではなかろう。衣・食・住に絶えず難儀し、市井の逸楽にも無縁である漂泊者は、ただ身体という最低限の存在として生きている。そのような身体性、有機組織としての自己を認識することで顕になるのは、むしろ路通じしんの「欲求や習慣や情動の自発性」、つまりは身体から湧いてくる漂泊しよう、そろそろ漂泊を終えたい、いや、どうしようもなく漂泊してしまうという、差し迫って「解決するべき問題」ではなかったか。「私はまさしく〈生命のうちなる私である〉という主観的体験のただなかにおいて、自分を自由として目覚めさせねばならなかった……」と、リクールは言う。この一句において路通は、まさに自由としての自己を、反語的な暗喩をもって希求するように見える。

有機組織としての生命に、同意するとはどういうことか。リクールはデカルトの「自分のさまざまの器官の性向によって動かされる延長せるもの、つまり文字通り人間の身体と呼ばれるもの……」(『哲学原理』Ⅱ)を参照し、身体を「延長せるもの」と定義する。この延長せる身体は、世界へと働きかける。しかし世界は身体に対して、いくつもの「否」を突きつけてくる。そのような「否」を、たとえば身体は「苦痛」として受け取る。「苦痛は、思考される以前に感じられる否―存在である。私は苦痛に引き渡され、そこに遺棄されるのであるが、苦痛が自己意識の最も生き生きとした形態の一つであるだけに、ますます私は陰険な形で否定されることになる」。けれどリクールによれば、この苦痛こそが私の身体が世界に関与している証拠である。世界が身体に突きつける「否」という苦痛を介さなければ、身体は自らを世界に差し出すことはできない。「苦しむことと身に蒙ることとは同義なのである」。

いきながら一つに氷《こほ》る海鼠《なまこ》哉（『蕉翁句集』など）

ナマコは日本の食文化において、飢饉を期に食用に供されたとの説がある。浅い海に棲息するその馬糞のような姿は、極限状態でもなければ食欲をそそらなかったのか。現在では珍味とされるが、芭蕉の時代には安価な保存食であった。蕉門の去来に「尾頭のこころもとなき海鼠哉」（『猿蓑』夏）とあり、頭も尾もわからない生き物としての不如意さ、即物的な生のおかしみを吟じたのであろう。しかし去来が夏の句なのに対し、芭蕉は「海鼠」ほんらいの季語である冬を吟ずる。「一つに」とは複数あるナマコが「一つに」らしく、弟子が差し入れてくれたのか、あるいは魚屋の店頭なのか、昨夜の寒さで桶の水が凍り、水底のナマコもみな凍っているように見える。その憐れさやおかしみを吟じたとするのが、一般的解釈かもしれない。しかし芭蕉が「いきながら」とことわるように、それは生きている命、つまり生命であり、どんなに即物的であろうと有機的生命であることにおいて、ナマコと芭蕉の身体とは等価である。そんな生命が今、桶の水底で凍っている。ひときわ寒い朝であったろう。凍っていくナマコが、苦痛を感じているのかはわからない。けれど芭蕉はそこに、何か痛みのようなものを受け取ったに違いない。それは芭蕉の身体が、このひときわ寒い朝という世界から受け取る「否」である。「一つに」とはあるいは、ナマコも芭蕉も「一つに」ではないのか。凍っていくナマコの有機的生命を身に蒙ることで、芭蕉はこの世界とつながっていると感じる。

けれどリクールによれば、そのつながりは一方的ではない。「世界が存在するのも、あらゆる延長せる物体が私がそれであるこの延長せる物体（身体）の地平として存在するからなのだ。これらの物体にその存在の指標、つまり存在を本質から区別するあの重い現前を次々に伝えていくのは、身体である。そして、身体は、世界にいかなる演繹をも越えたその否み難き存在を伝達することによって、延長たる限りでの自分自身の否定性を世界に付与する。世界は非我、非思考、意志されざるもの（non-voulu）なのである」。たとえどのように無表情で物質的な否定であろうとも、世界とは、あくまでも自己の自由の「地平」であるらしい。リクールに従うならば芭蕉もまたこの痛みを介して、そんな世界への「否」、つまり私は非我でも非思考でもなく、意志するものなのだという「否」を、世界に投げ返しているのかもしれない。

有機組織として自己充足している生命は、時間の経過とともに成長し、成熟し、やがて衰弱する。当然ながらそれは、絶対的に非意志的な自然法則である。人間は自らの意志で身体的に若返ったり、年老いたりすることはできない。そんな生命的な時間の現在地である年齢は、性格の偏狭さと同じく、どうしようもない必然性であろう。もっとも有機組織としての生命と同じように、生命的時間は解決された問題でありながら、課題でもある。生命的時間がなければ、人間は何かになろうと決意することも、実際に行動することもできない。「生命的な非意志的なものの跳躍が同時に、持続を私の自由の根本状況として私に開示する」と、リクールは言う。

年たけて又越ゆべしと思きや命成《いのちな》けり佐夜《さや》の中山（『西行法師家集』）

時間としての生命を問うならば、このあまりに名高い一首をあげないわけにはいくまい。文治二年（一一八六年）、六十八歳になった西行は、治承の乱で平氏に焼き討ちされた東大寺の再建資金勧進を依頼され、鎌倉を経て奥州平泉に向かう。詞書に「東の方へ、相知りたりける人のもとへ罷《まか》りけるに……」とあるのは、奥州第三代当主、藤原秀衡である。その途上で鎌倉に立ち寄るのは、平氏滅亡後に奥州と微妙な関係にあった源頼朝と、事前交渉するためであったとされる。『吾妻鏡』では鶴岡八幡宮の鳥居でブラブラとしていたのを見つけられ、頼朝に引き合わされる。実際には見つけて欲しくてブラブラしていたらしい。遁世後は自由人として各所に庵を結び、浮かれゆく心のままに漂泊していたように見える西行であるが、現実にはこのように実務的な旅もあり、そんな実務を依頼されるだけの人脈なり処世術とも無縁ではなかった。『吾妻鏡』では頼朝の求めに応じて、俵藤太より伝わる弓馬の術を披瀝している。

ともかくもこの東国遠征の途上、遠江の国で佐夜鹿の峠を越えていく。若き日の平泉行でも歩いた場所を、まさかこの歳になって旅するとは予想もしなかった……という上句を受けて、下句「命なりけり」を、久保田淳・吉野朋美校注『西行全歌集』は、「命あってのことだなあ」と註する。たしかに七十歳近くまで長生きしなければ、そんなことにはならなかったであろう。けれど、同じ旅上に詠んだ「風になびく……」の絶唱を、すでに見たように目崎が「おそらくは数寄心も道心も、恋心も旅心も、経世済民の志もさらにはいささかの俗念ももろもろ含まれた、名状すべからざる「思ひ」……」と評したように、西行の「命」は波乱万丈という以上のものであり、一言では言い表せないほどの偏向や執着、自己矛盾に満ちていたのではないか。「生命が一つのメロディーのもつ統一性をもつためには、文字通り各々の音が先行の諸音を引き止めておき、後続する諸音を引き起こすのでなければならないだろう。ところが、生命は大抵の場合、生命を即興曲のテーマの形でそれを終始生気づけるような単一の志向を欠いているために、メロディーというよりはむしろ不協和音になってしまうのだ」と、リクールは言う。「命なりけり」の「命」は、ただただ長生きしてきた「命」というに留まらず、もろもろの不協和音をどうしようもなく孕んできた時間的「生命」への深い感慨ではなかったか。いや、西行はそのような生涯を振り返り、「これこそが私の命なのだ」と、宣言するように見える。

あれ夏の雲又雲のかさなれは(惟然)

これもおそらく最晩年の句であろう。冒頭の「あれ」が感嘆ならば、「あれまぁ夏の雲が重なりあって」となり、詞書「故郷の空なかめやりて」を補足して、「その雲が邪魔をして故郷に思いをはせることができない」と読める。もっとも「かさなれば」は仮定形なので、「あれまぁ夏の雲が重なってしまえば」となり、今まさに夏の雲が重なりつつあるのかもしれない。その方が「あれ」が活きてくる。いずれにしてもこの「夏の雲」はただの自然現象ではなく、惟然が漂泊の途上で遥か故郷を思いやるとき、そこに介入してくるさまざまな過去、いとおしい思い出や不愉快な体験、惟然じしんの意志的なものと非意志的なものとの混濁と動揺とが、その視線のゆくえを曇らせていたと読むべきであろう。蕉門と惟然との確執については前述したが、惟然が漂泊者として生きてきた時間、いや、持続である時間としての生命も調和したメロディーではあり得ず、苦々しい不協和音の繰り返しではなかったか。「変化が私を絶えず私自身とは別なものにしてしまうのである。私がそうでありたいと願う同一者と私がそうなってしまう他者とのこの弁証法は、各人のなかで日常的に演じられている」と、リクールは言う。たしかに漂泊者に限らず、人間は必ずしも「そうでありたいと願う」ものになれるわけではない。いや、そうならない人間がほとんどではないか。『惟然坊句集』には、遁世によって生き別れた娘と市井で再会するエピソードがあり、「いかに何処にかおはしましけむ。なつかしさよとて人目もはぢず」乞食姿の惟然の袖にすがりついて泣く娘にたいし、惟然は「両袖にたゞ何となく時雨かな」と言い捨てて立ち去ったという。望郷の思いを眩ませる「雲」とは、たとえばそんな胸をしめつける出来事であり、まさに「雲又雲」が重なるように次から次へと思い出されて、惟然は立ち尽くしているのかもしれない。けれど、そう読むならば「かさなりて」でもよい処を、「かさなれば」と余韻を残す。「かさなれば」にはほんの僅かでも、かさならない可能性が残される。おそらく惟然は、夏の雲また雲が重なるならば、それはそれで仕方ない。重なるなら重なりなさいと吟じたのではないか。「私は、外部からのようにして、「ねばならぬ」と言うのではなく、必然性の上を言わばなぞりながら、〈よろしい、そうであれ〉と言うのである」。漂泊者として生きてきた時間が、どれほどの不協和音を孕み、どれほどほんらいの願いとは違うものであったとしても、それに同意するしかない。この一句において惟然は、「よろしい、そうであれ」と吟じているように見える。

生命という絶対的に非意志的なものの最後に、リクールは誕生をあげる。「誕生によって私は決定的に世界に置かれ、そして何らかの行為をまだ意志的に措定することができないうちに、存在のうちに措定されたのである」。誕生しなければ生命であることはできないが、しかし人間は誕生を択んだわけでも、自覚的に経験したわけでもない。さらに誕生は両親それぞれを必要とするが、両親から受け取った遺伝子も絶対的に非意志的なものであろう。遺伝によって、「私は単に始まりを受け取っただけでなく、本性を、つまり成長の法則・生体の組織化の原理・無意識の構造、そして最後に性格の定式をも受け取ったのである」。このように述べたからといって、リクールがドーキンス流の遺伝子決定論に与するわけではない。身体を観察対象とする遺伝子学によっては、コーギトのあまりにも暗すぎる諸局面を照らすことができない。ただ「遺伝は私のうちなる私の生命に、私に付着せる私の背後の生命自体という不安を付け加える」と、リクールは言う。人間が両親、さらにはその両親と無限にさかのぼれる系譜から遺伝子を受け継いで誕生したという、「私の前史の途方もない厚み」からは、ただただ自己という存在への畏怖が生まれてくるらしい。

非意志的に誕生している生命を畏怖する例を、日本文学にさがせるのか。たとえば西行は、「か丶る身に生はし立てけんたらちねの親さへつらき恋もするかな」と詠んでいるが、この場合の「か丶る身」とは、性格や無意識や生命としての自己ではなく、道ならぬ恋に陥るしかない彼の中途半端な出自であった。西欧流の原罪意識まで持ち出す必要はないが、日本的感性にあって誕生はそれじたい自然現象であり、畏怖や疑念の対象にはならないのかもしれない。日本古典文学において非意志的に誕生している生命への畏怖という作例は、私のような浅学には見つけられない。もっとも近代に至り西欧流の自己に目覚めた日本文学、たとえば芥川龍之介の『河童』には、誕生することを逡巡する自意識が描かれる。

誕生ではなく、生命のもう一つの端末、つまり死についてはどうか。リクールは意外にも、死という絶対的に非意志的なものによって生を限界づけることはしない。死は性格や無意識、生命とは異なり、どのような経験も伴わないからである。死の確実性はあくまでも「知」であって、身体であるコーギトがそれを生きることはない。「死ぬという経験は舌の先まで出かかっている言葉のようなものである。私はその経験を発見しそうになるが、それはつねに私から逃げるのである」。このあたりもリクールは明晰ではないか。

もっとも日本古典文学には、主題としての死が氾濫する。どのように華やかな人生を送ろうとも、やがて人間は死んで消え失せてしまう。そんな無常感が古代から中世にいたる日本文学を支配した。それはしばしば末法思想の浸透によるものとされるが、小林智昭『無常感の文学』によれば、仏教ほんらいの無常観に厭世や悲壮感はなく、むしろ人間真理に迫るポジティブさがあった。小林が「無常感」と「無常観」とを弁別する所以である。けれど小林は、同時にこのようにも指摘する。「仏教と文学との質的な逕庭はまことにはるかである。妻子をこまやかにはぐくみ、名利のためには一身を滅すが、仏法のために身命を捨てる人のないのは愚かであるといわれても、その愚かさの方にこそかえって現実感がある。そして愚かな人間をむしろ愚かさのままに描こうとするのが文学」なのである。そもそも文学とは何かという本質がここにあり、リクールの論考はそのあたりまでも領域化する。いや、そうでなければ本稿は成立しない。吉本『西行論』は、「西行の宗教理念は時代に流布された真言浄土だったし、それ以上でも以下でもなかった。でも出家を決意し、実行することはどんなことで、どんな心の葛藤に出会い、周囲の人々とどんな疎隔に見舞われるものか、あたうかぎり複雑な陰影をこめて表現してみせた。それができるほどの力量ある歌人は西行のほかなかった」とする。この「心の葛藤」こそが、リクールの言う意志的なものと非意志的なものとの弁証法、たとえば「ためらい」の陰影であろう。「周囲の人々とどんな疎隔に見舞われるものか」についても、すでに見たようにリクールは、他者や社会、歴史という身体とは別の非意志的なものの淵源、さらには「呼びかけ」に言及している。

古代から中世にいたる日本文学において、まさに「死」を身体であるコーギトとして生きているような作例について、吉本は「死をいつも眼の前にぶらさげて生きるという病い」と評したが、それらはリクールのいう「超越」に重なるのかもしれない。超越とは前述したように、「道徳的にだけではなく存在論的にも徹底した意味での自律性としての自己」を仮構することである。僥く穢れたこの世を厭い、いち早く死を目指すべきという末法思想の自律性は、たしかに身体としてのコーギトを「超越」してしまう。前述したように吉本は、そのような「病い」は親鸞により理論的に解決されるとしたが、その後の日本文学、たとえば芭蕉はこのように「死」を描き出す。

入月《いるつき》の跡は机の四隅哉（『蕉翁文集』など）

門人其角の父、膳所藩侍医であった竹下東順の死を追悼した一句である。月が没して暗くなった室内に、東順愛用の机が残され、その輪郭をわずかに見える四隅でたしかめるのみである。この句を寄せた『東順伝』には、「市店《してん》を山居にかへて、楽むところ筆をはなたず、机をさらぬ事十とせあまり、其筆のすさみ、車にこぼるゝがごとし」とあり、かつてその机上には筆や硯、墨や水滴などが置かれ、書物もうず高く積まれていたであろう。主人の死後、そのすべてが片付けられてしまい、ただ無人の机だけが押し黙っている。月が没した「後」ではなく、「跡」とした語感も鋭い。時間が経過した「後」ではなく、そこにあるべき月、すなわち東順がいなくなった「跡」なのである。いずれにしてもここには、生命の僥さを嘆く無常感はない。故人の在りし日の面影を忍び、その文人としての佇まいを賛美してみせる。無常感どころかどのような宗教観も介入させない。追悼句であっても死の昏さではなく、あくまでの生命の昏さ、いや、尊さを吟じているように見える。それにしても芭蕉におけるこのような末法思想からの離脱は、どのような理由によるのか。そのあたりは次章にて検討したい。

西行に戻ろう。吉本が指摘するように、西行が思想的には往時の真言浄土に囚われていたとしても、彼の文学すべてをその理念の範囲内に限界づける必要はない。吉本の言う西行の「心の葛藤」は、真言浄土理念の限界を、絶えずまさぐるらしい。それどころか西行には、こんな異色の歌もある。

水際《みぎは》近く引き寄せらるゝ大網に幾瀬の物の命籠れり(『山家集』)

出家者にとって魚食は禁忌であるが、庶民は違う。砂浜に集まった多くの人手が引き寄せる漁網には、たくさんの魚がかかっている。いや、それはまだ姿を見せていないが、「幾瀬の物」や「大網」が、その豊穣さを予感させる。やがて海面から飛び跳ねて抵抗するであろう無数の魚は、それぞれに貴重な命である。人間が食すれば、人間の命にもなる。つまりは無数であり、一つひとつでもある命の尊さを、西行は賛美しているのか。この一首と同じく、主要な西行論ではあまり取り上げられない一群の歌があって、いずれも都の外縁、あるいは自然のなかで無名に生きる人々を詠む。

門ごとに立つる小松にかざられて宿てふ宿に春は来にけり(『山家集』)
里人の大幣小幣《おおぬさこぬさ》立て並《な》めて馬形《むまかた》結ぶ野べになりけり(同右)
山深み榾《ほた》切るなりと聞えつゝ所にぎはふ斧の音かな(同右)

新春の宿という宿に飾られる門松、村祭りの野に立て並べられる大小の御幣《ごへい》、山深く薪にする木を切る斧の音の賑わい……。いずれも末法的な無常感とはおよそ無縁であり、庶民の暮らしに宿る活気、逞しさ、生きていることの喜びさえ謳歌するらしい。つまりは西行にとって、ほんらい非意志的なものである他者や社会、歴史への肯定なり密かな自己同一化を読むなら、「大網」の一首は、まさにその頂点にあるのではないか。「佐夜《さや》の中山」の「命」は、時間的有限性に囚われていたが、ここで謳われるのは永遠に受け継がれるような命、大網に捕らわれてはいても、決して死に限定される命ではなく、生きている命そのものであろう。性格の偏向を拒絶して全体性を願うこと、意識の無意識に対する受動性を拒絶して透明性を願うこと、生命という実存を拒絶して自由な自己措定を願うこと、そのような拒絶をリクールは傲慢な肯定であるとする。これら肯定の虚しさと挫折とは、容易に絶望の哲学を生み出すからである。ならばこのような拒絶からこそ、同意を奪還しなければならない。「同意が奪還されるのは、拒絶からなのだ。なぜなら、同意は拒絶を反駁するのではなく、それを超越していくことになるからである」。同意が拒絶を超越していくとは、またしても抽象的かつ難解であるが、この超越を考えるに「大網」の一首は、「誕生」であり「死」でもある生命への同意として、貴重な例示かもしれない。

肌によき石に眠らん花の山(路通)

路通の代表作とも言われる一句であり、師である芭蕉の「酔《ゑふ》て寝むなでしこ咲る石の上」を下地とする説がある。その芭蕉もまた、『後撰和歌集』にある小野小町と僧正遍昭とのやりとりを下地にするという。ある日、大津の石山寺に詣でた小町は、日も暮れたので一泊して帰ろうと決めるが、まだ出家したばかりの遍昭も来ていると聞きおよぶ。ここはその色好みの現状を試してやろうと、「岩の上に旅寝をすればいと寒し苔の衣を我に貸さなん」と送ってみる。「岩」は石山寺の「石」であり、その上で寝るのは寒いので、岩につく「苔」の衣を貸してください……という。苔の衣は僧衣であり、つまりかなりあからさまな秋波を送ってみた。これに対し遍昭は、「世をそむく苔の衣はたゞ一重貸さねば疎しいざ二人寝ん」と返す。私が世に背いて着ているこの僧衣は一重しかありません、しかし貸さないのは薄情なので二人で羽織って寝ましょう……と、これもまた露骨なまでにストレートな返答であった。それでどうなったのかというと、『大和物語』では返歌をもらった小町が寺じゅうを探し廻るが、遍昭はサッサと逃げ出したらしく見つからなかったという。ともかくもこの男女手練の技の交換から、芭蕉はただ、「石の上で寝る」のみを採る。撫子《なでしこ》は野に咲く花ではなく、江戸の園芸ブームによって観賞用に栽培された。おそらくは立派な庭をもつ資産家に招かれた芭蕉が、昼から接待酒に酔い、庭に出て石の上での昼寝を気取る。なでしこは初秋の季語なので、まだ暑くとも石の上はひんやりと涼しいのかもしれない。色恋の駆け引きなどないものの、それは軽いウィットであり、手厚い接待を受けた芭蕉が主人に返礼する一句であるらしい。ならば路通の句はどうか。市井の豪邸の庭石ではなく、花咲く野山の石であろう。その石に涼むのではなく、桜の咲く頃ならばうすら寒くもあるのではないか。恋の駆け引きどころか、接待してくれる人の気配もない。ただ花と石と、路通じしんである。しかし路通は、その石に眠ろうと言う。もちろん花を愛で、少しは酒も呑んでいたかもしれない。けれど西行辞世の句、「願はくは花の下にて……」を踏まえれば、この「眠らん」には無期限の時間、死をも越え未来までたどるような時間を読みとることができよう。ならば「肌によき石」とは何か。涼ませるのではなく、うすら寒くもある石が肌に良いとは、俳句表現の本質たる軽みや可笑しみもあろうが、漂泊者の野宿に親しい石が肌に良いとするならば、おそらく路通は、この漂泊の途上に果ててもかまわない、いや、漂泊者ならば、このような石の上で永眠しようと吟じたのではないか。西行の「願はくは……」はある種の希求や願望であったが、路通の句はそうなるであろう、いや、そうなるしかないという承認、つまりはそのように潰える生命への同意であるように見える。

入れものが無い両手で受ける（放哉）

同意することについて最後にもうひとつ、放哉をとりあげたい。しばしば例示される代表作であり、くだくだ解説を要しない一句かもしれない。けれどそのわかりやすさの本質はどこにあるのか。いや、わかりやすいようで疑問は残る。まずは両手で何を、誰から受けるのか。俳句が簡略化の文学であるとしても、ここまで省略するのは例外的であろう。もっとも放哉の他の句を見れば、だいたいの想像はつく。

何かしら児等は山から木の実見つけてくる
乞食の児が銀杏の実を袋からなんぼでも出す
栗が落ちる音を児と聞いて居る夜
何かつかまへた顔で児が藪から出て来た
少し病む児に金魚買うてやる
両手をいれものにして木の実をもらふ

その最晩年、周囲との付き合いを極度に嫌ったらしい放哉にとって、子どもたちは例外的な話し相手であり、彼らが野山から拾ってくるギンナンや栗などを、ただで貰ったり小遣いと交換していたのではないか。寺の庭掃除をしているとやって来るので、咄嗟に入れものがなく、しかし両手に余るほど受け取る。そんな経緯であったろう。けれど「入れものがない……」の句は、そんな子供や木の実を捨象することで、「受ける」という行為そのものに焦点を絞る。例示した数句とは、明らかに別の次元を開示する。では「受ける」とはどういうことか。例えば『徒然草』には中国古代の隠者、許由《きょゆう》の故事がある。「唐土《もろこし》に許由といひつる人は、さらに身にしたがへるたくはへもなくて、水をも手してささげて飲みけるを見て、なりひさごといふ物を人の得させたりければ、或時、木の枝にかけたりけるが、風に吹かれて鳴りけるを、かしかましとてすてつ。また手にむすびてぞ水も飲みける。いかばかり心のうち涼しかりけむ」(第十八段)。許由という隠者は水を飲むにも手を容器にしていたが、ある人が瓢箪でつくった柄杓を与える。しかし木の枝にかけておくと風に吹かれてうるさく鳴る。捨ててしまってまた両手で水を飲んだという。『徒然草』はこの挿話の直前に、「昔より、賢き人の富めるはまれなり」としていて、兼好は無一物の清貧さを讃える。ならば放哉の句にも、そんな清貧さを読むべきなのか。いや、明らかに違う。この一句が開示するのは、普通ならば持っていてもいいものを持っていない清貧さではなく、リクールの言う「初めから失われているように感じられる」何かではないか。それは放哉の性格か無意識か、あるいは生命から予め剥ぎ取られているものか。いや、実際はそのすべてかもしれない。けれど、それら非意志的なものを蒙るのは、あくまでも放哉の意志的なものである。本章冒頭に引用したように、「非意志的なものに固有の可知性というものはない。意志的なものと非意志的なものとの関係だけが可知的」なのである。決意であれ行動であれ、意志的なものが発動しなければ、非意志的なものがその姿を見せることはない。いや、同意することにおける非意志的なものは、意志的なものが発動しようとしまいと、そこにある圧倒的な深淵であろう。誰から何を……を敢えて捨象し、「受ける」ことそのものを吟ずるこの一句において、放哉はその深淵を覗き込んでいるのではないか。何かが「初めから失われているように感じられる」自分を、まさに両手を入れものにして受け入れる。いや、放哉はそのような自分じしんに、同意しているように見える。

第二章　漂泊者はどこから来たのか　――漂泊思想の血脈

中国大陸古代における無用者

『老子』に曰く、「上善は水の如し。水は善く万物を利して而も争わず」。最高の善は水のように万物の利となり、しかも何ものとも争うことがない。日本人にはお馴染みのフレーズなのか、日本酒の銘柄にもなっている。しかしこの「水」は決して清く澄んだ水ではない。『老子』は続けて、「衆人の悪《にく》む所に処る」とする。「悪」の字は「亜」(みにくい)と「心」(おもう)とを合わせ、「醜く思う→憎む・悪《あく》」となる。どうして人びとに憎まれるのかと言えば、淀んだ水溜りだからであろう。たしかに水はその形状を自由に変え、それぞれの場所になじむ。人間という存在や行為も、そのようにあるべきと『老子』は言いたいのか。しかし人びとに蔑まれ、見捨てられもする水溜りの泥水を持ち出すところに、『老子』に色濃い隠棲・隠逸のニヒリズムを見ることもできよう。いや、誰とも争わずどこまでも流れていくならば、漂泊者の思想とさえ言えるかもしれない。そんな老子が生きたらしい紀元前六世紀の魯国から、実に二千五百年、遥かに陸海を隔てた島国でひとりの漂泊者が、このように吟じる。

落栗の座を定めるや窪溜り（井月）

路傍に落ちたクリの実が、自らの意志で動けるわけはない。わずかな高低差や風雨によって、転がっていくのがせいぜいであろう。そして誰も知らない小さな窪み、雨水さえ溜まっているような場所におさまる。何かと争うことはないが、何かを利することもない。そう吟じた井月の脳裏に、「衆人の悪む所に処る」が知識教養として納まっていたのかは不明ながら、いや、ただの知識ではなく、まさに身体的な直感が彼をしてこのように吟じさせたのか。「定める」には「や」がつくので、おさまることへ期待、おさまっていることへの小さな驚きまで読むことができよう。埋もれかけていた井月の作品と生涯とを発掘した下島薫によれば、この一句は井月がある仮寓を得た際の吟であるという。もっともその仮寓はほんの一時であった。

さて、このように書いたからと言って、日本の漂泊思想の淵源が中国大陸古代にあると、断定したいわけではない。前章でいくども引用した目崎『漂泊』は、ヤマトタケル東征などの神話世界に、日本の漂泊思想の端緒をさぐる。引用はしていないが中西進『漂泊』も、「日本的心性の始原」という副題をもちつつスサノヲあたりから説きはじめる。けれど神話世界に言及するならば、ヨーロッパ古代にはたとえばオデュッセウスの放浪があり、中国大陸『楚辞』にも、ほんらい実在人物であるはずの屈原を主人公にした空想的な遍歴譚がある。これら放浪する英雄の物語は、ユーラシア東西からアメリカ大陸にまで分布するローラシア型神話に共通するとされ、けれどそのあたりはとても本稿に納まらない。ともかくも日本古代の神話世界のみが、西行や芭蕉らの漂泊の唯一の淵源なのかというと、おそらくそうではなかろう。やはり日本文化に大きな影響を及ぼした中国大陸文化、たとえば『老子』の「衆人の悪む所に処る」から井月の「落栗」の一句へと、何らかの血脈をさぐりたくなる。もちろん隠棲・隠逸なり漂泊といった思想の本質が、これほどの時間と距離とを隔てて直結したはずはない。にわかには想像できないほどの変質や変貌、誤解や曲解、さらには蘇生・再生があったと見るべきであろう。けれどそのあたりを記述する書籍・研究は、調べた範囲には何故か見当たらない。ならばできるだけのところを、本章にて確認したい。探索する範囲はおそろしく広いが、唯一の正解を求めようとは思わない。不遜ではあるが楽しみながら検証してみよう。

中国大陸の古代思想と日本文化・文学とを比較する場合、そこに生じる差異や落差は、たとえば隠者という存在に顕在化する。隠者がそのまま漂泊者になるわけではないが、前章で定義したように漂泊者はまず「世」を捨てる。折口信夫の「女房文学から隠者文学へ」にしても、西行や芭蕉を隠者文学としてカテゴライズした。まずは大陸の隠者を例示しよう。もっとも古い例として、巣父《そうほ》・許由《きょゆう》の逸話がある。『徒然草』に登場する許由については、すでに前章でふれた。古代の伝説的聖王である尭《ぎょう》は、許由の才覚を聞きおよび天下を譲ろうと申し出る。しかし許由はつまらない話をされて耳が汚れたと、潁川《えいせん》で耳を洗い箕山《きざん》に隠れる。それを知った巣父は、潁川の水が汚れているとして牛に飲ませることを嫌ったという。『老子』とともに老荘思想の淵源たる『荘子』逍遥遊篇や、『史記』燕召公世家にみえる故事である。たとえ偉大な聖王の申し出であっても、権力に手を染めるなど忌まわしい。つまりは徹底的な反権威・反権力の姿勢、いや、怨嗟や憎悪さえ感じさせる。

時代を下って殷末、『史記』伯夷伝などにみえる伯夷《はくい》・叔斉《しゅくせい》兄弟の逸話も、古来、大陸の人口に膾炙した。孤竹国の王子、伯夷(長男)と叔斉(三男)とは、次男の仲馮に国を譲り流浪の身となる。周の文王の評判を聞いて赴くが、彼らが周に着くと文王はすでに亡く、息子の武王が殷を討とうとしていた。父の喪中に戦争は良くないと兄弟は諫めるが、武王は聞き入れず戦って殷を滅ぼす。そこで彼らは周に仕えることを潔しとせず、首陽山に隠遁し餓死する。ここにあるのは巣父・許由のような徹底的な反権力の怨嗟ではない。そもそも文王に仕えようと周に赴いたのである。自らが信じる礼にそぐわない権力を避けただけで、権力そのものを忌避したのではない。そんな兄弟について『論語』微子篇は、「自分の生きかたを取り下げたりせず、主取《しゅど》りのためならどんなことでもすると諂い躊ったりしない……」(加地伸行全訳注『論語』以下同じ)と評価する。『荘子』『史記』に登場する巣父・許由と、『論語』に讃えられる伯夷・叔斉兄弟とでは、同じ隠者のように見えながらも、そうとうな違いがあるらしい。

『論語』微子篇においては、まさにその両陣営が対面・対決する。ある日、孔子一行の車が通りがかると、長祖《ちょうそ》と傑溺《けつでき》とが地を耕している。孔子は弟子の子路をやって河の渡し場への道を尋ねさせる。しかし長祖は孔子の一行だとわかると適当にはぐらかし、傑溺も「どこもかしこも乱れとるわな。みなあきらめとる。お主も、人を選んでは浪人しておる孔丘なんかに付いてゆくより、静かに隠居して暮らしておるわしらに付いてくるほうが、よほどましぞ」と嗜める。子路がそのまま報告すると、孔子はしらけて、「私は鳥獣とともに暮らすことはできない。私がこの世の人とともに生きてゆくことをしないで、誰とともに生きてゆくのか。乱世でなければ、私は誰とも、ともに〔この乱れた世を治まった正しい世に〕変える必要はないのだ」と言う。孔子の使命はあくまでも世のため人のために乱れた政治を正すことにあり、世を捨てて鳥獣のように生きる隠者などに興味はないらしい。そんな孔子の志を嘲笑する隠者も、同じ『論語』微子篇に見える。楚の狂接輿《きょうせつよ》という者が孔子一行のそばを、「大鳥さんよ大鳥さん、世の中まっ暗。すんだことはそれまで。これから先ゃなんとでも。止めなされ、止めること。お上はやばいよ」と歌いながら通り過ぎる。孔子は車を降りて話しかけようとするが、男は敬意を払いつつ立ち去ってしまい、対話することはかなわない。狂接輿とあるが真正の狂人ではなく、佯狂の隠者であろうか。中国大陸史には身の危険を遠ざけるために、狂気を装う者に事欠かない。接輿から見れば世のため人のために有用であろうとする孔子のほうが、むしろ狂人に見えたのであろう。ただし不思議なことに接輿に対して孔子は、長沮・桀溺へ敵意を見せたようには反応しない。因みに接輿は『荘子』にも頻出する。逍遥遊篇では楚王の招聘を断るという、巣父・許由に似たエピソードがある。

『論語』に登場し、孔子を否定する隠者とはどのような存在なのか。中国大陸古代、春秋から戦国時代にかけては多くの小国が淘汰・滅亡し、インテリ階層がその地位を失った。森三樹三郎『老子・荘子』によれば、そのような浪人群から「列国の需要に応じて新しい政策を考案し、官僚としての地位を得ようとして運動するものが多くあらわれた。これが戦国の諸子百家とよばれる人びとである。〔中略〕このコンサルタント業の創始者は、ほかならぬ儒家の孔子であったが、かれは春秋時代の末期の人であったので、戦国の諸子百家よりは一歩先んじていた……」という。もっともそんな生存競争をよそに、「ひとり在野の生活に甘んじ、思いを永遠の世界によせる一群の人びとがあった。それは老子や荘子を代表とする道家の人びとである。すでに孔子の時代にも、このような隠者の生活を守るものがあったことは、『論語』などによっても知ることができるのであるが、それが一つの思想として結実するのは戦国時代の老荘に始まるといってよい」。たとえば『荘子』秋水篇では、楚王が荘子に国事をまかせようと使者をつかわす。巣父や許由、接輿と同じ任官・重用の逸話である。濮《ぼく》水で釣りをしていた荘子は使者の言に直接には答えず、「聞けば、楚の国には神聖な亀がいて、死んでから三千年も経つとか。王さまはそれを絹のきれに包んで箱に収め、霊廟で保管されているそうな。この亀は、死んで甲羅を留めて大切にされることを望むでしょうか。それとも、生きてしっぽを泥の中に引きずりながら遊ぶことを望むでしょうか」（福永光司・余膳宏訳『荘子』以下同じ）と使者に問う。それは後者でしょうと使者が答えると、荘子は「お帰りなされ。私はしっぽを泥の中に引きずりながら遊ぼうとしているところですぞ」と、ありがたい招聘話を断るのであった。「寧其生而曳尾於塗中乎（寧ろ其れ生きて尾を塗中に曳かんか）」は、しばしば引用される名句であるらしいが、この「塗中（泥の中）」は、すでに見た『老子』の「衆人の悪む」濁った水溜りを連想させる。

老荘的な隠者は権力に近づかず、自由に生きることを選ぶという。それでは社会的に見て無用な人間になってしまうのではないか。けれど『荘子』の隠者は、無用であることを憚らない。『荘子』逍遥遊篇から引用しよう。恵子が荘子にいった。「ぼくのところに大木があって、みなに樗《おうち》と呼ばれている。その幹はこぶだらけで墨縄もあてられず、小枝は曲がりくねってぶんまわしや差しがねもあてられない。道ばたに立っているのに、大工も知らぬ顔だ。ところで君の議論にしても、大きいばかりで役に立たない。みんながそっぽを向いてしまうのはそのせいだよ」。これに対し荘子は、「いま君のところの大木は、役に立たんとこぼしているが、なぜそれを何一つない村里や、果てもない広い曠野に植えて、ゆったりとそのかたわらに憩い、のびのびとその下に寝そべらないんだい。まさかりや斧で若木のうちに切りたおされもせず、何か危害を加えられる恐れもない。何の役に立たなくたって、気を病むことなんてまったくないんだよ」。この話をどう読むべきか。たしかに老荘において人間は、樹木と同じく自然の一部にすぎない。けれどそれでは人間が構築した文明なり社会とは何か、『論語』や『莊子』もその一部である思想とは何かという話になる。樹木はどんな大木であっても、思想をもつことはない。しかし人間はどんなに卑小であろうとも、パスカルの言う通り「考える」存在ではないのか。

このような疑問に答える一案として、日本史とは比較にならないほどの苛酷な歴史、とりわけ二百年も続いた血みどろの戦国時代を思い出す必要があろう。『史記』には打ち負かした敵兵の首を切ること二十四万とか、生き埋めにすること四十万とか、多少の誇張はあるとしてもおよそ日本史にはありえない凄惨な記述が目立つ。権力をささえる有用の士でも、国内の反乱や国外からの侵略、あるいは家臣の謀反によって主君が退位すれば、あっという間にその地位を失う。主君が健在でもライヴァルの讒言を受けて、簡単に失脚してしまう。いや、地位を失うだけならまだしも、命までとられる例に事欠かない。それも普通に殺されるのではなく、拷問されたり、車裂きに処せられたりもした。そのような歴史が生み出す中国大陸思想の特徴として、有用であることは危険である、生き延びるためならば無用でよいという心理が働いたとしても、何ら不思議ではなかろう。早くも津田左右吉『支那思想と日本』は中国大陸思想の特色について、「すべてが直接に人の現実の生活に関係のある、いわば実際的の、問題に集中せられているということである。道徳か政治か、然らざれば処世の術、成功の法か、あらゆる思慮は殆どみなその何れかについてである。〔中略〕支那人ほど人に対する法、人を利用し人を御する術を考え、そうしてそれを説きそれを教えたものはあるまい……」と分析した。人間としての理想を語る以前に、まずは過酷な人間社会を生きのびること、理念ではない個別的・具体的な困難を、どう切り抜けるかが喫緊の課題であったのか。さらに津田は有用を志す儒学と比較し、無用に徹する老荘をも批判する。「隠逸の思想もまた権勢名利の地位から去ることによってその地位に伴う危険から遠ざかるという意味に於いて身を保つ道である。〔中略〕かかる要求とその享受とはすべて自己に関するものであるから、〔中略〕保身の道たる隠逸の思想も〔中略〕、畢竟、自己本位の考え方であり、一種の利己主義である」。

このように説く津田に対し、白川静『孔子伝』はまったく違う見方を提示する。ほんらい漢字学者である白川は、一般に語られるような儒家と老荘との単純な対決的関係を否定し、老荘思想の根源をなんと孔子に求めた。もっともそのためには後代の伝統主義的・典礼重視的な儒学から、孔子そのものを生きた思想者として救出せねばならない。白川によれば「孔子の時代には、この民族のもつゆたかな伝統がなお生きつづけていた。神のことばを伝える聖人たちの教えがあった。そのことばの意味を明らかにすることが、孔子の使命であった。そして孔子はそれを、仁においてみごとに結晶させた。それは心のうちに深く求められたロゴスの世界であった。しかし墨子や孟子の時代には、ようすは一変していた。伝統は滅び、ながい分裂と抗争とが、すべてを荒廃させていた。問題を、人間性の内面のものとして解決することは、不可能となっている。また列国の歴史的役割も、すでに終わりに近づいている。いまや天下を、その政治的対象として考えなければならない。明確に客体化しうるような、新しい原理が要求される」ことになる。「ながい分裂と抗争」、つまりは血みどろの戦国時代という「問題を、人間性の内面のものとして解決すること」が不可能な時代にあっては、津田の指摘通り、現実的・実務的な解決法のみが有効となる。その緊急要請にこたえようとしたのが墨子や孟子であり、さらにくだって荀子や韓非子であった。そのような体制的・規範的な思想を白川は、孔子がもとめた「ロゴスの世界」に対し、「ノモスの世界」とする。「孔子において明らかにされたイデア的な世界は、やがて儒墨の徒によって、ノモス的な社会的一般者に転化された。それは集団のもつ規範性にすべての人が服従しなければならぬ世界である」。けれどそんな墨子や孟子とほぼ同時代に生きながら、荘子はノモス的世界には従うことを拒否した。その意味では孔子が求めたロゴス世界の継承者であり得ると白川は見る。『論語』に登場する隠者の孔子批判、とくに狂接輿の毒々しさについてはすでに見たが、白川は「『論語』の編纂は、〔中略〕孔子の没後二百数十年にわたってつづけられたものであり、その批判者たちの資料をも含んでいる」とした上で、「批判は異質の世界に起こるものではない。共通する連帯の中にありながら、その立場を異にし、目的を異にするところに、その自己諒解の独自性の主張として生まれたものである」とする。『論語』に散見する孔子と老荘的な隠者との対立は、対話であって単なる反論ではない。同じように『荘子』においても、儒教批判はしばしば孔子と弟子との問答形式をとる。大宗師篇から例示しよう。子桑戸、孟子反、子琴張という三人が、「交際ぬきで交際し、協力なしで協力する、そんなやつがいないかなあ。天に昇り霧の中で遊んで、限りない空間を経めぐり、この生を忘れて、無窮の世界に生きる、そんなやつがいないかなあ」と語り合い、そのまま友となる。そのうち子桑戸が亡くなったので、孔子は弟子の子貢を弔問に行かせる。しかし孟子反と子琴張とは悲しむどころか、琴をかき鳴らして歌っている。そんな行為は礼に反すると非難されても取り合わない。子貢が戻って報告すると、孔子は「あれは規範の枠外で遊ぶ者で、この私は規範の枠内で遊ぶ者なんだよ。規範の内と外とは交わることがないのに、お前を弔問にやったのは、私の迂闊だった。彼らは造物者と肩を並べて、天地の気に遊ぼうとしているのだ。彼らは生をコブやイボ同然のよけいなものと見なし、死をできものがつぶれたくらいにしか思っていない。［中略］そんな人々がどうして煩わしい世俗の礼を行なって、世人の耳目を楽しませたりするものか」と、彼らの立場を擁護してみせる。白川はこのような「説話中の孔子は、後学によってノモス化された儒家教説の超克を望んでいるのではないか」とする。もちろん実人物としての「孔子」ではなく、「孔子」という思想であろう。孔子によるイデア的完成は、「その完結性ゆえにみずからの限界をもつ」。その後の儒教がたどった儀礼優先主義を見ても明らかであろう。そこで孔子は新たなイデアの完成を、一番弟子の顔回に求めた。その顔回の早世を「ああ、天、予を喪ぼせり」とまで嘆いた理由がそれであり、『荘子』という新たなイデアによるノモスの超克が必要とされたのである。そのようなイデアの探求を、白川は「巻懐の道」とする。「巻懐」とは耳慣れない語彙であるが、『論語』衛霊公にあり、王や国に道が行われない時、才能を隠して（懐に巻く）世を退くことを言う。伯夷・叔斉兄弟が首陽山に隠れ餓死したのは、まさにこの巻懐の道を墨守した結果であった。もっとも白川の言う「巻懐」はそこに留まらない。「巻懐とは、所与を超えることである。そこでは、主体が所与を規定する。それは単なる退隠ではなく、敗北ではない。ましてや個人主義的独善ではない。その思想は、やがて荘周によって、深遠な哲理として組織される。〔中略〕巻懐者の系譜はまた、思想史的に大きな役割をもつのである」。ここでいう「所与」とは、人間が生きている社会や歴史、あるいは人間がその人間であるように与えられていること、つまりはリクールのいう「非意志的なもの」を思い出させる。ならば「主体」とは、「意志的なものと非意志的なものとの弁証法」であり、その「主体」が「所与」を超えることで、「所与」を規定し、けれどそれは敗北でもなく、個人主義的独善でもないのは、その弁証法が最終的に「所与」との「同意」を目指すからかもしれない。いずれにしても白川は中国大陸古代における隠棲・隠逸思想に、津田の言う「一種の利己主義」にとどまらない意味を見出す。『論語』や『荘子』における隠者的存在の表層的な違いを越え、「荘子の思想を巻懐者の系譜の中でとらえることができるとすれば、それは孔子の晩年の思想の、正当な継承であり、展開であったとさえいえよう」とした。

以上に概観した中国大陸の隠者思想を、日本文化がどう受容したのかは後述するとして、日本文化における隠者的な存在を見ておきたい。たとえば西行が先達と崇める能因はどうか。前章でふれたように能因（橘永愷《ながやす》）は九八八年生と、西行より百三十年早い。父、近江守従四位上忠望《ただもち》の晩年の子であり、母は不詳。父没後は兄為愷《ためやす》の養子となるが、その為愷が横死し次兄元愷《もとやす》の養子となるなど、かなり屈折した生い立ちをもつ。大学に学んで文章生《もんじょうしょう》となり、その先輩・同輩とは生涯の交流が続いた。花山院歌壇で活躍した藤原長能《ながとう》に和歌を学ぶが、二十六歳頃に出家し、東山長楽寺を経て津の国児屋《こや》の山里に住む。没年は不詳、有名な奥州への旅以外にも、文章生時代の知己を頼ってその任地を訪問している。出家理由について高重久美『能因』は断定を避けつつも、「……文章生の同輩たちが次々と官途を得ていく中で、実父既に亡く養父となった長兄は横死といった状況下にあって、自己の前途に希望が持てなかったのが要因であろう」とする。出世できないから隠棲するという事情は、後の西行や鴨長明を連想させるが、古代中国大陸の隠者に見るような、生命危機的な要因があったわけではない。また『論語』や『荘子』に見る隠者との一番の違いは、隠棲後の「僧侶」という肩書きであろう。辻善之助『日本文化と仏教』によれば、「当時の僧侶というものは、初めから求道に出発し宗教心に依って僧侶になったものばかりではないのであって、もともと立身出世する為めに、世間的の欲望を満足せしむる為めに僧侶になったので、真実信心を起こして僧侶になった者は極めて稀であったのである。僧侶になることを、文字の上では遁世といい、世を遁れるというのであるが、実は世を遁れるのではなくして世の中に入って行くのである。出世立身の為めに僧侶という社会を借りるのである」。たしかに出家後の能因が、仏道に専念したという資料は乏しい。立身出世志向があったのかは不明ながら、『能因集』大序には、「予、天下の人事を歴覧《へみ》るに、才有る者は必ず其の用有り、芸有る者は必ず其の利有り」としていて、仏道ではなく歌道においては、少なからぬ有用への志があったと思わせる。そんな能因はある日、宴席に呼ばれた傀儡子の心情を、このように詠う。

いづくとも定めぬものは身なりけり人の心を宿とする間に

傀儡子とは操り人形を回して見せる遊芸の漂民であり、詞書に「傀儡子にかはりて」とあるように、その流浪の境遇に共鳴してみせたのか。しかし「人の心を宿」とすることは、社会を捨てた隠棲・漂泊とは違う。芸能民はたしかに社会の埒外に置かれていたが、生業としては実社会のパトロンたちにすがるしかない。そのような存在に能因が「あはれ」を覚えたとしても、中国大陸古代の隠者のような社会そのものへの激しい怨嗟や憎悪を、この歌に読むことはできない。

何か遅き老いらくの智《ち》し若ければ隙《ひま》を過ぎ行く駒にまされり

人に馬を貸したら、「この老馬はひどく遅い」と歌にしてよこしたので、その反論を返歌にした。何が遅いというのか、あっという間に走り去ってしまう若駒にまさる老いの知というものがあるのだ……というかなり苦しい弁明である。『荘子』知北遊篇に、「人、天地の間に生くるは、白駒の郤《げき》を過ぐるが若く《ごと》……」とあり、人間の生涯が早く過ぎ去る喩えとして、能因は『荘子』を使いこなしている。もちろん、この歌を返された相手にも、同等の教養があったと見るべきであろうか。因みに目崎『漂泊』は、能因には馬に関わるエピソードが多いことから、馬の牧場を経営していたのではないかと推測する。「そう考えると、陸奥こそは当時最高の名馬の産地だから、能因がいく度かこの辺境まで出かけたのも馬の交易という俗用があったからではないか、という推定におのずから導かれる。〔中略〕能因は体制外に身をおいて風流三昧に一生を送ったものの、世俗的な営み一切を超越したのではない。その辺が日本の隠者の実態なのである」とする。この説にしたがうならば、中国大陸古代の老荘的な隠者と、能因との径庭は大きい。

その能因を崇めたらしい西行は後述するとして、鴨長明『方丈記』の隠棲にしても生命的な危機を回避した結果ではない。庵のまわりで木の実を拾ったりはするが、中国大陸古代の隠者のように、農耕・漁労はしていない。それでは食うや食わずになるので、「おのづから都に出でて、身の乞匃《こつがい》となれる事を恥づといへども……」(三十四段)と、恥ずかしながらも都に出て何らかの生活の資を得ていた。都市生活への失望や嫌悪はあるものの、付かず離れずの関係であったろう。伯夷・叔斉のように餓死する覚悟など、長明にはあまり窺えない。中世的隠者の代表たる『徒然草』の吉田兼好にしても、都市生活への嫌悪を公言しつつ、人知れず隠棲したわけではなかった。それなりに旅行しているのも現実的な用向きである。老荘思想については、「ひとり燈《ともしび》のもとに文をひろげて、見ぬ世の人を友とするぞ、こよなうなぐさむわざなる。文は、文選のあはれなる巻々、白氏文集、老子のことば、南華の篇。この国の博士どもの書けるものも、いにしへのは、あはれなること多かり」(第十三段)とある。「南華の篇」は『荘子』であり、道教を信奉した唐の玄宗が荘子に贈った

「南華真人」の号による。老荘思想を継承した道教については後述するが、ここで兼好が受容しているのは「巻懐者」としての荘子でなかろう。老子を含め「博士」として権威づけてもいる。ありがたい先進文化、まずは知識教養として老荘ではないか。この世のあわれや生命の儚さを思うとしても、能因や長名と同じく、兼好の境涯も深刻な生命的危機を孕むことはなかった。

中国大陸古代と日本文化における隠者なりその無用論を前提に、漂泊者についても比較しておこう。中国大陸の長大で過酷な歴史は、印象的な漂泊者に事欠かない。

屈原曰く
世を擧げて皆濁り
我獨り清めり
衆人皆酔ひ
我獨り醒めたり
是を以て放たると　（屈原「漁夫」部分『楚辞』）

漢詩文学史上、もっとも早く詩人としての名を刻む屈原は、楚の政治家としての意見を入れられず、流浪・漂泊する。「世の中すべて濁り、わたし独りが清んでいる。誰もが酒に酔いしれ、わたり独りが醒めている」(『中国名詩選』川合康三訳　以下同じ)という社会への異和は、「個」の目覚めなり確立なりの最初の例とされる。最後は楚の都が秦に攻め落とされたと知り、汨羅江《べきらこう》に身を投げて自死する。そんな激烈な意識はおよそ日本文学には探せない。もっとも屈原の放浪は政策を採用されなかった結果であり、「無用」ではなく「有用」の裏返しであろう。

下って唐代、李白とともに漢詩文学の双璧をなす杜甫は、安史の乱後の混乱を避け、家族をつれて流浪した。

白頭乱髪　垂れて耳を過ぐ
歳ごとに橡栗《しょうりつ》を拾いて狙公《そこう》に随う
天は寒く日は暮る《く》　山谷《さんこく》の裏
中原《ちょうげん》　書《しょ》無くして帰り得ず　(杜甫「乾元中　同谷県に寓居して作れる歌七首」部分)

放浪のうちに年老いていくという一行目に続き、二行目の「橡栗」は『莊子』盗跖篇に、「大昔は、鳥や獣が多くて、人間は少なかった。だから、人間はみな巣にこもって鳥獣の害を避け、昼はトチやクリの実を拾い、夜になると木の上で休んだ」とあり、続く「狙公」はそのトチの実からの連想として斉物論篇にある「朝三暮四」、つまりは猿にトチの実をいつ、いくつ与えるかの話である。このように杜甫は『莊子』を自在に使いこなすが、その心情は老荘的な「無用」志向ではない。

「中原」の「書」とは政府から召喚状であり、それさえ届けばいつでも「有用」の士として、政務に復帰したいと待ち望んでいる。

兀兀《ごつごつ》として遂に今に至り
塵埃《じんあい》に没せらるるに忍びんや
終に巣《そう》と由《ゆう》とを愧《は》ずるも
未だ其の節を易《か》うる能わず　（「京自《けいよ》り奉先県に赴く　詠懐五百字」部分）

「兀兀」とは勤勉に努力するさまであり、それでも「有用」たる機会を得ることなく、俗塵に埋もれるのは忍び難いという。「巣由」は先に見た巣父と許由であり、聖王尭《ぎょう》の申し出を忌避したその反権威・反権力の姿勢には敬意を表しつつも、杜甫はなお「有用」たろうとする生き方を変えられないという。

中国大陸史にあらわれる漂泊者に対し、能因や西行、芭蕉のような漂泊者は、もともと政治の要職についていたわけでも、おそらくは熱心に目指していたわけでもなかろう。生命の危機にも瀕しない。西行は保元・平治の乱、さらには平氏滅亡を目の当たりにしているが、すでに出家しており、ある意味で傍観者であった。戦乱を避けて放浪したのは梵灯庵や宗祇など、後代の連歌師くらいであろうか。しかし彼らのゆく先々にはそれなりの庇護者があり、都は荒れて商売にはならないから地方で出稼ぎしていたと、前章で見たように目崎に指摘される。ならば日本の隠者や漂泊者には、果たして無用志向があるのか。生命の危機を逃れるための無用ではないとしても、有用ではない何ものかへの意志があったと見るべきであろうか。あったとすれば、それは中国大陸の隠者たちの無用と、どのような関係にあるのか。

後述するように日本文化に老荘思想が受容されるのは、八世紀から九世紀にかけて、中国では唐代、つまり老子・荘子が生きた時代からすでに千二、三百年後である。日本に受容される老荘は、本家大陸においてもそれだけの時間にさらされている。日本文化・文学における「無用」を論ずる前に、まずは大陸における老荘思想の発展・継承、あるいは変容・変質を見ておこう。

仏教および老荘思想の変容

春秋から戦国にかけて興った儒家、墨家、道家、法家など諸士百家のうち、中華統一を果たした秦は法家を選ぶ。それ以外の思想を根絶するため、悪名高き焚書坑儒を命じた。焚書とは書経・詩経・老荘を含め諸子百家の書物を焼き払うこと、坑儒とは儒学者を捕らえて生き埋めにすることで、その数は実に四百六十人、逃げのびた学者も多く自死をえらんだという。けれど秦はたった十六年という短命におわり、もとの分裂状態に陥った漢代初期は思想統制が緩む。老荘思想も一時的には復興した。けれど天下再統一を果たした第七代武帝は、儒家による統一政策をはかる。官吏登用もすべて儒学を基準とし、以後、清朝末までの二千年、この体制はほぼ不変であった。

もともと漢の高祖や功臣は庶民階級、卑賤の出である。武力はあるが学問は乏しい。政治的官僚的な業務は苦手であったろう。これに代わるのが官吏登用された士大夫である。同じく庶民出身である彼らにとって、儒家思想は都合が良かった。秦がもちいた法家は独善的にすぎる。法には君主の作為がまじるからである。官吏はできれば君主から距離を置き、ある程度の個人主義が欲しい。しかし個人主義でも権威・権力を忌み嫌う老荘では、君主の支配権を理論づけられない。そこで儒家である。小島祐馬『中国古代研究』によれば、「儒家思想の中心点は道徳的階級制度とも謂うべきものである。〔中略〕賢者すなわち学徳の修まったものが支配者となり、不肖者すなわち学徳の修まらざるものが被支配者となる制度である。〔中略〕儒家のこの学説は、その支配的地位を理由づけるなんら制度上の根拠を有せざる漢代の士人等にとって絶好の原理である。なんとなればいつの時代でも自分免許の道徳だけは何人も持ち合わせているからである」。

しかし漢が滅び魏晋南北朝の大分裂時代に入ると、儒学的規範にも緩みが生じ、老荘思想が復活する。もともと士大夫層は有徳者であるという名目上、一代限りのはずであった。けれどその地位は蓄財力をもつゆえに門閥化し、世襲される。中国大陸史における貴族階層の出現である。彼らには国家や朝廷に献身せずとも優雅に暮らせる資力があり、さらに権力が乱立し頻繁に入れ替わる時代にあって、特定の君主に仕えることは危険であった。そこで彼らは政界から距離を置く。森三樹三郎『老荘と仏教』によれば、「……彼らは名だけは官吏士大夫でありながら、政治には関心をもたず、むしろ文学芸術や哲学宗教といったものに心をひかれ、ここに生きがいを見出すようになった。ひとくちにいって、政治的人間から宗教的人間・芸術的人間への転換が行われたのである」。この時代を象徴するのが竹林の七賢人など、いわゆる「清談」の流行であった。清談には儒教道徳に束縛されない自由があり、その思想的根拠を老荘に求める。親しいものは青眼で迎え、そうでないものは白眼で迎えるという「白眼視」で有名な七賢のひとり阮籍は、母の葬儀の日にも服喪せず、禁忌である肉を食らって大酒を呑み、出棺後に血を吐いて倒れたという。馬車を駆って遠出し、川などに行き止まりそれ以上進めなくなると嗚咽慟哭した。これもまた佯狂の類であろうか。もっとも七賢のひとりで友人の嵆康《けいこう》が、権力闘争の罠にはまり刑死していたように、彼らは人知れず隠棲したのではない。つまり権威・権力と無縁ではなかった。遠出して道が行き止まると嗚咽慟哭したという逸話も、自由に漂泊することができないという身上の暗喩ではないか。かつて「寧ろ其れ生きて尾を塗中に曳かんか」とした強烈な権威・権力への怨嗟は、七賢の時代には相対化・内面化していくらしい。隠者であるためには必ずしも人知れず隠遁・隠棲しなくてもよい。いや、もともと『老子』『荘子』にしても、徹底した隠棲を推奨したわけではなかった。もっともこの隠遁・隠棲思想の相対化・内面化は、形式主義に陥る危険性を孕む。大陸における老荘思想は、やがて貴族階級の趣味・教養、嗜みの一つに堕していくらしい。森三樹三郎『老子・荘子』によれば、それは「もはや生活を動かしてゆく原理としての力ではなくなり、貴族の資格を構成する条件の一つということとなってしまった」。

漢末以後の老荘思想復活とともに、中国大陸文化におけるもうひとつ大きな出来事として、仏教の隆盛がある。中国への仏教伝来は紀元前後、つまり前漢の終わり頃であるが、仏教が中国大陸に受容されるまでには、およそ三百年が必要であった。その理由を森三樹三郎は二つ提示する。ひとつは中国大陸人には、そもそも宗教的な要求がなかったということ。津田『支那思想と日本』が指摘したように、古代大陸思想がどのように社会のなかで生きのびるかに執心している限り、宗教意識など芽生えるはずはない。大事なのは現世であって、それ以外の世界、たとえば死後の世界などどうでもよい。老荘思想が変異した道教に混入してくる不老長寿志向にしても、望むのは来世ではなく、この現世をどれだけ永く維持できるかであった。もうひとつ森が指摘する理由は、自分たちこそ世界の中心であるという中華意識の高さが、異民族の宗教を評価しなかったことである。仏教伝来後も国内信者は異民族・帰化人が中心であり、仏典漢訳が行われたのも漢民族のためではなく、帰化人がやがて漢語のみを話すようになるからであった。漢人の信者は寒門出身が記録されるのみで、士大夫層の信者はほぼ見当たらない。

もっとも森があげたこの二つの理由は、相次いで衰微する。前述したように後漢末から三国に至る時代、儒学的規範が弛緩する。ここに老荘のみならず、仏教への関心が生じてくる。もうひとつの理由、強烈な中華意識もまた永嘉の乱(三〇四〜三一一年)によって粉砕された。三国は晋によって百年ぶりに統一されるが、その晋は北方の異民族により長安・洛陽を蹂躙され、南へ追われ東晋となる。多民族入り乱れる五胡十六国時代のはじまりであった。森によれば「永嘉の乱は、たんに西晋という一王朝の滅亡を招いた戦乱にとどまるものではない。それは夷狄部族が四百年にわたって中国の北半を占拠支配するという、未曾有の事態の発端となったものである。中国民族が夷狄に支配されるということは、金・元や清朝にその例があり、後世ではそれほど珍しくないが、これはその最初の経験であった」。さらにその夷狄《いてき》にしても、ただただ武力に長じた非文明人ではない。永く大陸文化域内に住み、同化した帰化人も多い。士大夫に匹敵する教養をそなえた君主もいた。そんな夷狄に支配された漢人は、むしろ文化的に劣るという侮蔑の対象となり、現在でも「痴漢」「酔漢」「卑劣漢」など、卑称・蔑称に「漢」が使われる端緒がこの時代にあるという。

ともかくも東晋以後、中国大陸仏教は一気に繁栄する。その初期においては、老荘思想が仏教受容の手がかりとなった。よく知られるように仏教の「空」は道家の「無」によって理解される。仏典翻訳にも老荘の語彙が多用された。いわゆる格義仏教である。このため大陸の仏教はインド仏教の本質とは別に、独自色の強いものとなる。そんな仏教の繁栄をうけ、老荘思想も宗教教団的な体裁を整えはじめる。老子を教祖に担ぎだし、神仙思想も取り入れた道教が生まれた。仏教側も民衆信者を獲得するために道教をもりこんだ偽経をつくるなど、それぞれに変質・変容していくことになる。

中国大陸の文化人は、仏教の何に惹かれたのか。森によれば仏教の「輪廻」説である。大陸では

「三世報応」の説、つまり「第一に、霊魂は不滅のものであり、死によって消滅するものではないこと。第二には、人生はこの現世だけのものではなく、生前の過去世、死後の来世があって、永遠に続くものであること。第三には、この三世にわたって善因を積むならば、ついには無為すなわち涅槃の境地に入り、仏と成るという福果で報いられる」というのもので、これらはすべて旧来の大陸思想にない「驚異の新説」であった。たしかに士大夫が規範としてきた儒家思想は、「いかに道徳的に正しく生きるか」を教えるのみで、「いかに幸福に生きるか」という要求には寡黙である。しかし彼らとて幸福に生きたいという思いがないわけではない。たとえば顔回は「孔子最高の弟子とよばれるほどの人物でありながら、貧困に苦しみつつ、しかも短命で終わっているではないか。反対に、盗跖《とうせき》などは悪事の限りをつくしながら、恵まれた生涯を終えている」。どうしてこのような理不尽が起こるのか。儒家も老荘も回答を示さない。もっともそんなジレンマは「漢代のように政治にたいする関心が圧倒的に強かった時代には、それほど明るみに出ることなく終わった。政治がアヘンの効果を発揮したのである。しかし、政治がアヘンの効果を失った魏晋時代に入るとともに、激しい心の痛みが人々を襲った。魏晋人は政治的現実が人生のすべてではないことを知り、はじめて永遠の世界へのあこがれの心を抱くようになった」。彼らはまず老荘に救いを求め、さらに仏教を再発見する。仏教の三世報応の説に従えば、顔回が不幸で短命に終わったのは彼の前世に問題があり、しかし現世では正しく生きたのであるから、来世は幸福に生きられるに違いないと解釈できよう。もっともこのような輪廻説は、インド仏教のそれとは著しく異なる。古代インド人にとって人生は「苦」でしかなく、しかもその「苦」が一回では終わらず、輪廻によって永遠に繰り返される。それゆえその輪廻からの「解脱」が説かれる必要があった。

ともかくも大陸仏教は発展し、六朝隋唐ではすべての宗派がそろう。しかしあまりに多くの人間、しかも知識層が出家し、あまりに多くの土地や貴金属が寺院に寄進されてしまうと、政治的・経済的地盤を揺るがしかねない。権力の側からすれば座視できない社会現象であった。そこで唐末、会昌の法難(八四四、八四五年)によってほとんどの宗派が壊滅の憂き目を見る。四千六百余の寺が破壊され、二十六万五百人の僧尼が還俗させられた。生き残れたのは禅宗、それも六祖慧能直系の祖師禅のみである。他の宗派が王宮や民間の富豪に財政的に依存していたのに対し、禅宗の「大部分は山間の地を自力で開拓し、集団で自給自足の生活を営んでいた」からである。続く宋代では、大陸仏教といえば禅宗のみとなっていく。

もともと禅宗は、中国大陸人向きの仏教であった。仏教の悟りは経典の文字ではなく、師から弟子へ、心から心へと伝授していくものだとする「不立文字」を押出し、面倒な論理ではなく、厳しい修行による体験的直感を重視する。インド仏教が展開した精緻で煩瑣な理論は、彼らには苦手であった。「不立文字」を宣言した時点で中国大陸の禅宗は、インド仏教とは少なくとも理論的には離縁したことになる。もっとも禅宗は一部の知識層に受け入れられたものの、一般民衆の受けが悪い。禅の公案など民衆にはチンプンカンプンであったろう。ひろく大衆を引き寄せるためには、もっとわかりやすい何かを必要とした。それが浄土信仰である。

インド仏教に発した浄土信仰も、六朝末から隋唐にかけて盛んになる。曇鸞(四七五〜五七二)・道綽(五六二〜六四五)、さらに法然が専修念仏の根拠とした善導(五九七〜六八一)があらわれるが、中国大陸において浄土信仰は、日本仏教のような宗派を形成しない。森によれば大陸における浄土信仰も、三世報応説から説明できる。現世は前世の報いだからどうしようもない。ならば現世で善をつんで来世に望みを託そうという。そのわかり易さもあって一般民衆に受容された。しかし当初、禅宗はこれを否定する。この世と浄土とを相対差別するのは知的操作であり、邪見であろう。けれど唐が滅び五代宋に至ると、諸宗融合の機運が高まる。これを禅浄の双修という。禅宗が一般民衆の支持を得るには、シンプルでわかり易い念仏信仰を必要とし、また宗派とならない浄土信仰の側も、生きのびるために寺院とつながろうとすれば、唯一の選択肢である禅宗に寄生して「念仏禅」となるほかはなかった。

このような大陸仏教の発展興隆に対し、その素地を格義仏教として提供した老荘思想はどうなったのか。前述のように道教への発展・変異も見られたが、仏教に刺激され教団化に走った道教は、民衆化を目論んだゆえにいたく現世的であり、老荘の本質からは離れていく。森によれば老荘思想の課題は、むしろ仏教に引き継がれる。その課題とは、「万物斉同」の境地をいかに実現するかであった。「老子は自然を失わせる人為の筆頭に、知識をおいた。つまり知識という人為は、善悪美醜といった対立差別を作りだし、これによって自然の世界を見失わせるというのである。荘子もまた、この老子の主張に同調する。ただ荘子は一歩を進めて、認識論の立場から、知識のもつ相対性を明らかにし、これによって知識を根本的に否定しようとする。知識という人為を加えないありのままの世界、自然の世界では、あらゆる対立差別は消失し、すべてが斉しく、すべてが同じい、というのが万物斉同の説である」。けれど老荘思想は、そんな「万物斉同」の境地にどうやって達するのかを教えてはくれない。この課題を受け継ぐのが仏教、それも最後に生き残った禅宗と浄土信仰であった。もちろん禅宗と浄土信仰とでは、方法論や実践が決定的に異なる。禅宗は「精進努力という不自然が必要」としてひたすら座禅をおこなう。しかし浄土信仰はそんな「自力の道に絶望する」ところから始める。まったくの正反対といってよい。

ともかくも森によれば、中国大陸の仏教がインド仏教を離れ独自なのは、『荘子』の影響である。「禅と浄土は、インドの仏教に起源をもちながら、中国の荘子の哲学から深い影響を受けとった、いわば混血児の仏教である。この禅と浄土が解決しようとしたのは、荘子が言い忘れた「いかにして万物斉同の境地を実現することができるか」という、方法論の問題であり、実践の問題であった」。森のこの論証を、反対の視座から見ることもできよう。中村元『東洋人の思惟方法2』は、「仏教の慈悲にもとづく利他行の思想も、ほんらい利己主義的なシナ人の民族性を根本から変革することはできなかった。仏教はシナ人固有の隠逸の思想と妥協し、その思想傾向に適合するようなしかたで、受容せられ、弘布された」とする。ともかくも森によれば、老荘思想は唐宋以後これといった発展を見ない。老荘思想は仏教へと引き継がれることで、貴族の教養にとどまらない思想の本質、白川のいう巻懐の道としてはその役割を終えてしまうらしい。

中国大陸古代の老荘思想を、日本文化がどのように受容したのかを見ておこう。天平年間(七二九〜七四九)の詔勅には、すでに老子の語彙が見える。日本最初の漢詩集『懐風藻』(七五一年)にも、「天訓」「真宰」など老荘の語彙、竹林の七賢が登場する。しかし再び津田『支那思想と日本』によれば、「……それは道家の説の重要なる一面である政治的意義を失ったものであると共に、その本色とすべき処世術からも離れている。のみならず、それは単なる知識として存在したのみであって、実生活がそれによって導かれたのではない」。本当にそうなのか見てみよう。

淑気　天下に光《て》り
薫風　海浜に扇《あふ》ぐ
春日　春を歓ぶの鳥
蘭生　蘭を折るの人
塩梅　道なほ故《ふ》り
文酒　事なほ新たなり
隠逸　幽藪《いうそう》を去り
没賢　紫宸に陪す
(温和な気が天下にみなぎり／爽やかな風が海辺を吹いている／うららかな春を鳥は鳴きかわし／芳しい蘭を高雅な士が手折っている／調和のとれた政治は古くからのこと／詩を作り酒を

酌む御宴は新たな感懐である／世をさけたわたしも竹林の幽居を出て／ふつつかながら皇居に参内している）（「春日宴に侍す　詔に応ず」贈正一位太政大臣藤原朝臣史《ふひと》　江口孝夫全訳注『懐風藻』）

作者は鎌足の第二子、藤原不比等である。「隠逸」「幽藪」とあるのは引退後の住まいらしく、この日は帝の宴席に招かれ詩を吟じたのであろう。つまり権威・権力と「付かず離れず」どころではない。「没賢」とは「賢でない者」を言うが、平城遷都を主導するなど権勢をきわめた人間にふさわしくはなく、要は帝に対する擬似的なへりくだり表現である。「隠逸」「幽藪」も同じで、実際には家族や従者も従えた豪邸ではなかったか。しかも都から遠い山里ではなく、帝に招かれればすぐに駆けつける必要がある。津田の指摘通り、あくまでも趣味・教養としての隠棲・隠遁であって、語彙としては老荘を匂わせながらもその本質からは遠い。

下って『和漢朗詠集』（一〇一八年）はどうか。同集にて人気を集めたのは、漢詩世界の双璧である杜甫・李白ではなく、白楽天であった。もともと地方役人の家系に生まれた楽天は、安史の乱後の政治改革により出世の機会を得る。二十九歳で科挙試験に合格、あまたの要職を歴任し、時に左遷の憂き目もあったが七十一歳で退官、「白氏文集」七十五巻を完成し、洛陽にて七十五歳という大往生を遂げた。つまりは徹底した反権威・反権力ではなく、死の危険もなく、餓死に至る隠棲もない。それだけに日本の宮廷人にも馴染みやすい存在であったろう。都市でもなく山里でもない立ち位置を謳歌する『中隠』など、まさに安心して親しめたのではないか。

大隠は朝市《ちょうし》に住み
小隠は丘樊《きゅうはん》に入る
丘樊は太《はなはだ》冷落
朝市は太《はなはだ》囂諠《ごうけん》
如かず　中隠と作《な》りて
隠れて留司《りゅうし》の官に在るに
出ずるに似て復《また》処《お》るに似る
忙に非《あら》ずして亦《ま》た閑に非《あら》ず
（大隠は町の真ん中に住み、小隠は山の中に住む。／山の中は寂しすぎるし、町の中はうるさすぎる。／中隠となって、洛陽詰めの、名ばかりの官に隠れるのがよい。／出仕のようでもあり隠棲のようでもある。忙しくもないし閑でもない。）（『中隠』以下略　川合康三編訳）

そんな白楽天と比較するに、『和漢朗詠集』は李白、杜甫にそっけない。いや、彼らが評価されるには大陸においても、宋代まで待たなければならなかった。もし彼らがもっと早く日本に紹介されたとしても、「積屍草木《せきしそうもく》腥く《なまぐさ》／流血　川原丹し《せんげんあか》」（杜甫『垂老別』部分）という酸鼻な光景は、当時の平安貴族には想像外であったかもしれない。

日本に受容された老荘思想が、栄枯盛衰はげしい中国大陸古代史という淵源を忘れ、趣味・教養としての隠棲であったとしても、平安貴族を責めるわけにはいかない。本家大陸の老荘思想も時代とともに清談的教養に変容し、さらに仏教にその課題を引き継がれてからは、新たな展開を生むことはなかった。そこに白川のいう巻懐者のラディカリズムなど、見出すことはできそうにない。

趣味・教養でしかない日本の隠棲には、さらに別の要素も加味される。老荘とともに舶来した仏教である。いや、老荘と仏教とはすでに見たように本家大陸でもブレンドされているので、矛盾も軋轢もない混和状態で受容されたのかもしれない。津田によれば「支那の隠逸は君主に禄仕しないことをいうのであるが、平安朝人のは宮廷生活、官場生活、もしくは家庭生活から離れようとするものであって、そこに仏教的厭世観が絡まっている。けれども老荘の説と混和せられた隠逸思想は、仏教の厭世観とは全く違ったものであるにもかかわらず、仏教に親みを有するものにも受入れられ易い点があるから、世に向い外に向って活動するよりも自己に隠れ内に隠れんとする傾向が識者の間に生じた平安朝末から鎌倉時代へかけての隠逸者には、それが一つの思想的根拠ともなったので、鴨長明や吉田兼好に於いてもこのことが覗い知られる」。このあたりは後述する。

朝廷貴族の趣味嗜みであった『懐風藻』から約四百年後、平安末期の漢詩集『本朝無題詩』に多く収録される厭世の詩人、釈蓮禅（藤原資基）もその名の通り、仏教に帰依している。

秋去り　秋来る　羇旅の天《そら》
俄に帰棹《きとう》に乗らんと　江辺に在り
低簷　波聒《かまびす》し　孤村の宅
行竈　煙稀らなり　一雙の船
月を納《い》れたる水窓は　開けて掩わず
年歴《へ》たる浦樹は　痩せて猶堅し
陽狂の我れは向かふ　関西の地
後悔百千　重ねて百千

（秋を送りまた秋を迎えた（この一年の）旅暮らし。（今）あわただしくも帰郷の舟に乗ろうと水辺にいる。ぽつんと離れてある村の粗末な民家（このあたりの民家は皆入江に臨んでいるのである）には波音がやかましく寄せて、舟の中では炊煙もまれというわびしさ。月の光の下に船窓を開け放ち、歳月を経た岸辺の木々を見やれば、老い痩せていかにも堅くしまった趣がある。このたわぶれ者の自分はかくして都に向かう身だが、思えば後悔多く尽きることもないこと。）
（「渡津に懐《おも》いを述ぶ」本間洋一注釈　以下同じ）

釈蓮禅の生涯は詳細不明ながら、一〇八四年以後の生まれ、村上・冷泉・円融天皇を支えた藤原実頼の子孫にあたるも、父の早世により家運は衰え出世も従五位下止まりであった。浄土教にひかれ一一三五年頃に出家する。おそらくは三十歳ほど若い西行の出家に、五年ほど先んじている。筑前《ちくぜん》あたりを二年ほど漂泊し、その間に詠んだ漢詩を含む五十九首が、『本朝無題詩』に納められる。終わりから二行目の「狂を陽《いつ》はりて」について、目崎『漂泊』は「彼は何故に陽狂のすがたで西への旅を企てたのであろうか。出家以来この時までの経歴とともに、その秘密を知ることはできない。しかし、うたわれた村も舟も樹もすべて彼の心事の象徴としての孤独そのものであり、そのような荒涼たる風景の中に、百千の後悔にさいなまれた孤客が京洛を遠ざかるのだ」としている。日本文学史におけるまがうことなき漂泊者の先例を、ここに見ることができよう。この釈蓮禅については、次章でさらにとり上げたい。日本浄土信仰の発展については、すぐに後述する。

日本の隠棲・隠遁志向に根拠を与えた二つの要素、趣味・教養としての老荘思想と仏教的厭世観とは別に、家永三郎『日本思想史における宗教的自然観の展開』は、日本人に独自な自然観・自然愛に言及する。すでに『万葉集』には、「玉津島見てし善けくも吾は無し都に往きて恋まく思へば」(巻七)と、「都会生活の内には求められない自然の優越的な価値」が詠われる。もちろん中国大陸古代にも、自然を愛する心がなかったわけではない。陶淵明や白楽天は周知のごとく、自然への深い思慕を詠った。『懐風藻』、『和漢朗詠集』、『本朝無題詩』への直接的・間接的影響を見ても、漢詩世界の自然愛は明らかであろう。しかし家永によれば、中国大陸の自然愛は日本人のそれとは微妙に異なる。「……支那人の自然観は外形の上ではしきりに自然の人間に対する優越を強調するものの様であるが、ことさらにこの様な強調を敢てする必要があると云うのは、実は彼等が如何に人間世界を重く見ているかを裏から物語るものに外ならないのであって、決して自然への無条件の傾倒から来た態度でないことは注意されねばならない。ことに彼等の所謂人間は必ずしも人間生活の全体を意味するものではなく、多く官吏としての俸禄生活のみを指すのであって〔中略〕彼等が栄辱とか名利とかを軽んじようと努めることは、彼等が容易にそれらのものから脱しきれないことを示すものと云うべく、何処迄も人間本位の現実的世界観功利的処世観を離れないものであった」。すでに見たように津田は中国大陸思想の現世的・実務的側面を指摘したが、家永によれば中国大陸文人の自然愛も、人間社会における生々しい処世術の裏返しであるらしい。それゆえに大陸の隠者たちは、自然によってのみ癒やされることはない。たとえば酒が必要になる。陶淵明も李白も白楽天もおそろしく酒を飲み、また大陸文化がはらむ官能的・快楽的側面は日本文化にはやや縁遠い。これに対し古代の日本人が愛する自然は、家永によれば「……唯見れど飽かぬ清澄の世界として、人間生活の美醜とは無関係に賛美せらるる」ものであった。かくして日本古典文学には、自然あふれる「山里」への憧れがおおく詠われる。自然の美を愛でるのに、都からの日帰り旅行では満足できない。やはり隠棲・隠遁したくなる。日本古典文学に夥しく「山里」が詠われるのは、その自然愛ゆえであるとする。

以上、本章冒頭に提示した課題、日本における漂泊思想と大陸の老荘思想とのつながりを検証してきたが、そもそも日本に伝来した老荘思想は、すでに本家において趣味・教養化されており、さらに仏教的厭世観や日本人独自の自然愛が、日本における隠棲・隠遁に動機なり根拠を与えているらしい。ならば老荘がほんらい孕んでいた権威・権力への怨嗟や憎悪、「寧ろ其れ生きて尾を塗中に曳かんか」というラディカリズムは、日本文化にはまったくの無縁であったのか。そう断定する前に、森の指摘した仏教に引き継がれた老荘思想が、日本文化にどのように受容されたのか、それともされなかったのかを見る必要があろう。

そもそも仏教は、どのように日本へ到達し、また展開したのか。すでに見たように中国大陸への仏教伝来は紀元前後、つまり仏陀が没して四、五百年後にあたるが、その大陸から日本への伝来にも、やはり五百年ほどかかった。はじめに日本に伝来した仏教は、南都六宗・平安二宗ともに護国仏教である。仏教は国家に奉仕するべきもので、みだりに民衆布教してはいけない。南都の学僧らは、後に法然が「浄土五祖」としたうちの第三祖善導を没後すぐにもかかわらず研究しているが、あくまでも最新の舶来学問への興味であって、第一祖の曇鸞がひろく大衆を教化したのとは対照的である。中村元『東洋人の思惟方法3』によれば、奈良平安の仏教は、「ほとんどすべて現世利益」をめざしていている。それも国家のため、貴族社会の利益であって、一般民衆のそれではない。けれどそのような体制から、やがて日本なりの浄土信仰が芽生えてくる。そのあたりを井上光貞『日本浄土教成立史の研究』を参考にまとめておく。

もともと阿弥陀信仰は、曇鸞が『讃阿弥陀仏偈』を著すなど隋唐で盛んとなり、わずか二、三十年の時差で日本にも輸入される。しかし阿弥陀信仰はそのまま日本の浄土教に直結しない。ほんらい浄土教は現世にたいして悲観的であるが、平安前期の貴族はその繁栄を謳歌していた。厭世観など生じるわけもなく、阿弥陀信仰はおもに延寿や追福など、「現世利益」に奉仕した。しかし平安中期以後、大きな変化が生じる。貴族社会において藤原氏のみが突出した力をもつに至り、専制体制を固める。これを摂関時代という。荘園制の発達はそれまでの俸禄制を崩壊させ、摂関家にのみ富が集中する。相対的に没落してゆく名門貴族には、そんな現世への疑問、つまり厭世的感情が芽生えはじめる。「貴族自身自己の生活のむなしさを自覚してくるにいたると、ここにはじめて呪術宗教的仏教の一角は崩れて、浄土教の発達に道が開かれたのである。また、そのような貴族的生活に対する批判は、時代の矛盾を最も痛切に体験した中下層の貴族、就中、知識人においてこそ深刻であったに相違ないから、この人々の間にまず浄土教が発達したのも、なにらあやしむにたらないことである」。たとえば能因と同じく文章博士という知識階級ながら、従五位下止まりであった慶滋保胤《よししげのやすたね》(九三三?〜一〇〇二)は、当世の社会情勢を『池亭記』に冷めた目で描写する。

富める者《ひと》は未だ必《うたかた》にも徳有らず。貧しき者は亦猶《なほ》し恥有り。又勢家に近づき微身を容るる者は、屋《いへ》破れたりと雖も葺くことを得ず、垣壊《くづ》れたりと雖も築くことを得ず。楽《たのしび》有れど大きに口を開きて咲ふこと能わず、哀《かなしび》有れど高く声を揚げて哭くこと能わず。

（日本古典文学体系本による）

保胤は早くから仏教への関心を深め、息子が成人すると出家して叡山の横川、つまりは天台の別所に身を寄せた。念仏結社『二十五三昧会』結成に参加したとされ、浄土信仰に傾斜した『日本極楽往生記』を著す。後にこの著書を含め当時の往生伝の遺漏を補ったのが、やはり従五位下止まりであった釈蓮禅の『三外往生記』である。

天台系の浄土家としては、『往生要集』を著した源信があげられよう。摂関期の天台は慈覚（円仁）門徒と智証（円珍）門徒との対立が激化するなか、慈覚門徒に良源が出て叡山中興を果たす。もっともその実態は摂関家の権力を頼りに慈覚門徒の勢力拡大を図るもので、要するに天台の著しい世俗化を示していた。破れた智証門徒は圧迫され下山する。源信ら浄土教家が生まれてくるのは、そのような時代背景においてであった。もともと源信は幼くして良源に学んだが、横川に隠棲し、九八五年に『往生要集』を著す。その翌年には慶滋保胤が、同じ横川に身を寄せている。

井上によれば源信ら浄土教家の特徴は、「名誉や権勢の世界に対する鋭く批判的な態度」である。『往生要集』は貴族層にも愛読されたが、源信じしんは貴族社会との交流を嫌った。また同じく良源に学んだ増賀は、叡山を去って多武峰に草庵を結び、その際立った奇行で知られた。「冷泉の先皇請じて護持僧となすに、口に狂言を唱え、身に狂事を作して、更にもて出で去りぬ。国母の女院敬ひ請じて師となすに、女房の中にして、禁忌の麁言《そげん》を発《おこ》して、然もまた罷り出でぬ。かくのごとく世を背く方便甚だ多し（先代の冷泉天皇が要請し護持僧としたのに、道理にかなわない発言をしたり、普通でない行動をしたりして出て行ってしまった。一条天皇の母が尊敬して師となるようお願いしたのに、女官の部屋で禁じられた粗悪粗暴な言葉を吐いて退出してしまう。このように世を背く便宜的な手段がとても多い）」（『大日本国法華経験記』）とか、「僧正の慶賀を申せし日に、前駈の員《かず》に入りて、増賀干鮭《からさけ》をもて剣となし、牝牛《めうし》をもて乗物となせり。供奉《ぐぶ》の人却け去らしむといへども、猶しもて相従ひて自ら曰く、誰人か我を除きて、禅房の御車の牛口前駈を勤仕せむやといへり（慈恵大師（良源）が大僧正になられた慶賀の日に、先導役のなかで増賀は乾鮭を剣としてもち、牝牛に乗って行進した。お伴の者たちはその場から立ち去らせようとしたが、またしても随行して、自分以外の誰が慈恵の御車の牛を御したらよいのかと言った）」（『続本朝往生伝』）などと、まさに大陸の隠者に見る佯狂ぶりであろうか。いや、増賀は生命の危機から逃れる必要もなく、ただただ権威・権力あるいは当時の世相への憎悪や怨嗟が、このような言動にあらわれたのかもしれない。増賀にとって狂気ではなく、まさに正気であろうか。日本仏僧によるこのような「正気」は、後の一休など禅僧に著しいが、早くも天台浄土教に見る増賀は、稀有な先例かもしれない。鴨長明『発心集』や、芭蕉の時代には西行作と信じられた『撰集抄』も、増賀の「正気」ぶりを活写する。

さて、皇位継承を含め藤原家が制御した摂関期とは異なり、院政期に入り天皇家は内輪揉めをおこす。その解決を武力に託したことで武士階級が台頭した。保元の乱では源平ともに勇躍するが、平治の乱では平氏が源氏を駆逐して清盛の全盛期となる。摂関期には山門内の争いに終始した天台教団も、続く院政期には南都と争い、貴族や政権とも争う。僧兵さえ整える始末となった。門閥化した教団は貴族出身者によって独占され、庶民階層は締め出される。当然のように学問は衰微し、多くの浄土教家たちは叡山を去って大原などの別所に隠れる。教団に留まる高僧には、貴族社会の享楽に追従していくものもあった。世はまさに末世であり、浄土教家は天台のみならず、真言の高野や南都三論宗からも現れ、いわゆる聖や沙弥など民衆への布教が活性化する。末法とはほんらい釈迦入滅千五百年あるいは二千年後、仏法が衰えてしまう時代を言うが、井上によれば日本の末法思想とは、「……古代的支配体制の崩壊がもたらしたさまざまな微候を予兆とし、階級・身分の如何を問わず自覚されてきた社会観ともいうべきものであろう。なるほど貴族たちはその支配権の没落を通じ末法を自覚したのであったが、武士・民衆もまた、古い社会秩序の崩壊によっておこった国土の衰微・戦乱の連続・天災地変など、いわば乱世の兆によって、末世の自覚を深くよびおこされたのであり、それが浄土教の発達に拍車を加えたのである」。

平安末期の激動・激変に呼応した浄土教家たちの孤軍奮闘は、やがて法然や親鸞など鎌倉仏教に受け継がれる。けれどその前に、まさにその過渡期を生きた西行を見ておきたい。西行(佐藤義清)の出家は一一四〇年、まだ二十二歳であった。フィクションも入り交じるらしい『西行物語』には、「年頃西山の麓に相知りたりける聖のもとに走りつき、暁《あかつき》方に及びて、つゐに出家を遂げにけり」とある。つまりは「西山」が「西行」なる法名の由縁らしく、従者も出家して「西住」としている。

もっとも西行は後に東山にも隠棲していて、重要なのはその出家が叡山や高野ではなく、無名の聖つまりは浄土教家を頼ったことであろう。吉本によれば「西行は浄土理念において、まだ源信の『往生要集』の圏域にあった人である」。目崎も西行の『聞書集』には、『往生要集』に学んだあとがあるとする。しかし西行はすでに見たように浄土信仰に走った慶滋保胤の『日本極楽往生記』や、三十七歳若い鴨長明の『発心集』に描かれた往生者のように、死に急ぐことはなかった。吉本が「死とは、死に至る病のことをさしている。これらのラヂカルな小思想家たちは、生から死へとびうつる最短の距離をもとめて、早急に、せきこんで自滅死の思想をつっ走らせた。そのため死をいつも眼の前にぶらさげて生きるという病いに到達した」という場合の「死に至る病」を、西行は克服しているらしい。

その理由としてまずあげられるのは「数寄」というもの、特に「数寄」と「仏道」との関係、いわゆる狂言綺語《きょうげんきご》であろう。この発想もまた大陸に淵源をもつ。老荘思想とともに仏教に感化された白楽天は、「我に本願あり、願はくば今生の世俗文学の業、狂言綺語の過を以って、転じて将来来世の讃仏乗の因、転法輪の縁となさんことを」(『山寺白氏洛中集記』)と宣言した。ほんらいならば仏道修養を邪魔する文学的営為もまた、来世の救済につながるという宗教的文学理念である。この発想は楽天ファンを自認する日本にも伝搬し、能因は出家しながらも、仏道ではなく歌道に精を出す。すでに見た慶滋保胤の首唱した「勧学会」や釈蓮禅にも体現された。西行より下って鎌倉期の『明恵上人伝記』には、「此の歌即ち如来の真体なり。去れば一首詠み出ては一体の仏像を造る思ひをなし……」とあり、さらに室町期の連歌師、心敬の『ささめごと』には「本より歌道は吾が国の陀羅尼也」と、仏道歌道の合一を謳うことになる。西行にしてもそんな「狂言綺語」を自覚していたならば、まったく死に急ぐ必要はなく、自らの文学世界、つまりは「数寄」を実践すればよかったのかもしれない。

そもそも「数寄」とは何か。一般人がやらない、やりたくても出来ない何かに激しく傾斜することであろうか。能因の数寄などは際立っていて、歌枕「長柄橋」の柱の削りクズを袋にいれてもち歩いたという。一般人がやらないどころか、やりたいとさえ思わない「数寄」ではないか。西行にしても吉野の山に踏み入って年ごとの花を愛でたが、目崎によれば吉野とは、「都びとのたやすく踏み入ることを許さぬ秘境」であった。そのような「数寄」に徹すれば、社会・世間から注目されもすれ、中傷や侮蔑、いや、完全に無視されることもあろう。現在は不朽の光を放つらしい西行の詩業も、晩年に至り藤原俊成・定家親子に評価された他、中央歌壇とはほぼ疎遠であった。『新古今集』に収録された西行の歌も、吉本によれば西行ほんらいのオリジナルティに欠けるものが多いという。

もうひとつ、西行が死に急がなかった理由として、中村元『東洋人の思惟方法3』が検証した日本文化における「現世主義」があげられるかもしれない。もともとインド仏教は現世を「苦」とし、その「苦」から脱却した来世を楽土・浄土とした。しかし古代日本神話には、死後の世界など描かれない。たしかに「根の国」はあるが基本的に古代日本人は死後の世界には興味なく、したがって因果応報という形而上学も生じなかった。そんな日本人が受容した仏教も、たいていは痛く現世主義的である。いや、現在の日本人にとっても仏教寺院を訪れる目的のほとんどは、家内安全や商売繁盛、学業成就など現世的なそれであろう。死んだら楽土に生まれ変わりますようにと、祈念する現代日本人など稀ではないか。たしかに中国大陸の思想や宗教も甚だしく現世主義的ではあったが、その背景には人間社会における血みどろの軋轢があった。しかし風土も歴史も異なる日本人は、この現世をむしろ楽しいものとして享受する。厭世を問う場合もこの世そのものを厭うのではなく、「……社会的な煩わしい束縛・拘束をうるさく思い、それから離脱しようと思うだけである。ゆえに人間社会から遠ざかって花鳥風月に近づけば、それだけで厭世的な思いはなくなるのである」。西行にしても貴族社会や武士階層のヒエラルキーから一定の距離を置けば、何も死に急ぐ必要はなく、さらに先に見た日本人固有の自然愛によって「花」や「月」を追い求める。再び家永によれば、平安末期における貴族社会の転落や末世到来の不安にあっても、「少しもわづらはさるることなき自然の清浄への憧憬」は「一層やみ難きもの」となっていく。西行が「詠じた恐らく一分の偽もなき衷情であったに相違ない処の述懐の歌には、彼が其半生を唯この自然の医力にのみすがって今日迄憂き世に耐へて来たことを告白している」。吉本『西行論』も「西行の出家遁世を、一途に〈死〉にむかって走らせなかったのは、もうひとつ自然の風景に誘われて、どこまでも「うかれ」ていってしまう心を、もてあつかいかねたところにあった」と、家永の説に加担する。ではそんな西行の歌に、老荘の本質を読みとることはできるのか。

世の中に住まぬもよしや秋の月濁れる水の湛ふさかりに(『山家集』)

濁っている水とは老子のいう「衆人の悪《にく》む」それではなく、世の中の濁り、つまりは濁世であろう。けれどそこには澄んだ月が映り、憧れの対象となる。「住む」は「澄む」にかかり、類例も探せる。

浅く出でし心の水や湛ふらんすみ行くままに深くなるかな(『山家集』)
何となく汲むたびに澄む心かな岩井の水に影映しつつ(同右)
濁るべき岩井の水にあらねども汲まば宿れる月やさわがん(同右)

用語・用法がすべてではないとしても、「寧ろ其れ生きて尾を塗中に曳かんか」という呪詛的な感性を、西行に読み取ることはできそうにない。後述するように仏教に託された老荘思想が輸入されるのは、おもに禅宗によってである。けれど天台の衰退を目のあたりした栄西が再度入宋して禅宗をもたらすのは一一九一年、西行はその前年に没している。

西行を出家へと走らせた時代背景を、吉本はふたつ指摘する。ひとつは自らが北面の武士として仕えた鳥羽院が、第一皇子の崇徳院を陥れて近衛天皇を即位させた策略であり、もう一つは平忠盛・清盛親子一族が、鳥羽院親衛という範疇を超えた財力・軍事力をもつようになっていくことである。そのような社会情勢への強烈な違和感を、西行は抱いていた。しかも出家して隠棲・隠遁するという生き方を、浄土信仰という当時の最新思想が用意している。若き西行は思い切ってその時流に乗った。けれど出家・遁世しても、西行は満足できなかった。出家後しばらくは都の近郊で時代の趨勢を窺っていた西行は、四年ほどで漂泊しはじめる。吉本の引用を繰り返せば、「心はまた、遁世の境涯からどこかにさ迷いはじめる。どこへ浮れ出てゆくのかわからないが、西行にとって、遁世僧形になりすましても終点にならないのは、たしかだった」。ほんらい出家・遁世は実社会から離脱することであるが、それだけではまだ解決しない何かを、西行は抱えていたらしい。その何かを解決するために、漂泊が必要であったということか。いや、そもそもその解決していない課題とは、どのようなものであったのか。目崎『西行』は「西行の出家遁世は詩人が詩人になるためであった」とし、「詩心とは別の言葉でいえば、はるかなるものにあくがれゆく漂泊心である」とする。やや抽象的な言い方であるが、「詩心」とは狂言綺語なり数寄を究めようとする生き方であろう。西行は出家・遁世によって既存の社会や秩序を離脱したものの、その場所もまたある種の社会や秩序であることに気づいたのかもしれない。ならばその社会や秩序の外には何があるのか。詩人として、表現者として、そこにあるものをとことん見てみたいと望んだのか。けれど具体的にどうすればよいのか。あてもなく漂泊するとしても、ここにいては解決しない問題をそれで解決できるのか。漂泊者としての西行は、たえずそのような問いを抱えていたように見える。いずれにしても西行にとって、漂泊という選択肢は出家・遁世のように時代的に用意されてはいなかった。いや、漂泊する宗教者ならばすでに源信の時代に、天台系らしき空也のような先例があり、西行の時代にも遊行僧が活動しはじめている。けれど彼らの漂泊には民衆を布教するという明確な目標があり、橋を架け井戸を掘るなど社会事業にも従事した。また漂泊しながら唱導・納骨を請け負う下級の僧もいて、前章冒頭にあげた『梁塵秘抄』に見る巫女や博徒と同じく、漂泊は彼らの生業であった。いずれも西行にとって共鳴できる対象ではなかろう。見習うべき先例は数十年前に没した能因くらいであるが、その能因の奥州遠征も目崎によれば馬の交易という俗用であるという。能因を漂泊者の先達として崇めた西行には、ややドンキホーテ的な悲喜劇があるのかもしれない。ともかくも急激に変転していく時代背景において、西行の漂泊はどうしようもなく、孤独に宙吊りにされているように見える。

日本中世における表現論的な格闘

平安中期から末期にかけての激動、つまりは朝廷・貴族社会の衰微と武士階級の勃興、その頂点に立った平氏の滅亡にいたる戦乱、宗教教団の世俗化と武装化、鴨長明が『方丈記』前半に描いた天災や人災、そこに翻弄される庶民たちの悲惨、すべての階層を覆う末世思想など多くの課題を抱えながら、時代は中世へと移行する。かつて日本史では鎌倉幕府成立をもって中世としたらしいが、現在では平家が台頭した院政期や、荘園制など土地制度の移行によって時代を画するという。そもそも「中世」とはヨーロッパ史に発した歴史概念であり、中国大陸史や日本史へはやや強引に適用されるしかない。けれど東洋史学の泰斗たる宮崎市定『アジア史概説』は、あえて洋の東西を問わず、中世とは古代の大帝国がその発展の頂点にあって、「主として新しい外部からの衝撃を受けて分裂」したことによる「表面的に見れば一種の停頓の時代」であり、しかしそれは「けっして人類の惰眠ではなく、じつは政治的に適宜の小区域に分割されることにより、その内面生活を充実して、きたるべき新段階、すなわち近世史的展開に備えるための準備の時代」であるとする。最も早く紀元前四世紀、中東ではアレクサンダー東征による古代ペルシア帝国の解体、東アジアでは五百年ほど遅れて秦漢から三国南北朝への分裂、最後にヨーロッパでは四世紀末、ローマ帝国分裂後の世界である。極東の島国、日本はどうか。さらに数百年遅れ、「新しい外部からの衝撃」をかなり時差のある宋文化の流入や蒙古襲来、「政治的に適宜の小区域に分割され……」を鎌倉の武士政権と京の公家との分裂・対立、さらには南北朝から戦国時代へいたる一大混乱に当てはめられるかは微妙ではあろうが、「一種の停滞」でありながらも「近世史的展開」を準備するという二面性は、妥当なのかもしれない。このあたりは次章に触れたい。

　家永は日本古代から中世にいたる混乱と絶望とを、日本人に「人間的存在の危機を衷心から体得」させる契機であり、「この大いなる国民的体験は日本人の精神の深化に一時機《ママ》を画するものとして日本思想史上頗る重要な歴史的意義をもつ……」とする。また風巻景次郎『西行と兼好』がより具体的に、「古代と中世との思想としての特色の差は、この世界観の倫理的厳粛主義による解釈、呪術的信仰ではなしに人間的解釈が成立してくるか否かにかかっている」とした。つまりはひとりの人間が、古代的・呪術的な倫理世界から離れてどう生きればよいのかという問いが、この時代にはじめて本質的に問われはじめたということか。そんな中世社会を、西行の末裔である隠者たちはどのように生きたのか。風巻によれば、「中世期京都の文学者的人間像は、たとえば兼好のように苦渋がなく清澄であって、愉しく現世に生きている」とする。たしかに『徒然草』の吉田兼好は、実用的な旅に出ることはあっても漂泊することはなく、隠棲場所もほぼ京の近辺であった。中世においては「身を焦がしている人間といったプロメテュースのような英雄的な存在」、たとえば西行のような存在はなじまなくなる。つまり日本中世は、こと文芸に関しては非英雄的な時代なのか。兼好は朝家に仕える上層貴族にさらに仕える下層貴族であるが、庶民から見ればじゅうぶんに上流階級であった。その朝家には持明院統と大覚寺統との対立があり、それを監視する幕府やそれぞれに仕える上層貴族の葛藤、さらに社会の底辺に目を向ければ、平氏滅亡以後の戦乱敗北者が流浪するという末法世界の可視化があったものの、兼好はそれら時代の動静をまともに受けたわけではなく、比較的安定した場所にいたと言えようか。このあたりも後述したい。ともかくも日本中世における漂泊思想は、魏晋南北朝における七賢人のように、ある意味で内面化・理念化されていったのかもしれない。そんな時代にあって西行は、理想の漂泊者として伝説化される。風巻によれば中世は「……心の旅にあこがれる時代である。抖擻《とそう》行脚に政治闘争の俗塵を避けたいとする心、山間の別墅《べっしょ》に月に心を澄ましたいとする憧憬、彼らにとって、西行の生活は一個の具体的理想にほかならないと映ずる」。中世に編まれた『西行物語』や『撰集抄』は、そのような伝説化の産物であるという。

そんな中世を代表する隠者、吉田兼好に言及する前に、中世浄土系念仏者たちの聞書集『一言芳談』を見ておきたい。成立は兼好の没年(一三五〇年?)以前とはっきりしないが、『徒然草』にも言及がある。ただし「この外もありしことども覚えず」(第九十八段)とあるように、座右の書ではなかったのか。法然とその門下につらなる二十数人の言葉を収集しており、唐木順三『無用者の系譜』は、「ここにはいはば死の讃歌がある。浄土へいそぐ心がある。〔中略〕生をいとい、死にすがり、死からはなれえないのである。私はこれは念仏門の頽落形態だと思ふ」と裁断する。『日本極楽往生記』や『発心集』に見る往生者、吉本のいう「死に至る病」の系譜に属するということか。

顕性房の云く、「我は遁世の始よりして、疾く死なばやと云ふ事を習ひしなり。さればこそ、三十余年が間ならひし故に、今は片時も忘れず。とく死にたければ、すこしも延びたる様なれば、むねがつぶれて、わびしき也。(顕性房のことばに、「わたしは、世を捨てた最初から、はやく死にたいという修行をしたものだ。それだから、三十年あまりもそういう修行をしてきたわけで、いまは片時だって頭を離れない。はやく死にたいから、ちょっとでも生き延びる模様

だと、心配で、やりきれない。」(小西甚一校注『一言芳談』以下同じ)

たしかにこのように死に急ぐものの神経症例的な記述が、『一言芳談』に目立つ。もっとも唐木も認めるように、『一言芳談』は「死に至る病」一辺倒ではなく、たぶんに多義的であった。

敬日上人云く、「遁世に三の口伝あり。一には同宿、二には同体なる後世者どもの庵をならべたる所に住むべからず。三には遁世すればとて、日来の有様をことごとし改むべからず」云々。(敬日上人が言われたことに、「世を捨てるのに、口伝が三つある。第一には、同じところに住むのがいけない。第二に、同じようなふうの世捨て人たちが庵を並べているところに住んではならない。第三に、世を捨てたからといって、それまでの状態をわざとかえてはいけない」とある。)

遁世後三つの禁止事項をあげていて、つまりは遁世してすぐに死をめざすのではなく、生きていく上でのルールである。もちろんその生がつねに死をはらむことは必定であろうが、何が何でも死に急げとはしていない。死ぬためならば単純に食を絶てばいいはずが、遁世前後で日常生活を恣意的に変えてはいけないとする。断食などもってのほかではないか。因みに吉本『西行論』は出家後の西行について、この三つの禁止事項をすべて破ったと指摘する。時代が前後するから話は逆で、

『一言芳談』は西行の時代より、何か新しい隠棲・隠遁を見出しているらしい。

「真実にも後世をたすからむと思はんには、遁世が、はや第一のよしなき事にてありけるぞ」（「ほんとうに後世に救われようと思うなら、世をのがれるという行為にとらわれるのが、そもそも、くだらないことこの上なしなのだ。」）

遁世のありかたや死に急ぐなという以前に、現実に遁世するか否かはどうでもよいとする。このような遁世の相対化は、兼好のような中世の知識人にもありがたい発想であったろう。そんな『一言芳談』を、目崎『漂泊』は「中世漂泊思想の到達点を端的に示したもの」と評価する。その例証として、もっとも多く収録される敬仏房を例示する。

後世者はいつも旅にいでたる思ひに住するなり。雲のはて、海のはてに行くとも、此身のあらんかぎりは、かたのごとく衣食住所なくてはかなふべからざれども、執すると執せざるとの事のほかにかはりたるなり。つねに一夜のやどりにして、始終のすみかにあらずと存ずるには、さはりなく念仏の申さるる也。（世捨て人は、いつも旅に出ているような思いで過ごすものだ。雲のはて、海のかなたへ行くとしても、この身が生きている限り、いちおうの衣・食・住はあたえられないと、どうにもならない。しかし、それに執着するのとしないのとでは、たいへんな違いだ。いつも、一夜だけの宿でしかなく、ずっと住んでゆくところではない、と思っていれば、念仏を唱えるのに何のさしさわりもない）

敬仏房ははじめ高野山に登り明遍に師事した。その明遍は平治の乱に散った貴族の末裔にあたり、東大寺の三論宗に学んで後に遁世僧となり、高野聖の祖とされる。法然に学んだとの説もある。敬仏房もまた法然の弟子となって大原に住み、奥州や関東にも遠征した遊行僧であった。要するにこのあたりの浄土教家は、天台・真言・三論と絡み合っている。その敬仏房は隠棲・隠遁してはいても、一処に執着してはいけない、旅する途上の一夜の宿と思えと云う。これにより目崎は、「漂泊はいまや生の過程における偶発的な行為ではなく、人生そのものの理念として定立された」とする。けれど理念であるのなら、実際に漂泊しなくてもよいことにならないか。さらに目崎が続けて、「聖の回国も修行者の山林修行も芸能者の放浪も、この本質をおのずから追認しているだけのこととなるわけだ」としているのは、やや疑問が残る。能因が謳った傀儡子のような芸能者の放浪は、その出自に宿命づけられたものであって、しかし生業としては都の権力者・富裕者を頼る。旅する聖・遊行僧にしても、民衆に布教するという明確な目的があった。自らの死をも厭わない漂泊であるとしても、「つねに一夜のやどり」を覚悟することは、ひとつの時代的な理念を「追認」するのではなく、個々の漂泊者が現実に行動すること、つまりはひとつひとつの生々しい出来事であって、それらが一見一瞥には渾然一体となった現象を目崎は漂泊という理念に昇華させているのではないか。いずれにしても本稿では宗教者の漂泊は、リクールのいう「超越」にきわどく重なるものとして扱おう。芸能者の放浪もまた、前章はじめにて本稿の対象外とした。

さて、目崎は『一言芳談』を評価しつつも、その切迫した無常観・現世否定に思想的な行き詰まりを見る。「ここには、ある時代、ある思想にとって常にまぬがれがたい過激性・逸脱性がある。末法濁世を生きる苦しみが、こうした袋小路へ人々を追いこんだのは当然であるが、無常観だけからは何ものも生まれない。そのきわまるところでこれを超克し、ここから飛躍する思想が生まれなければならない。否定の極で生への大肯定への転換が発見されねばならない。いうまでもなく、法然によってすでに着手されていたこの課題の解決は、つづく鎌倉新仏教の祖師たちによって完全に果たされるのである……」。このあたりの論旨は、親鸞によって「死に至る病」は克服されたとする吉本『西行論』に重なる。いや、目崎『漂泊』は吉本『西行論』に先んじており、吉本は目崎を参照したのか。さらに吉本は、すでに見た井上『日本浄土教成立史の研究』にも多く依っている。

もともと源信ら天台系浄土宗の念仏は、西方浄土のヴィジョンを幻視すること、つまり観相念仏であった。平安中期から末期に多く建立された阿弥陀堂が西方浄土をイメージさせる華麗な仏像群でみたされたのも、この観想念仏ゆえである。しかし法然において観相は重視されない。さらに親鸞になると観相はおろか、西方浄土など信じられなくてもまったく問題ないとした。吉本は『歎異抄』から引用する。親鸞は唯円の「浄土往生の道は念仏のほかはないと信じて、念仏もうしているけれど歓喜の情もうとく、浄土を思慕する心を薄い。これはどうしたことであろうか」(金子大栄校注『歎異抄』以下同じ)という問いかけに応じ、「自分も同様である［中略］、そしてよくよく案じ見れば、それでこそ本願念仏の有難さが感ぜられる［中略］。よろこぶべきことをよろこばせないのは煩悩の所為《しわざ》であり、浄土のこいしくないのは苦悩の世界に執着があるからである。そこに悲願のかけられた人間の現実がある。しかればその現実を機縁としていよいよ大悲大願を仰ぎ、往生も決定と思うべきである」とした。吉本は「この親鸞の答えによって、成仏死の思想は、思想の自然死にまで揚棄される。これは自然死のたんなる肯定ではなく、無限の時間的な所与を付託されたある絶対的な場所から、生と死を相対化する方法を獲得したところからきている……」とした。再び宮崎市定『アジア史概説』によれば、親鸞の真宗布教活動は「はなはだしくプロテスタント的であり、合理主義的である。［中略］……正しく宗教改革と名づけるに十分な資格があり、したがってまたはなはだ近世的な性質をもっている」。出家制度も教学も苦行も、呪術的想像力も必要とはせず、誰にでもわかりやすい仏国土を提示したということか。親鸞信徒のみならず吉本が引用した『歎異抄』の一節など、現代人にもすんなりと腑に落ちる論理であろう。もっともこのような論理は宗教的・思想的解決であり、同時代を動揺・動転しつつ生きた人間のすべてが、この解決法に救われたわけではなかろう。宮崎にしても「事実、日本社会が中世的であったがために、［中略］宗教改革運動は、そのまま近世的な発展をとげることができないで、やがて中世的な潮流に押し流されてしまう」としている。また黒田俊雄のいわゆる顕密体制論も、鎌倉新仏教の思想的革新より、旧仏教の社会的影響力の大きさに重点を置く。「鎌倉時代に新仏教が起こって宗教が一変したようにいうのはある程度は当たっているが、「旧仏教」なる顕密仏教の影が薄れたかのような理解があるとすれば、それは一面的に単純化され定式化された教科書によって普及された虚像でしかない。〔中略〕それは単に寺院・僧侶や荘園・末寺の数のことだけではなく、軍紀・和歌など文芸の理念から庶民の年中行事など生活と文化の全般にわたる事実であって、そうした意味で顕密仏教は、むしろ時期によって消長はあったにせよ、中世の思想界に支配的地位を維持しつづけたのである」(『王法と仏法』)。宮崎のいうように中世は近世的展開を準備しながらも、なお停頓の時代であり、多くの人間は思想的にも制度的にも、まだまだ古代的・呪術的な桎梏に囚われていたのか。またさらに言えば、吉本のいう「ある絶対的な場所から」の導きに身を任すことによっては、自らを救うことのできない人間がいるのではないか。平安末期から中世にいたる混乱・混濁に対し、鎌倉新仏教とは別の解決法を志向したものとして、家永は「西行や長明の如き行《ママ》き方の下になされた打開の努力の存在したことは、〔中略〕思想史家の看過すべからざる事実である」とする。日本的自然愛に導かれ、都を厭い山里に庵をむすび、「狂言綺語」を任ずる生き方は、なおも自らを、自らのちからによって救おうとしていたに違いない。彼らはその宗教心にもかかわらず、究極的には地上の人間であり、最終的に信じられるのは自分じしんではなかったか。そのような系譜に、『徒然草』の兼好を位置づけてみたい。

吉田兼好(卜部兼好《うらべかねよし》)は、『徒然草』に『一言芳談』を引用しつつも、往生者のように死に急ぐことがない。孤独や無名に徹することもなく、貴族社会との遠近感を生きていた。それゆえか『徒然草』には、屈折した心理が読める。

「道心あらば、住む所にしもよらじ。家にあり、人にまじはるとも、後世を願はむにかたかるべきかは」といふは、さらに後世知らぬ人なり。[中略]そのうつはもの、昔の人に及ばず、山林に入りても、餓《うえ》をたすけ、嵐を防ぐよすがなくてはあられぬわざなれば、おのずから世を貪るに似たることも、たよりにふれば、などかなからむ。(「仏道を修行しようという心がありさえすれば、どんなところに住んでも道は得られるだろう。たとえば家の中にいて他の人と附き合っていても、後世の往生を願うのに、差し支えあることがあろうか」というのは、まったく後世を願うという意味のわからない人だ。[中略]その器量が昔の修行者にとても及ばない以上は、山林にはいっても、飢えをしのぎ嵐を防ぐ手段がなくては生きていくこともできないわけで、したがって慾ばって俗世に執着しているように見えることも、場合によっては、どうしてないことがあろうか。(第五十八段　今泉忠義訳注『改訂　徒然草』以下同じ)

単純に読めば前後の文で、ほぼ真逆のことを主張している。いや、その両極端のはざまで兼好は揺れ動いていているらしい。兼好の「仮りの宿」が時代的に死より生に、釈蓮禅や西行と比較するに漂泊より仮寓に傾いているとしても、それは相対的なものに過ぎず、見るべきはその「ためらい」の揺れ幅であろう。いや、それよりも本章で注目したいのは、西行や長明には見られない『徒然草』の独自さである。

……弘融僧都が、「物を必ず一具《いちぐ》にととのへむとするは、つたなきもののすることなり。不具なるこそよけれ」といひしも、いみじく覚えしなり。（弘融僧都が、「どんなものでも、必ず一揃えに揃えようとするのは、つまらない人間のすることだ。不揃いなのがいい」といったのも、なかなかの見識だと思われたことだった。（第八十二段）

何らかの道具を揃えていることは、現代人にとっても当たり前ではないか。会社や家庭で来客にお茶を出すのに、茶碗やコーヒー・カップが不揃いなのは恥ずかしい。ゴルフをするにもクラブが一式揃っていなければ、プレイどころではない。しかし物を揃えるという行為や意識は、ある完全無欠さ、つまりは「こうあるべきである」という人為の産物ではないか。自然とはほんらい揃ってはいない状態であり、何らかの不完全さをはらむ。枝ぶりが完全に左右対称シンメトリーな樹木などありえない。また五十五段には建築を造る際、「用なき所」を残すのがおもしろいとある。完全に機能や実用に徹するのではなく、無駄とも思えるような空間、そこだけ不揃いな場所を残すのが自然ほんらいであるということか。あえて完全ではないこと、揃わないこと、揃えてはいけないという思想なり美意識は、日本独自のワビという美につながるとされる一方、どこか老荘的な自然観を匂わせる。研究者によれば『徒然草』は三、四十段前後で執筆時期に違いがあり、それゆえの断絶があるという。先にふれたように第十三段では趣味・教養としての老荘を語っているが、三十八段にあっては老荘が、兼好自身の言葉で噛み砕かれる。

……しひて智をもとめ賢を願ふ人のためにいはば、智慧出でては偽あり。才能は煩悩の増長せるなり。〔中略〕いかなるを智といふべき。可不可は一条なり。いかなるを善といふ。まことの人は、智もなく、徳もなく、功もなく、名もなし。（無理にも智を求め、賢を願う人のためにいっておきたいことがあるとしたら、老子の言葉ではないが、智慧が現れてくると、その結果偽が生じるのであり、才能は人間の煩悩が積り積もってできたものだ、という、これだけのことはいっておいてやろう。〔中略〕それでは、どんなものが智といえるか。――わかったものではない。要するに――可といい不可といっても、根本は同じものだ。それでは、どんなものを善というか。それもわからない。――真に至った人は、智もなく徳もなく功もなく、名もない。）

現代語訳にある老子の言葉とは、「大道廃れて、仁義有り。智慧出でて、大偽有り」をいう。その後の下りも『荘子』による智や徳の相対化論であろう。このような思想的成熟は、単なる年齢的なものではなく、兼好が禅宗にひそむ老荘に学んだ結果であるのか。ならば趣味・教養としての老荘ではなく、巻懐のラディカリズムを見ることができるかもしれない。兼好の出家は三十歳頃、兼好《かねよし》の字はそのままに「けんこう」とした。比叡山麓の修学院や横川に隠棲しているので、もともとは天台浄土教系であろうか。けれど唐木順三『無常』は、兼好の禅宗への接近を指摘する。山科小田庄に隠棲するにあたり兼好は、水田一町を九十貫文で買って生活の資としているが、四十歳になる頃、そのすべてを日本臨済禅の大人物大応国師に寄進している。さらに「出家遁世前の兼好が家司として仕へた堀河家は久我家の系統である。久我通親(内大臣)から数えて五代目の具守(内大臣)に仕へたといわれる。通親は道元の父である。道元は久我家の出である。『正法眼蔵』や『随聞記』に久我一門が他よりも一層の関心をもったとしても不思議ではない。その写本の類があったとしても不思議ではない。家司の兼好がふとしてそれを見る機会があったといへば小説的想像になるが、見たとしても不思議とはいへない」。いずれも状況証拠にすぎないが、推論する根拠にはなろう。因みに曹洞宗開祖、道元禅師は言うまでもなく、親鸞や日蓮とともに鎌倉新仏教の立役者である。その徹底的な反権威・反権力の姿勢は、北条時頼の寄進状を嬉々として預かってきた弟子を即座に破門し、その座禅していた僧堂の床板を剥がし、床下の土を七尺ほども掘って捨てさせたというエピソードひとつでじゅうぶんであろう。けれど禅宗については後述する。引き続き『徒然草』を見ておこう。

花はさかりに、月はくまなきをのみ見るものかは。雨に対《むか》ひて月を恋ひ、たれこめて春の行方知らぬも、なほあはれに情深し。咲きぬべきほどの梢、散りしをれたる庭などこそ見どころ多けれ。(――観桜・観月も、――何もわざわざ満開の花盛り、澄み渡った月ばかりを見て楽しむはずのものとは限らない。雨の降るのに対して月が見えたらと懐かしく思い、家に引き籠もったままで春の暮れてゆくのを知らないでいるのも、やはり趣深くしみじみと感じられるものだ。)(第一三七段)

今が満開の桜や夜空に澄んだ名月が、花や月のすべてではない。そういう完全無欠さに執着するのは美意識のマンネリズムであり、知的操作の倨傲ではないか。散りしおれていく桜や雲間にまぎれる朧月も自然の一部であり、無常という万物の本質であろう。そう読むならばここにも老荘を見ることができよう。すくなくとも語彙においては老荘を読むことができなかった西行とは異なり、兼好はどこか老荘を匂わせている。

もっとも兼好のこのような美意識には、老荘とは別の淵源があるともされる。藤原定家の新古今風「幽玄体」について、かなりの寄り道になるが触れておく。

ただひとり、藤原定家が独自に編み出した「幽玄体」とは何か。尼ヶ崎彬『花鳥の使』によれば、

「定家は、仮構である詩的言語の約束事《コード》を操作して、次々と新しい意味の形をつくり出す。しかし、もうそれは、現実とは少しも対応しない。彼は現実にありうる或る〈型〉を命名することによってではなく、詩的世界の中の〈型〉を操作することによって、新たな仮構を行うだけだからである。［中略］従来の、現実を〈型〉に凝結させるような詩的言語を一次仮構と呼ぶとすれば、定家の、現実と直接関わらず、一次仮構を素材として組立てられた言葉のあり方を、二次仮構と詠んでもいいだろう」。定家の歌論書とされる『先達物語』には、「恋の歌をよむには凡骨の身を捨てて、業平のふるまひけむ事を思ひいでて、我が身をみな業平になしてよむ」とある。恋歌を詠むのに、自分が実体験した恋愛など参考にしてもたいていは凡庸な歌にしかならない。恋歌を詠むならば、『伊勢物語』の業平のように、高貴で繊細な心をもって詠むべきである。自分が業平の立場であったらと、想像するのではない。まさに業平に憑依されたように詠むべきなのである。

見渡せば花も紅葉もなかりけり浦の苫屋の秋の夕暮（『新古今集』）

あまりにも有名なこの歌も、『源氏物語』に「なかなか、春秋の花紅葉の盛りなるよりは、ただそこはかとなう茂れる陰どもなまめかしきに」とあるのを典拠として、光源氏に憑依して読んだとされる。このような作歌手法は「一次仮構」に精通し、それを材料に架空の言語世界を構築するという水際立って知的な作業であろう。因みに家永は平安末期の末世思想にどう対処するかに関して、すでに見たように法然・親鸞のような宗教的な解決、西行・長明らの自然美の追求とは別に、定家ら新古今派歌人が、「和歌の世界の内に幽玄なる別天地を創造する」ことで、時代的苦痛から免れようとしたとする。彼らは西行や長明と比較するに、上層貴族として行動の自由は制限されており、安易に山里になど逃れることはできない。しかし都の動乱について「紅旗征戎吾が事に非ず」と定家が言い放ったように、現実の社会動静にはほぼ無関心であった。恋歌など、ほんらいは読み手の社会的地位や人間関係、つまりはリクールのいう「出来事」を無視できないはずが、家永によれば「新古今時代の恋歌の如きは恋歌としての本質を悉皆失ったもので、其の本領は何と云っても幽艶なる自然描写の方にある……。［中略］其處に描写された自然は単なる目の前の自然とは異なり、作者の想念を通じて創造された超現実的自然であった」。つまり追求するのは純粋に言語世界の美であり、定家には言葉しかない。老荘のような言語的・知的世界の否定ではなく、まったく反対に最高度に知的な遊戯であろう。

そんな「幽玄体」に、定家より七歳上の鴨長明が注目している。彼等が生きた時代、和歌の伝統はマンネリズムに堕しつつあった。三百年も同じ題を詠んでいれば「五七五」を聞いただけで、おおよそ「七七」は推量できてしまう。けれど「幽玄体」はそうはいかない。長明は「一次仮構」に精通していたがゆえに「幽玄体」の新しさに衝撃をうける。その歌論『無名抄』において、「幽玄体」が詠むのは「……ただ言葉に現れぬ余情、姿に見えぬ景気なるべし」として、巧みな例をあげた。

よき女の恨めしきことあれど、言葉にも表さず、深く忍びたる気色を、さよとほのぼの見つけたるは、詞をつくして恨み、袖を絞りて見せむよりも心苦しう、あはれ深かかるべきがごとし。（美しい女が恨めしいことがあるけれど、それを言葉にも表さず、深く隠している有様を、そうだなとぼんやり見つけたのは、言葉のありたけをつくして恨み、涙に濡れた袖を絞って見せるのよりも気の毒で、あわれさも深いであろうと思われるようなものだ。）（久保田淳訳注『無名抄』以下同じ）

恨めしさを抱えている女の心は、なかなかに言い尽くせない。言葉に出して恨んでみせたり涙に袖を濡らす姿よりも、黙っているほうがずっと哀れさが深いとする。そんな心の暗がりを詠むのが「幽玄体」であろう。

幼き子のらうたきが、片言してそことも聞こえぬこと言ひゐたるは、はかなきにつけてもいとほしく、聞きどころあるに似たることも侍るにや。これらをばいかでかたやすく学びもし、定かに言ひも表さむ。（幼い子のかわいらしいのが片言で何ともわからないことを言っているのは、頼りないにつけてもいとおしく、聞くに価するところがあるのに似ていることもあるでしょうか。これをどうしてたやすく真似もし、はっきりと言い表すのだろうか。）

幼児が何か言おうとして、うまく言葉にはできない。何か必死に訴えかけようとしているが、経験も語彙も乏しいゆえに適当な言葉が見つからない。そんなもどかしい心は、マンネリズムに堕した慣用句では表現できない。「幽玄体」の出番である。尼ヶ崎によれば「幽玄体」は、特定の「〈型〉にすれば陰翳を失ってしまうような複雑な心を、複雑なままに浮遊させる［中略］達人の軽業……」なのである。

もっとも長明のこの二つの類例に関しては、古今集いらい蓄積されてきた「一次仮構」のみが、必ずしも材料となるわけではなかろう。定家のように純粋な言語世界へと「二次仮構」させるのではなく、まったく反対に、複雑な心を複雑なまま、その現実に肉薄するように詠むという方法論が存在してもよい。たとえば西行がその例ではないか。よく知られるように西行は最晩年、『御裳濯河歌合』の判を藤原俊成に、ついで『宮河歌合』の判を俊成の子、若き定家に依頼した。尼ヶ崎が注目するのは、西行の「世中《よのなか》を思へばなべて散る花の我身をさてもいづちかもせむ」への定家の批評、「世の中を思へばなべてといへるより終りの句のすゑまで、句ごとに思ひ入て、作者の心深くなやませる所侍れば……」であり、これに対して西行は、「かへすがへすおもしろく候ものかな。なやませると申す御詞によろず皆こもりてめでたくおぼへ候。これ新しく出で来候ぬる判の御詞にてこそ候らめ」(『贈定家卿文』)と、感動とともに返礼している。「それまでの和歌批評は、詞づかいの見事さ、趣向の面白さ、イメージの美しさ、全体の情趣の味わい等、要するに作品の出来栄えを問題とするものであって、作者の心の深さや様態を問題にはしない。しかし定家は、作品の「姿」

でも「心」(表現内容)でもなく、「作者の心」(表現者の意識)に注目し、その結果「なやませる」という前例のない批評用語を用いることになったのである。たしかに「作者の心深くなやませる」は、リクールのいう「ためらい」をも想起させる。単純な決定でも撤退や放棄でもなく、揺れ動く非決定ではないか。そのような「ためらい」はたしかに、従来の伝統和歌の〈型〉に嵌めることはできそうにない。けれど西行は、そんな非決定を何とか歌にしようと苦心した。定家のように「一次仮構」を操作するのではなく、時にはまったくといってよいほど粗暴に「一次仮構」を無視し、あくまでもじしんの感情の振れ幅に忠実であろうとした。その結果として西行の歌は、吉本によれば、「口のなかでもごもご何か云ってるのだが、外からは何を云ってるのか一向にわからない」という事態に陥る。つまり西行の歌は、定家とは決定的に違う。尼ヶ崎にしても、「心」の扱いにおける定家と西行との「分岐点」に言及する。この批評を稀な接点として、定家は西行とは別の世界をめざすことになる。

長明『無名抄』は、女の恨めしさや幼児の言葉のたどたどしさという「言葉に現れぬ余情」の例と前後して、「姿に見えぬ景気」を例示する。

たとへば、秋の夕暮れの空の気色は、色もなく、声もなし。いづくにいかなるゆゑあるべしとも覚えねど、すずろに涙こぼるるがごとし。これを心なき列《つら》の者は、さらにいみじと思はず、ただ目に見ゆる花紅葉をぞ愛で侍る。(たとえば、秋の夕暮れの空の様子は、色もなく、声もない。どこにどのような理由があるのだろうとも思わないけれど、わけもなく涙がこぼれるようなものである。これを心ない仲間の者は、一向にすばらしいと思わず、ただ目に見える花や紅葉を愛します。)

霧の絶え間より秋山をながむれば、見ゆるところはほのかなれど、おくゆかしく、いかばかりもみぢわたりておもしろからむと、限りなく推し量らるる面影は、ほとほと定かに見むにもすぐれたるべし。(霧の絶え間から秋の山を眺めると、見えているところはほのかであるが、その奥が知りたく、どれほど一面紅葉していておもしろいことだろうかと、際限なく推量されるその幻影は、ほとんどはっきり見るよりも勝れていることであろう。)

女の恨めしさや幼児のたどたどしい訴えが、慣用表現ではとても言い尽くせないように、ここでは見えないものを見る感受性なり想像力が問題になる。目の前に見える花や紅葉には誰でも感動できる。しかし何の風情もない秋の空に感じ入るには、特別な能力が必要であろう。霧にかくれてわずかしか見えない秋の山奥に一面の紅葉を思い描くのも、想像力のなせる業である。いや、この場合の想像力とは、直接に見える、あるいは見えない世界に対し、詠み手の「見たい」「見よう」「どうしても見なければ……」という意志的なものがどのように関わるかの問題ではないか。はっきりと表現できない心や、現実には見えない事物を詠むにあたって、その「ない」をどうにかして言葉に当て嵌めるのではなく、あくまでも「ない」ままに提示する。この場合の「ない」とは、「ある」か「ない」かという単純な二元論ではない。女の恨めしさや幼児の訴えのたどたどしさは、たしかに言葉にはならないが、もう喉元まで出かかっている。秋の夕暮れ空の悲愁や奥山の紅葉も直接には見えないが、「見たい」「見よう」「どうしても見なければ……」と意志する者には、まざまざと見えるのではないか。つまり「ない」とは、「ある」と「ない」との蒙り蒙られる弁証法の痛みや揺らぎに関与する。ならば読み手もその「ない」を、身体的に直感することを要請されよう。

いずれにしても『無名抄』の「姿に見えぬ景気」は、満開の桜や澄みきった月のみが花や月ではないという『徒然草』を連想させる。もっとも長明が理解した「幽玄体」においては、複雑な心境や見えない情景の奥深さに力点が置かれるのにたいし、『徒然草』ははっきりと見える花や月の完全無欠さは虚像であって、不完全で移ろいゆく自然の一部でしかないという相対論に傾く。いや、兼好にとって、それは想像するまでのもない自明の論理であるのかもしれない。「幽玄体」を検証する『無名抄』と『徒然草』との間には、何らかの断絶、「ない」と「ある」との弁証法における磁場の変異があるように思える。そのあたりを、「幽玄体」の継承者とされる正徹に見ておこう。

正徹(小野(または小田)正清)は南北朝末期永徳元年(一三八一年)の生まれ、兼好より約百年後の歌僧である。少年期より京都にあり、兼好とも親交のあった冷泉派の今川了俊に歌を学び、了俊没後は三十代半ばで出家して京都五山のひとつ東福寺に入る。すでに禅僧による漢詩創作、いわゆる五山文学の花がひらいていたが、正轍は禅僧でありながら和歌に徹する。「幽玄体」に心酔し、寝覚めの時に定家の歌を思い出すと物狂いの心地になると告白している。埋没していた兼好の発見者とされ、正徹の書写した『徒然草』が現存最古であるらしい。その歌論集『正徹物語』には、たとえばこのようにある。

「花はさかりに、月はくまなきのみ見るかは」と兼好が書きたるやうなる心根を持ちたる者は、世間にただ一人ならではなきなり。この心は生得にてあるなり。(兼好が「花は盛りの時だけ、月は曇りもなく澄んでいる時だけを鑑賞するものだろうか」と書いたような心性をもった者は、世間には他にただ一人もいない。こういう心性は生まれつきのものである。)(小川剛生訳注『正徹物語』以下同じ)

『徒然草』における老荘を思わせる一節を引用しながらも、当時このような考えをもつのは兼好のみであったとする。兼好が没して後の室町幕府南北朝の時代、文化・経済は爛熟し、佐々木道誉のごときバサラ大名が金にものをいわせた道具茶を実践する。金閣銀閣など、仏教寺院とは名ばかりの贅沢な別荘が建てられもした。そんな時代にあって『徒然草』は、正徹に見いだされるまでほぼ忘却された。ともかくも禅僧である正徹は、『徒然草』のこの下りに禅宗への傾倒や老荘を読むことはない。唐木は兼好の禅宗への傾倒について状況証拠を集めたが、兼好じしん、何も証言してはいない。けれど正徹の生きた時代、禅僧による五山文学が全盛をきわめ、正徹もその世界観を呼吸していた。正徹にとって禅宗は当たり前の時代精神であって、兼好を評するにあたり、あらためて持ち出す必要を感じなかったということか。

月にうす雲のおほひ、花に霞のかかりたる風情は、詞・心にとかくいふ処にあらず、幽玄にもやさしくもあるなり。詞の外なる事なり。(月を薄雲が覆い、花に霞がかかっている趣向は、どんな表現・内容でも追いつかず、ただ名状し難く優美である。これは言語を超えたことなのである)

兼好の「花はさかりに、月はくまなきのみ見るかは」の、正徹なりの言い換えであろう。花や月の不完全さには幽玄の美があり、それはとても言葉では表現できないとする。「幽玄」をもちだすのは定家の使徒ゆえであろうが、「詞の外なる事」を人間の智慧の集積である言葉では表現できないと言い換えれば、老荘的ではないか。けれど言葉では表現できないものを、どうやって歌にするのか。

飄白としてなにともいはれぬ所のあるが、無上の歌にて侍るなり。みめのうつくしき女房の、物思ひたるが、物をもいはでゐたるに、歌をばたとへたるなり。物をばいはねども、さすがに物思ひゐたる気色はしるきなり。又をさな子の、二、三なるが、物を持ちて人に「これこれ」といひたるは、心ざしはあれども、さだかにいひやらぬにもたとへたるなり。さればいひのこしたるやうなる歌はよきなり。（漂う雲のように奥が深く何とも言えぬところがあるのが、最高の歌なのであります。そのような和歌は、容貌の美しい女房が物思いに耽っていて、何も言わずにいるのに譬えられる。何も言わないが、それでも物思いに耽ける様子は手に取るように分かるのである。また幼い子で、二つ三つくらいのが、何かを手にして人に「これはね。これはね」と言っている、訴えかける気持ちは働くのであるけれど、はっきりと言い尽くせないのにも譬えられる。だから言い残したような和歌こそすぐれたものなのである。）

長明『無名抄』の女の恨めしい心や幼子の物言いの例を再録しながらも、それを言葉にしないで、いい残す歌がよいとする。つまりは人智の集積である言葉によってさえ、いい得ない心、いい表せない情景があるという。そう読めばここにも、長明の「幽玄体」理解とともに、老荘の匂いがしないこともない。純粋な言語世界をめざしたらしい定家と、言語では表現できない、言語を超えた心や情景の美があるとする正徹には、やはりそれなりの径庭があるのではないか。長明は「ただ言葉に現れぬ余情、姿に見えぬ景気」としたが、正徹は「詞の外なる事」と言い換える。長明の「敢えて言葉にしない」を、正徹は「言葉では表現できない」とするらしい。もちろん、言葉では表現できないことを和歌という言葉で表現すると言えば、この径庭は縮まろう。ともかくも定家および定家を解釈した長明、兼好、そして正徹らは引用を繰り返しながら近似した領域で言説している。そこには歌道における濃密な関係性がある。けれど定家・長明は時代的に禅宗にはふかく関与せず、兼好・正徹はそうではなかった。そのあたりを確認しながら正徹の弟子、連歌師の心敬を見ておこう。

前章でもとり上げた心敬は一四〇六年、紀伊国名草郡田井庄に生まれ、幼くして比叡にのぼる。二十代半ばで正徹に和歌を学び、連歌師としても頭角をあらわした。四十代半ばで滋賀大津の天台宗寺門派総本山、園城寺《おんじょうじ》仏地院に移る。寺門派とはかつて、慈覚門徒との勢力争いに破れて下山した智証門徒である。さらに心敬は京都東山の十住心院の住持となり、権大僧都、法印までも任じられている。十住心院は現在、真言宗智山派寺院であるが、心敬時代の十住心院は兵火で焼失していて資料に乏しい。けれど師の正徹と同じく、心敬の言動には天台や真言よりも禅宗の陰翳が濃い。すでに敬仏房や明遍の経歴で見たように、中世における日本仏教の各宗派はその見かけ上の独立性を保ちながらも、その内実は混在・混合していたのかもしれない。いや、ふたたび黒田俊雄によれば、そもそも宗派という概念じたいが後づけ的な定義である。「今日一般に理解されている「宗派」概念は江戸時代以後のものであることは、明らかな事実である。われわれはただ、今日の各宗派の法脈的系譜を辿って中世あるいは古代に源流を設定し得るにすぎないのである」(前掲書)。ともかくも心敬は応仁の乱により京都を離れ、東へとさすらう。しかし関東にも戦乱の余波があり、落ち着ける境遇ではなかった。京に帰ることなく、相模国大山山麓で七十年の生涯を閉じる。

くもる夜は月に見ゆべき心かな

晴れている夜空の名月は、誰にでも見えるし誰もが愛でる。しかし曇った夜はそうはいかない。いや、こういう日にこそなんとか月を見たいものだという私の心が、月に悟られてしまうのではないか……というほどの句であろうか。まさしく『徒然草』の「花はさかりに、月はくまなきのみ見るかは」を、過不足なく体現している。いや、『徒然草』を前提としなければ、どういう句なのか理解し難い。『心敬僧都庭訓』にも、「雲間の月を見る如くなる句がおもしろく候。（中略）八月十五夜の月のようなるは、好ましからず候」とある。

ふけにけり音せぬ月に水《み》さび江の棚無し小《を》舟ひとり流れて

この歌もまた月を詠む。いや、夜も更けて月はすでに見えない。現実の月は足音など発しないので、「音せぬ」はある種の擬人法であろうか。ともかくもすでに立ち去ったのか隠れているのか、その気配は感じられないとする。伊藤伸江『正徹と心敬』によれば、「水さび江」は「水錆《みさび》の浮かんでいる入り江」、「棚なし小舟」は「舟の左右の両縁に付けてある幅の狭いわき板のない小舟、丸木舟」を云う。心敬には「流れ州に小船《をぶね》漕ぎ捨て煙立つ入江の村に帰る釣り人」もあり、この「小舟」も家路につく漁民が漕ぎ捨てたのか。「音せぬ」は漁民が立ち去って戻ってこないことにもかかると、心敬自注にもある。入り江は外海の波から守られているので、穏やかな水面は錆びが浮いたように濁っている。ただ小舟が静かに流されていく。人気のない、いや月の気配さえない寂寂とした光景であろう。心敬が実際に目撃しているのではなく、心象に浮かんだ風景ではないか。つまりこの歌も読み手の実経験を詠んだのではなく、言葉世界における「二次仮構」かもしれない。ならば濁った入り江に小舟が流されていくというこの瞑想的・心象的な風景によって、心敬は何を言おうとしているのか。それは正徹のいう「詞の外なる事」、つまりは言葉では表現できない何かであろう。おそらくは戦乱に追われるように流浪する心敬の不安定な境遇、より普遍的に言えば、この世界の頼りなさのようなものかもしれない。けれどそれを直截的に告白すれば、身も蓋もない駄作にしかならない。つまり心敬は敢えて「言い残して」いる。「言い残す」以外には、言い尽くすことができなかったのではないか。

最晩年の歌論『ささめごと』には、「いはぬ所に心をかけ、ひえさびたるかたをさとりしれとなり。さかひに入りはてたる人の句は、この風情のみなるべし」とある。敢えて言わない所、言い得ない所にほんとうの心がある。流浪・漂泊する心敬の苦難は西行の「命なりけり」の絶唱にも似て、容易には言い尽くせない何かではなかったか。もっと「水さび江」という語彙には、澄んだ水に映る月を詠んだ西行とは、やや異なる陰翳がある。そんな心象の原風景として、「衆人の悪《にく》む所に処る」や「寧ろ其れ生きて尾を塗中に曳かんか」を連想することは、やや強引であろうか。けれど伊藤伸江は「流れ州に小船《をぶね》漕ぎ捨て……」を解説して、「当時盛んに輸入されていた宋画の水墨に、山村や入江、また釣人たちが好んで描かれていた影響」を指摘している。宋代の水墨いわゆる南宗画について触れる余裕はないが、宋代は中国大陸禅宗の絶頂期であった。また『荘子』列御寇篇には、「無能なる者は求むる所無く、飽食して遨遊《ごうゆう》す。汎として繋がざる舟の若(ごと)く、虚にして遨遊する者なり」とあり、繋留していない舟は道を体現する者の自由を暗喩する。李白には「明朝髪を散じて、扁舟を弄せん」(「宣州の謝朓楼にて校書叔雲に餞す」)とあり、中唐の漢詩人にも「扁舟繋がれず、心と同じと」(韋応物「鞏洛自り舟行して黄河に入る　即時、府県の僚友に寄す」部分)とか、「釣りを罷《や》め帰り来りて　船を繋がず」(司空曙「江村即事」部分)とある。五山文学を通じ漢詩世界をじゅうぶんに呼吸していた筈の心敬が、学んでいなかった筈はない。ならばこの濁った入り江を漂う小舟に、心敬はこの世界の頼りなさのみならず、漂泊するじしんの自由をも、密かにひそませたと解釈できるかもしれない。本章に主題にそって言えば、禅宗に潜まされた老荘の本質は、この心敬にあってはすでに、しかもただの趣味・教養としてではなく、深く浸透しているように見えてくる。

　心敬の「冷え寂びたるかたを悟り知れとなり……」は、茶人の村田珠光に影響したとされる。珠光が弟子に与えた「心の文」には、「かる、と云事ハ、よき道具をもち、其あぢわひをよくしりて、心の下地によりてたけくらミて、後までひへやせてこそ面白くあるべき也」とある。茶の湯における枯淡・ワビの境地であろう。珠光はかの一休に参禅し、中国宋代の禅僧圜悟克勤の墨跡も一休より譲り受け、表具して茶室にかけたとされる。いずれも伝承の範囲を出ないが、禅宗と茶の湯との濃密な関係を物語る。そもそも日本の茶の湯は栄西が大陸禅宗の喫茶をもたらしたのを端緒とするが、貴族やバサラ大名などの権力層に受容されたことで、華やかな道具茶へと変貌した。しかし浄土僧であった珠光、さらに堺の商人である紹鴎や利休が出現し、日本独自のワビ茶を案出する。もっとも紹鴎は前述した定家の「見渡せば……」の歌をあげ、「花紅葉は則《すなわち》書院台子の結構にたとへたり。その花もみぢをつく〴〵とながめ来りて見れば、無一物の境界、浦のとまやなり。花紅葉をしらぬ人の、初よりとま屋にはすまれぬぞ。ながめ〳〵てこそ、とまやのさびすましたる所は見立たれ。これ茶の本心なりといはれしなり」(『南方録』)としていて、豪奢な道具茶を知らなければワビ茶の心はわからないとする。それゆえに紹鴎は名品たる茶碗を必要とした。利休にしても秀吉の黄金の茶室を手掛けていて、時にワビではないこと甚だしい。しかしほぼ同時代には粟田口の善法やノ貫《べちかん》のように、まともな道具ひとつ持たぬ茶人もいた。

　京粟田口、善法。かんなべ一つにて一世の間、食《めし》をも茶湯を(も)するなり。身上楽しむ胸のきれいなる者とて、珠光褒美候。(『山上宗二記』)

山科のほとりに、へちかんといえる侘ありしが、常に手取《てどり》の釜ひとつにて、朝毎、糝《みそうず》という物をしたため食し、終りて砂にてみがき、清水のながれを汲みいれ、茶を楽しむこと久し。

(『茶話指月集』)

いずれも日々の炊事につかう鍋釜で茶をたてていたという。まさに『徒然草』の「物を必ず一具《いちぐ》にととのへむとするは、つたなきもののすることなり。不具なるこそよけれ」の具体例を見る思いがする。不揃いであることに自然や事物の本質を見る兼好の美意識を、いわゆる寂びの美学へと連なるものと仮定すれば、ワビ茶の侘とともに、侘び寂びという日本独自の美意識がここに出揃う。けれどほんらいの仏教にワビサビはない。インド仏教にはもっと根源的で鋭利な理智があった。ならばワビサビはまったく日本独自の美学なのか。どうも違う気がする。善法や丿貫《べちかん》には、どことなく老荘的隠者の趣きが感じられないか。ワビサビの遥かな淵源として、禅宗、あるいはそこに潜まされた老荘がかすかに頭をもたげているように思えてくる。いずれにしてもここまで見てきたように、日本の中世文学が経験した表現論的な展開は、まさに家永が「日本人の精神の深化に一時機《ママ》を画するものとして日本思想史上頗る重要な歴史的意義をもつ……」と評したように、実に豊穣な成果であったように見える。さらに言えば彼らそれぞれの人間的な苦闘と比較するに、古代から中世への転換期を生きた西行の巨人性が、あらためて思い知らされる。

風狂としての禅宗　そして芭蕉

そもそも禅宗とは何か。ごくごく簡単にふれておこう。前述のように森によれば、老荘の「万物斉同」という境地の体現は仏教へと託された。そんな大陸仏教、特に禅宗はインド仏教ほんらいの論理性・抽象性には興味がなく、現代風に言えば現象学的な直感を重視する。仏教の悟りも経典の文字ではなく、師から弟子へ、心から心へと伝授していくとする「不立文字」を掲げ、それでは仏教たる正当性を示せないので、インド僧ダルマを開祖とし、二祖、三祖、四祖と伝授していく系譜にこだわった。ほんらい自己の当為を否定する仏教でありながら、禅宗は座禅という厳しい修行を自己の意志によって自己に課す。臨済の喝・徳山の棒といわれるように、いきなり怒鳴ったり棒で叩いたりと、まったく釈迦的・インド的でない。そのような禅宗の独自性に老荘はどう関わるのか。森のいう「万物斉同」継承説はたしかにわかりやすいが、論理性ではない何か現象学的・直感的なものを、老荘は禅宗へと託したのではないか。

昭和六年、四十二歳で没した前田利鎌の『宗教的人間』は、現在に至るも莊子研究の重要書であるという。老荘と禅宗について、例えばこのようにある。「古代の自由人は、人間の積極的な活動を阻害する三個の怪物を殺戮してしまう。——精神の粘着停滞を誘惑する対象と、精神の奔放な発動を圧迫する禁止的価値観と、われわれの大胆な自己主張を畏怖せしめる死の脅威とを。そして自我の本質を把握することによって、これらの反生命的怪物を喝散しつくす自由人がしばしば人もなげに高らかな哄笑をほしいままにすることに何の不思議があろう。たとえば荘子一巻を読むものは、遼遠な天空に飛ぶ鳥の高みから、人生の流転に迷惑し、生死の関門に曳き悩む人間の頭上に、朗かに響き渡る悪魔のような笑声を聞きとることができよう。そして白雲影裏笑呵々たりという禅坊主の哄笑のうちにも、確かに荘子におけると同様に、地上に低迷する人間を笑殺せんとする、あの魔的な響きが感ぜられる」。ほんらい老荘と仏教とでは、もともとの出自が異なる。けれど古代から中世に至る中国大陸の騒乱期において、老荘が復活し仏教が興隆するなかで、両者はまるで異母兄弟のように渾然一体となり、「地上に低迷する人間を笑殺せんとする」ラディカリズムを生み出したのかもしれない。苛烈な時代を生き延びようとする人間にとって、思想の出自などどうでもよく、目の前の現実にどのように対処するのか、対処できないとすればその現実を、どう「笑殺」できるかが重要ではなかったか。

禅宗には、この世の不文律の一切を否定する公案がある。南宋で編まれた『無門関』を見ておこう。

潙山《いさん》和尚は、はじめ百丈山の僧堂にいたとき、典座《てんぞ》の役をしていた。百丈懐海《えかい》和尚は大潙山の僧堂の師家《しけ》を選定しようとした。そこでかれは首座《しゅそ》といっしょに、弟子たちに各自の意見をのべさせ、最も並はずれた力のあるものを大潙山にゆかせようといた。百丈和尚はそこで浄瓶《じんびん》をとりあげて、地上におくと、「これを浄瓶と呼んではいけないとしたら、さあおまえさんたちは何と呼ぶか」と問うた。

するとと首座が、「棒きれと呼ぶことはできますまい」と答えた。

百丈和尚がそのあとで潙山に問うと、潙山はその浄瓶をけとばして出ていった。

そこで百丈和尚は笑って、「首座は潙山にすっかり負かされた」と言った。そこで百丈和尚は、潙山を大潙山の開山とした。（第四十則「趯倒浄瓶《てきとうじんびん》」鷲坂宗演訳）

公案には典型的な逸話で、つまり水瓶という物体は日常において「水瓶」と呼ばれているだけで、「水瓶」という名称に事物の本質があるわけではない。しかし日常的にそれを「水瓶」と呼ばなければ誰にも伝わらない。そのような仮構世界の約束事を人間は危うく生きている。修行僧トップである首座の「棒きれと呼ぶことはできますまい」という答えは、この約束事の範疇を出ない。しかし典座（料理係の下僧）にすぎない潙山はその水瓶を蹴飛ばす。水瓶を「水瓶」と呼び、また呼んではいけないとする日常言語的秩序を蹴倒すことで、それが仮構世界の約束事に過ぎないと暴露してみせるのである。「趯倒浄瓶《てきとうじんびん》」の「趯」には「おどる」という意味があり、まさに踊るように水瓶を蹴飛ばし、踊るように去っていったのではないか。それを見た百丈は哄笑する。呵々大笑したに違いない。日常の言語世界を蹴り倒すことは、人智の相対性を説いた『荘子』を連想させる。前田がやや巨視的に断言するように、老荘と禅宗とは、この呵々大笑を共有するらしい。

禅宗の水際立った特性には、さらに「風狂」がある。語彙としての「風狂」は唐代の漢詩集『寒山詩』の序文が初出であるという。『寒山詩』は特定個人の創作ではなく、寒山・拾得も実在したのかは怪しいが、二人とも天台宗国清寺にて豊干禅師に師事したとされる。『寒山詩』序文は寒山を「貧乏で風狂の士だと、みんな言っている」、拾得を「乞食のような姿で、風狂のようだ」と紹介する。古い書籍では「風狂」を現代でいえば精神病理的な語彙に訳すので、ここではそのままにしておこう。序文によれば寒山は寒厳という地に隠棲しており、ときに国清寺にやってくる。この寺の食堂係をしている拾得から食べ残しをわけてもらうのである。寒山は長い廊下をゆるゆると歩き、愉快そうに喚いたりするので、寺僧に捕まって撲られたりする。しかし寒山はまったく意に介さず、「呵々大笑」し、もとの隠棲地へと帰っていく。

寒山・拾得は後の禅僧画家たちが好んで画題としたが、その怪しげなうすら笑いを浮かべた風貌は、修行僧というよりも老荘的な隠者を思わせる。『寒山詩』にもしばしば老荘の陰翳が濃い。凡作もまじるが、ここでは特異な例をあげよう。

天は高く高くして窮《きわま》らず
地は厚く厚くして極《きわま》り無し

動物　其の中に在るは
茲《こ》の造化の力に憑《よ》る
頭《こうべ》を争って飽暖を覓《もと》め
計を作《な》して相い噉食《かんしょく》す
因果　都《すべ》て未だ詳《つまびら》かにせず
盲児　乳色を問う　（入谷仙介　松村昴『寒山詩』九二）

出だし二行とそれ以下は、『荘子』逍遥遊篇冒頭の雄渾な世界観を思わせるが、詩行としてはやや大味で理屈っぽい。けれど謎めいているのは最後の一行、「盲児　乳色を問う」ではないか。『大般涅槃経』巻第十三に、盲人が乳色とは何に似ているのかと問い、貝の声のよう、稲米の末《こな》のよう、降る雪のよう、白鶴のようと比喩を四つ示されるがどうしても理解できないという挿話がある。仏法の真実諦は外道の者には理解しがたいという譬えであるが、この「盲児　乳色を問う」は人智の相対性を問う老荘の呵々大笑ではなく、人智というものの絶望的な無力さを暗示するように見える。仏典の「盲人」を「盲児」に換え、その盲児がほんらい滋養とするべき乳の色を理解できないとは、どうしようもない人間存在の昏愚さであろう。パスカルは人間を「考える」存在としたが、その存在は大宇宙のなかの「葦」のようなものにすぎない。またリクールは「精神は、或る限界と限界の間で、いわば宇宙の一種の許可のもとでのみ物を考えるのだ。宇宙は、私が人間としては歪められ、完全に無秩序に委ねられてしまうまでに、私の身体を揺さぶることができる」とした。この「盲児乳色を問う」という詩行もまた、人間存在をその限界まで揺さぶるように見える。

寒山・拾得の伝説と同じ唐代、臨済宗開祖の言動をおさめた『臨済録』には、その風狂において臨済をもしのぐ謎めいた僧、普化が登場する。

一日普化、僧堂の前に在りて生菜《さんさい》を喫す。師見て云く、大いに一頭の驢《ろ》に似たり。普化便ち驢鳴を作《な》す。師云く、者《こ》の賊、普化云く、賊賊。便ち出で去る。(柳田聖山訳)

この短い一節は『臨済録』でも評価が高く、けれどよい注解を見つけられない。不遜ながら解釈してみよう。僧堂の前で生野菜をかじっている普化を見て、師(臨済)はロバみたいな奴だとからかう。普通ならば「そんなことはない」と反論もしようが、普化は人間の言葉では答えず、ただロバのように鳴いてみせる。人間はロバではないので、「ロバみたいな奴」はただ比喩、つまりは言葉世界の約束事、それもおそらくは相手を愚弄する慣用句であろう。それが現実にはどれほど異様に見えるのかを実演することで、普化は臨済が依存する言葉世界の虚をついたのではないか。一本とられた臨済は、「この悪党め」と普化を褒める。禅の公案では貶し言葉がしばしば褒め言葉になる。褒められた普化は「悪党だよ悪党だよ」と臨済の褒め言葉を繰り返し、おそらくは踊るように去っていくのである。
繰り返す通り中国大陸の盛衰激しい歴史には、生命の危機を回避するための佯狂があった。佯狂とは権威・権力への怨嗟を孕むが、そこに有用への意志を隠すならばネガティブで鬱屈した心理にもなろう。対するに風狂にはネガティブさの片鱗もなく、むしろポジティブな自由がある。『荘子』にたびたび登場する狂接輿にしても、佯狂ではなく、風狂と見るのがふさわしいのかもしれない。孔子に聞かせる「大鳥さんよ大鳥さん……」という歌も、踊るように歌い、踊りながら去っていったのではないか。孔子御一行を含め、「地上に低迷する人間を笑殺せんとする」呵々大笑であろうか。

さて、日本古典文学に目を転じれば『方丈記』に、「世にしたがへば、身、くるし。したがはねば、狂せるに似たり」とある。詳細は省くが長明の隠棲・隠遁は、生命の危機を回避した結果ではない。つまりは絶対的に必要ではなかったにも関わらず、長明は敢えて行動した。これも風狂の類であろうか。けれど長明にはポジティブさよりも、やや自家中毒気味な「ためらい」がある。少し年長の西行も似たり寄ったりで、その風狂にはどこか自信がない。日本文化における風狂が禅宗によってもたらされたとするならば、西行も長明もポジティブな風狂の呵々大笑を知るはずもなく、進むべき道はそれぞれ独自に切り開くしかなかった。風巻が「身を焦がしている人間といったプロメテュースのような英雄的な存在」としたように、西行や長名の風狂はどこか痛ましい。

唐木順三『詩とデカダンス』は、西洋流のデカダンスがブルジョア社会から離脱して泥酔や淫売に居場所を求め、薬物による人工楽園を夢見たのに対し、日本文化史における風狂は、「単に俗に対する狂にとどまらない。狂をも風化してしまひ、狂を自然化してしまう」という。西洋近代の「デカダンスは己の能力を信じ、己れの属している階層の高貴を信じ、逸脱に於て反って誇りを感じ、世間とは類を異にする美の世界にあることを信じた」が、日本の「風狂、風流は世俗を逸脱しながら直ちに自然に帰っている。自己の力を信じているのではない。［中略］彼等の舌は沈黙に近く、彼等の住居は方丈の庵となる。庵の一所定住さへ嫌っては風や雲とともに漂泊し、旅を棲家とするものとなり、また彼等の所有は一鉢一杖といふことになる」。このように唐木は西行・長明・兼好から芭蕉にいたる系譜を、風狂において一連なりとしているが、何度も言うように風狂は西行没後、禅宗に託されて招来しており、西行や長明の風狂はいわば自前であった。また唐木は風狂を隠棲・隠遁だけではなく、漂泊をも生みだすものと見ているが、そのあたりは後述したい。

西行は平氏滅亡を目撃しつつ一一九〇年に没する。栄西が禅宗を招来させるのはその翌年であった。そのさらに翌年、鎌倉幕府が成立（異説あり）し、禅宗は武家政権の庇護によって発展への足がかりを得る。もっとも栄西に遅れ一二二七年に帰朝した道元は、排斥されて京を追われ、遠く越前に曹洞宗大本山永平寺を開く。前述したように執権北条からの庇護を頑なに拒否している。対照的に臨済宗は一二五三年、禅宗のみを学ぶ建長寺を建立するなどして時代の表舞台へと躍り出る。鎌倉五山第一位となる建長寺住職には、初代も二代目も南宋からの渡来僧が着任するが、その南宋は一二七九年に元に滅ぼされ、多くの僧や仏典が大陸から避難してきた。大陸では失われた仏典が日本にのみ存続するのはそれゆえである。鎌倉幕府は一三三三年に滅亡するが、後醍醐の建武の新政を経て、足利尊氏が新たに室町幕府を京にひらく。その後も南北朝分裂の動揺は、まだまだ後をひいた。ともかく平氏滅亡から室町幕府成立までおよそ百五十年、時代は変転・変容し、勝者がいれば敗者もいて、流離・流浪する者たちが列をなした。唐木順三『無用者の系譜』は、「無常が反って常となり、変転は反って通常となった。末法は末法に相違ないが、末法をおいて外に現世はない。旅こそまことの栖家という考えが起きてきたのは当然であるばかりか、現実の遊行者、流離者、放下、乞食の行脚僧も数多くでてきた。［中略］そういう傾向が戦乱の生んだ時代の必然であったことをいうのが私の問題ではない。戦乱は不幸であり、流離は苦痛であったに相違ないが、その不幸や苦痛を契機として、従来の宮廷中心の文化、文学、思想とは質を異にするものが生まれてきたこと、いわば遊狂、風狂、遊楽の文化がでてきたことを言いたいのである」とする。「風狂」についての唐木の定義は、すでに引用した。

風巻は兼好について、「苦渋がなく清澄であって、愉しく現世に生きている」としたが、唐木のいう末法が現世である時代の不幸と苦痛とを、兼好が共有し、また深く内面化したことは『徒然草』に明らかであろう。その兼好没後、室町は経済文化の爛熟期を迎える。東国拠点としての鎌倉は機能していたが、京都の武士政権はしだいに貴族化し、その勢いは朝家をも凌ぐ。その豪腕で南北朝分裂を収束させた三代将軍義満のもと、一三八六年に京都五山が改定される。鎌倉と京都と、禅僧のよる漢詩文学、いわゆる五山文学が花開くことになる。

その五山文学を見ておこう。一般には絶海中津と義堂周信とが双璧とされるが、生年は中津が一三三六年、周信が一三二五年であり、ここでは一三〇〇年生まれの中巌円月をあげておく。一三二五年から三二年に渡元した円月は、鎌倉幕府滅亡を帰朝の翌年に、室町幕府成立を三十八歳頃に目撃した。同じ大事件を周信は十三歳頃、中津は二歳頃に迎えている。この違いは大きい。それゆえ円月の詩には、荒廃する京が描かれる。

乾坤の干戈《かんか》未だ息まざる時、
気埃《ふんあい》目を昧《くら》ませて風横ざまに吹く。
餓者は転死して道路に盈《み》ち、
荒城は白日に狐狸嬉《あそ》ぶ。
我れ問ふ　楽土は何許《いづこ》にか在って、
一身以て安けく棲遅《せいち》すべけんと。
固より他に適《ゆ》かんと欲するも適《ゆ》く所無し、
之《こ》の子《ひと》我れに先だつて将《は》た何《いづ》くにか之《ゆ》く。

（「沢雲夢を送る」以下略　入矢義高校注）

乾坤とは天と地、すなわち人間が住むところ、国、天下であり、干戈は干《ほこ》と戈《たて》、つまり武力である。室町幕府成立後も京の騒乱は納まらず、土ぼこりを含んだ風が吹く路上には、あまたの餓死者が転がっている。いったい平和な土地はどこにあるのか。どこかに逃れようにも行くあてもない。このように現実を直視する眼差しは、禅僧というよりただしく詩人のそれであろう。さらに言えばこのように生々しい情景描写は、三十一文字の和歌には手に余る現実ではなかったか。時代的に五山文学を学んだ筈の正徹や心敬は、そんな和歌表現の限界をどうしようもなく意識していたに違いない。いや、和歌は三十一文字であることが最大の特徴である。もっとも大切なこと、言葉を尽くしても伝えきれないことを「言い残す」という手法は、和歌表現の真髄であるとともに、漢詩にたいしてその限界を克服する唯一の手段であったかもしれない。

さて、風狂というならば、「風狂の狂客狂風を起す」(『狂雲集』自賛)と謳った一休禅師に言及しなければならない。唐木『無用者の系譜』も、「この応仁の乱の時代を生きぬいた風狂風流僧、風を食らい、水に泊ると歌った放下僧が、中世文化の源であったことは忘れてならない」とする。もっとも残念ながら、本稿には一休をあつかう余裕はない。一休はたしかに一所不定の自在な生涯を送ったが、あてもなく漂泊したわけではない。さらに下って江戸後期の風狂の禅僧、良寛も同じではないか。すでに見たように唐木は、風狂が漂泊をうながすと推論した。日本中世のワビサビという美意識と風狂とを比較するに、ワビサビを隠棲・隠遁の美学とするならば、漂泊は風狂から生まれるようにも思える。西行の漂泊について目崎は「詩人が詩人になるため」とし、吉本も「西行にとって、遁世僧形になりすましても終点にならないのは、たしかだった」とした。西行の数寄は数寄に終わらず、風狂の類いへと誘われていったらしい。けれど一休も良寛も、風狂の禅僧でありながら漂泊者とは言えない。何故なのか。このアポリアもとても本稿にはおさまらないが、敢えて想像するに、吉本が親鸞について「無限の時間的な所与を付託されたある絶対的な場所から、生と死を相対化する方法を獲得」したと評したように、一休や良寛もまた、もちろん親鸞とは別の理法によりある絶対的な視座を得ていたのではないか。リクールのいう「超越」として済ますには一休も良寛もじゅうぶんに生臭いが、彼らは決して最終的に信じられるのは自分じしんのみであるという地上の人間ではなかろう。ならば西行や長明、さらに兼好はどうか。彼らに宗教心がなかったというのではなく、けれど彼らは究極的にはやはり地上の人間であったように見える。長名などは『方丈記』の末尾に、そのあたりを素直に告白してもいる。では彼らは自らの風狂心をどう扱ったのか、いや、扱えずに持て余したのか。そのような疑問符を抱えながら、松尾芭蕉を見ていこう。

松尾芭蕉は西行の足跡を慕い、その遍歴ぶりは日本文学史において際立っている。唐木『詩とデカダンス』は芭蕉と後の与謝蕪村とを比較し、蕪村は「身を風に賭けるといふこと、たよりなき風雲に身をせめ、一鉢一杖に身を託するといふ「あれかこれか」の風狂性、宗教性を失ってしまった」とする。つまり芭蕉にはそのような風狂があり、それが彼を漂泊へといざなったと言いたいらしい。けれど村岡空『狂気の系譜』は、まったく見解を異にする。「松尾芭蕉〔中略〕は、正気の人であった。だから、自らを「風狂」だとは名乗れなかった。しかし、彼の風狂好みは徹底している。彼は、己れの正気の沙汰をもてあまし、嫌気がさし、何とか逸脱してやろう、と生涯思い続けたようだ。が、彼の知的浪人・理性的あぶれ者のいじましい正気がそれを許さなかった。結局、芭蕉自身は風狂願望のまま、果てたのである」。たしかに芭蕉は「なを放下して栖を去、腰にたゞ百銭をたくはへて、拄杖一鉢に命を結ぶ。なし得たり、風情終に菰をかぶらんとは」(「栖去之弁」)と宣言してはいるが、「風情」であって「風狂」ではない。間断なく旅から旅の人生を刻んだ遍歴ぶりにも、ある種の勤勉さ・実直さが感じられないか。

芭蕉は深川に隠棲後、臨済宗の仏頂禅師に学んでいる。仏頂は後に芭蕉が『おくのほそ道』で訪れる雲厳寺山中、「竪横の五尺にたらぬ草の庵……」に籠もるなど、自由な新宗派を禁じた江戸時代においても禅宗の峻厳さを保持していた。貧家の出ゆえ教育機会が限られた芭蕉は、仏頂から禅を学び、『荘子』を学んだとされる。

氷苦く偃鼠《えんそ》が咽《のど》をうるほせり(芭蕉)

漢詩を読み下したような字余りの上五は、堀信夫監修『芭蕉全句』によれば、「買い置き水は、凍りやすく、ほろ苦いが」であり、偃鼠《モグラ》は『荘子』逍遥遊篇の「偃鼠飲河　不過満腹」による。すでに幾度かふれた大陸古代の隠者許由のエピソードで、天下を譲ろうとする聖帝尭にたいし、許由は「ミソサザイは深林に巣を掛けても、たった一枝だけに甘んじるし、モグラは大河で水を飲んでも、腹いっぱいになれば満足します」と答える。自分は今の境遇に満足しているのであって、天下のように身に過ぎたるものは望まないという譬えである。つまり芭蕉の句は上五いがいすべて『荘子』であるが、単に『荘子』を援用したというにとどまらず、人間もモグラも水を必要とする生命としては等価であるという老荘流の醒めた自意識が読める。ここには家永のいう日本的自然愛も、ワビサビの美学もない。もっともこの一句には、やや教養主義的な生硬さが感じられないか。人間が行動することにおいてリクールは、「私は、なされるべき何かが存在するような世界のうちにいる」としたが、この一句も「なされるべき何か」という意志的なものを孕むように見える。もちろんそんな矛盾や桎梏は、芭蕉ひとりのものではなかろう。大陸古代の隠者思想から遥かな時間と距離とを隔てた島国にあって、老荘はまず何よりも教養として学ぶものであり、その知識を実践するのはすぐれて主意性や当為性の問題であった。芭蕉の風狂なり正気という場合も、それが「なされるべき」風狂であれば、主意性・当為性つまりは正気の範疇を出ることはない。逆に「なされるべき」正気ならば風狂の気配がする。芭蕉は晩年、「予が風雅は夏炉冬扇のごとし、衆《しゅう》にさかひて用《もちひ》る所なし」(「許六離別詞」)と、俳諧芸術の社会的な「無用」を説いている。無用といえばやはり老荘であろうが、芭蕉のいう無用にはどこか「なされるべき」無用の匂いがしないか。そのあたりを安藤次男『芭蕉』は、「芭蕉の晩年は、この二つの感慨の矛盾相克の中にあったとしか考えようがない。菰をかぶってなお花に寝ることのできぬところに芭蕉は立っている。それはもはや、野ざらしの風狂者の姿ではあるまい。むろん西行のような信心者の姿でもない。そこに、「なを放下」しなければならぬ、芭蕉の妄執苦がある」とした。「花に寝る」は西行辞世の歌とされる「願はくは花の下にて春死なんそのきさらぎの望月の頃」であり、安藤はこれに芭蕉の「花にねぬ此《これ》もたぐひか鼠の巣」を重ねる。安藤のいう「二つの感慨」、つまり「菰をかぶる」が風狂ならば、「花に寝る」ことができないのは正気であろう。芭蕉晩年の「妄執苦」は、まさに風狂と正気との蒙り蒙られる弁証法の痛みではなかったか。

芭蕉は風狂ではなく正気であるとした村岡空は、「芭蕉の見果てぬ風狂の夢の片鱗なりとも実現したいと、懸命な努力を払った二人の直弟子」として、路通と惟然とをあげる。「懸命な努力」という意志的なものがあったのかは措くとして、たしかに風狂というならば、蕉門においてこの二人をあげるほかはない。「両者に対する芭蕉の態度は、一見、優等生がエリート意識の裏返しのようにして劣等生をかわいがる、といったふうに、他の直弟子どもの目には映った。だが、達人芭蕉のこと、門弟達が異口同音に、路通と惟然とを失墜せしめるべく讒言をほしいままにしたけれど、芭蕉は動ぜず、否、むしろ両者の風狂のまこととも言うべき性格を、深くいつくしみ、大いに庇護して止まなかった。反って劣等生コンプレックスにさいなまれたのは、芭蕉自身なのであった。本質的に観て、俳句は教養の産物ではあり得ない。この点を、芭蕉は既に鋭く見通していたからである」。大胆な推測であるが、妙に納得できる。
八十村路通は斎部《いんべ》路通ともされ、その姓からして神職の家の出であるらしい。『野ざらし紀行』の途上で芭蕉が出会う以前の路通には、不明点のみ多い。早くに国元を離れ、心敬も学んだ天台宗寺門派総本山園城寺に住したが、何らかの事情で下山し、漂泊する乞食僧となった。かの空也上人いらい夥しい数の遊行僧が各地を漂泊しているが、僧形はいつか漂泊者のコスチュームとなり、出家していない芭蕉や蕪村にしても、旅ゆく姿は僧形である。その点、路通は後に還俗してはいるものの僧形は真正と言えよう。もっとも路通は民衆に布教することもなく、井戸を掘ったり橋を掛けたりした形跡もない。まさに風狂の無用者であろうか。「なされるべき」風狂ではなく、「なされるべき」無用でもない。「懸命な努力」をしたとしても「正気」になることはかなわない、世を捨てた、あるいは世に捨てられたハグレ者ではなかったたか。

芭蕉葉は何になれやと秋の風(路通)

この句の解釈として、芭蕉と路通との男色関係に及ぶものがあるが、今それは措く。もともと杜甫の漢詩に因んで「泊船堂」とされた深川の庵に、門人が芭蕉を植えたのが「芭蕉庵」および俳人「芭蕉」の由来であり、「芭蕉野分して盥に雨を聞夜哉」とあるように、芭蕉は風に吹かれればその大きな葉が音を立てる。風が強ければ葉が破れることもあろう。もっとも路通の句は秋の風なので、葉を破るほどではない。けれど芭蕉の大きな葉を風が揺すぶる光景から、路通は「何になれや」という疑問符をひきだす。そう責められるのは、「何にもなれない」無用者の自覚であろう。努力してそうなったのではなく、仕方なくそうなってしまったとしても、秋の風は執拗に問いつめる。そこにいる無用なお前は何者なのかという審問の前で、路通は言い澱むしかない。やぶれかぶれな句の趣きが痛ましい。

風に名の有《ある》へきものそ粟の上（惟然）

江戸末期寛政年間の伴蒿蹊『近世畸人伝』は、「惟然坊は美濃国関の人にしてもと富家なりしが、後甚貧しくなれり。俳諧を好て芭蕉の門人なり。風狂にして所定めずありく。発句もまた狂せり」と、その風狂に言及する。路通と同じ美濃出身ながら、前章にふれたように酒造家の跡取りであり、おそらくは何不自由ない境遇であったろう。けれど路通と同じく、その風狂は努力した結果とは思えない。この一句は粟の穂を揺らして吹きすぎる風に、名前があるべきとする。粟は雑穀であり、庶民の貴重な食料源であった。おそらくは漂泊の途上、穂を揺らすならば秋の風であり、冬が近い。惟然の「鵯《ひよどり》もとまりまどふか風の色」には前章でふれたが、この吹きすぎる風は惟然じしんの「王国」、つまりその風狂ではなかろうか。この私の風狂には名前、つまりは存在意義があるべきとするのは、それが「なされるべき」風狂ではなく、すでにどうしようもなくある風狂だからであり、けれど惟然は、そんな風狂の自己措定を試みる。路通をたじろがせた疑問符を、惟然はこの世界に投げ返しているように見える。

無用者としての路通や惟然が、芭蕉の「なされるべき」無用ではなく、「そのようにしかならなかった」無用であったならば、それはリクールのいう非意志的なものとしての「性格」であり、さらにそんな「性格」への同意をも孕むかもしれない。「よろしい、そうであれ」という声を、路通の句には微かに、惟然の句にはたしかに聞くことができよう。けれど、そのような無用論は、『荘子』にみる無用とどう重なるのか。何の実用にもならない樗の大木も広野に植えてその下に憩えばよいとする自由自在さは、路通や惟然には感じられない。いや、中国大陸古代の思想と、近世日本を比較することじたい、そうとうな無理があろう。『荘子』の隠者たちは権威・権力に近づかず、河畔に魚を釣り、畑を耕すこともできたが、世界史的に見ても急速に経済発展していく江戸期を生きた路通や惟然は、はるかに複雑な社会的拘束力に囚われていたに違いない。

そんな路通や惟然に、禅宗や老荘を学ぶ機会はあったのか。推定する資料に乏しい。師である芭蕉の影響はどうか。芭蕉の句はしばしば『荘子』理解なしには読めないので、断片的には学んでいたかもしれない。路通の「肌によき石に眠らん花の山」について、前章では芭蕉からの借用とし、その芭蕉も小野小町の借用とする説をあげたが、『寒山詩』には「細草《さいそう》を臥褥《がじょく》と作《な》し／青天を被蓋《ひがい》と為す／快活に石《いし》頭に枕し／天地を変改するに任さん」とある。芭蕉のみならず路通がこれを踏まえたとするならば、園城寺あたりでそれなりに勉学していたことになろう。またぐうたらで商売には不向きであったらしい惟然は、幼い頃から趣味人であった父の影響で俳諧世界に親しんでいたが、出奔してすぐに蕉門に走ったのではなく、禅宗系の無住の庵にこもって修行している。そのぐうたらな性惰を、禅宗に潜む老荘的な無用論で武装したのかもしれない。いずれにしても禅宗は字面で学ぶよりも、現象学的直感を重視する。机に書をひろげて学ぶ機会が限られていたとしても、不立文字というように心から心へと伝授するものであれば、その真髄を芭蕉から伝授された可能性もあろうか。いや、もしかしたら「優等生」の芭蕉は、「劣等生」の路通・惟然から老荘の真髄を学んだのではないか。ならばその「劣等生」はどうやってその真髄に触れたのか。前章に見たようにリクールは、「知覚の本質的なものが発見されるのは、努力の延長線上にではなく、全く独自な、非力学的とも言えるような路線上においてである。(中略)事物の存在は、単に力として私の存在の片割れなどではない。事物が存在するとは、私にとってそこにあるということである」とした。路通や惟然にとって老荘の本質は、「努力の延長線上」にではなく、漂泊する途上に、たとえば石ころのようにころがっていたのかもしれない。

さて、本章冒頭に『老子』の「衆人の悪《にく》む所に処る」と、井月の「落栗の座を定めるや窪溜り」を並置した。はるかな時間と距離とを経てそこに何らかの血脈があるのではないかと設問したが、やっとここでその井月にたどり着くことができる。芭蕉以後の江戸文学は、俳諧も含め市井文学的な面貌を整えていく。その担い手は都市に住まい、旅行はしても漂泊などしなくなる。路通や惟然のような存在は傍流・異端となり、ほとんど忘却の彼方へと消え去ったように見える。ほぼ唯一の例外が、井上井月かもしれない。その井月にしても死後かなりたって、かの芥川龍之介の自死を看取った田端の医師下島勲らによって再発見されなければ、無名のまま埋没していたかもしれない。井月はその学識や書道鍛錬の度合いからして、それなりの武家の出であるとされる。ならば禅宗なり老荘を机上に「努力」して学んだとしても不思議ではなかろう。遁世後に出家したのかは不明であり、しかし漂泊は僧衣であった。「雲水井月」「行脚井月」とも署名している。その井月へと至る老荘思想の血脈について、ただの偶然ではなく、そこに巻懐者としての思想的系譜を読みとれることとは、兼好や心敬、中厳、路通や惟然を見れば、ほぼ間違いなかろう。そこにどれほどの変質や変貌、誤解や曲解、さらには蘇生・再生があったとしても、また知識・教養という「努力」の産物であるか否かを問わず、老荘は何か現象学的な直感を禅宗へと託し、それは中・近世以降の日本文化に何ものにも代えがたい滋養を与えているように見える。もちろん井月の「落栗の座を定めるや窪溜まり」は、老荘そのものではない。隔てられた距離も、時代も決定的に違う。

霜はやし今に放さん籠の虫(井月)

例示した路通や惟然は秋の風を吟じたが、この句は冬の到来を予感させる。秋に鳴く虫の命は、籠から出そうと出すまいとやがて尽きる定めである。それでも井月は放してやろうという。この虫を井月じしんに重ねるならば、そもそも「籠」とは彼を拘束するもろもろの社会的規範、ノモスの世界であろう。そのような制約から逃れたとしても、漂泊者はどこへ行けばよいのか。籠から放たれた虫のようにこの世界に赴く場所は、もう残されていないのではないか。そう井月に思わせたのは何か、到来する冬とはどういうものか、そのあたりを次章にて検証したい。ともかくも井月は、生きられても生きられなくとも、籠から出ていこうと吟じている。

第三章　漂泊者は何から逃れ、何処へ向かうのか
――都市・経済・貨幣

都市とはどのようなものか

漂泊者は住み慣れた家を捨て、家族をも含めた人間関係を捨て、仕事や社会的地位も捨てなんらかの夢や自由を求めて漂泊すると、第一章でやや曖昧に定義した。では彼らは、いったい何から逃れ、どのように自由になりたいのか。漂泊者も人間である以上、まったく一人で生きていくことは難しい。有史以前から人間は、紆余曲折を経ながらも共生的な組織や社会を成熟させてきた。屈原のような自死とは別に、完全な世捨て人になることが不可能とはまで言えないとしても、そのような存在は私たちの視界からは消えてしまう。すでに見た漂泊者もその多くは文学的表現者であり、つまり言語や文字という人間社会が生み出した最高度の共有財産を手放してはいない。漂泊者じしんが自覚していたか否かを問わず、私たちは彼らを、人間社会の遺産として読んでいる。もちろん

言語や文字ではなく、漂泊者がそこから逃れたいと希求するらしいノモス的なものは、権力構造、司法制度、技術的進歩や経済発展という大きな潮流、つまりは歴史の王道を生み出してきた。そのような潮流が支配的になればなるほど、漂泊者はあぶれ、行き場を失ってしまうのかもしれない。その中国大陸においては竹林の七賢あたり、日本では兼好あたりから漂泊者はみずからの夢や自由を内面化し、ノモス的世界との遠近感のなかに生息するように見える。芭蕉のような例外があるとしても、その漂泊は「旅行」と紙一重と言えないこともない。

あらためて漂泊者は何から自由になりたいのかを問うならば、すでに見たように世の中の煩わしい人間関係や権威・権力の磁場、あらゆるノモス的な規範、つまりひと言でいえば、都市というものからではないか。すでに見た漂泊者はすべて、いずれも都市からの距離を意識化している。中国大陸では前漢・隋・唐の首都長安や、後漢・三国魏の洛陽あたり、日本では京や江戸という大都市への愛憎やそこからの離脱願望であろう。リクールは人間の意志的な自由にかかわる非意志的なものとして、自己の身体、他者、社会、歴史という非同心円を提示した。都市とはまさに、そんな非同心円がもっとも激烈に侵食し合う現場ではないか。では都市とは、そもそもどのように成立し、どのような発展をとげて現在に至るのか。その発展にしたがって、漂泊者はどのような変貌を強いられるのか。本章ではそのあたりを、ルイス・マンフォードの大著『歴史の都市　明日の都市』などを手がかりに検証してみたい。もっとも同書はヨーロッパ史を中心に展開するので、日本や中国大陸の都市にはそのまま適用できない。けれどヨーロッパ都市のノモス的発展、およびそこからの離脱を試みる漂泊者たちを検証することで、これまで考察してきた日本および中国大陸の漂泊者文学を相対化できるかもしれない。探索範囲はさらにおそろしく拡がるが、本章もまた楽しみながら、私に出来るだけのことを試みよう。

マンフォードによれば人類史における都市の成立は、旧石器文化と新石器文化とが合体した結果である。新石器文化においては農耕革命により定住が促進され、村的な共同体が発生した。生産力の高まりは人口増を促し、多産を象徴する荒々しく豊穣な女性神が祀られる。しかし人口がどれだけ増えても、村は都市にはならない。農耕的共同体を単なる生命維持という目的から離陸させる起爆剤として、狩猟という旧石器時代の技能が要請された。例えば「狩人」は、武器の熟練と狩猟に長じるという特性をもち、すすんで賭け、危険を厭わず、死に立ち向かい、瞬時に判断する。そのような指導力の前には、農耕社会をゆるく統御した老人の知恵などかすんでしまう。紀元前二千年頃に成立した人類最古の文学『ギルガメシュ叙事詩』にあっても、主人公は剣と斧を手にする「狩人」的英雄であった。この時代になると武力・権力を象徴する男性神が崇められ、対照的に女性神はその原初的な粗暴さをひそめ、イシュタルやアフロディーテのように「女性」化していく。旧石器文化と新石器文化という「二つの文化のこの結合の結果として、きわめて広い異種交配と混合が引続いて行われた。このことは、狩人も、坑夫も、牧畜者も、農夫も、地域的な居住地に自分たちだけでいるかぎり開発できなかったであろう可能性や能力を、都市にあたえた。［中略］都市の大規模な共同作業は、流域全体を食物の生産と輸送のための灌漑と運河の統一組織――必要ならば人間や食物や原料を動かす――に変えることができた」（生田勉訳　以下同じ）。水利を手にした大規模農業は人口を激増させ、その労働力がさらなる大規模な発展・開発を加速させる。「巨大な自然力でさえも意識的な人間の指揮に従わされ、数万の人間が、中央化された命令のもとに一つの機械のように動いて、灌漑用水路や運河、都市の土塁、ジッグラト、神殿、宮殿、ピラミッドを、これまで想像もされなかった規模で建設」していく。穀物栽培、犂、陶工ろくろ、帆舟、織機、銅の冶金、抽象数学、天体観測、暦、文字など、それなしには人間が人間たり得ないと思われるさまざまは発明や発見も、都市が誕生した紀元前三千年前後の数百年に集約される。その期間はマンフォードによれば、「機械時計の発明から原子力の解放にいたる七百年」よりも長くない。それは「われわれの時代に起った変化だけが匹敵しうる、人間の力の異常な技術的拡大」であった。

この劇的な発展を主導したのは、保護する狩人から貢をとる首長へという段階を経て、最終的に成立した「王」という存在である。都市の建設は「王というものに固有の、ほとんど普遍的な機能であった」。その王は世俗的権威だけでなく、たいていは宗教的権威をも担う。水害やイナゴ災害など予測不可能な自然の脅威を鎮めるために、たとえば人身御供をもちいた。「アステカ人の場合は、人身御供にする人間を――一年に二万人も――必要としたことが、この民族の起した残忍な戦争のおもな理由であった」。人身御供に限らず、奴隷とする捕虜を渉猟するため、王は他の都市に攻め入ることを学ぶ。武器や金銀、穀物の略奪、大量破壊と大量殺戮、つまりは都市の発展とともに、都市が都市を襲い潰し合うという「決定的な自己矛盾」が生じる。ヘラクレイトスによれば、「戦いはすべてのものの父であり、すべてのものの王である」。プラトン『法律』にも、「すべての都市は他のすべての都市にたいしておのずから戦争状態にあった」とある。このように都市が都市にしかける戦争は、最高の「王のスポーツ」として、文明的な自然淘汰をもたらす。「五、六千年を経過するあいだに、多くの穏やかで優しい協同的な種族が全滅させられ、繁殖を阻まれたのにたいして、攻撃的で好戦的な型が文明の中心に生き残り、栄え」ることになった。

ダビデは全軍を集めてラバに赴き、町を攻めて占領した。ダビデは彼らの王の頭から冠を奪い取った。その重さは金一キカルで、宝石がはめ込まれていた。これはダビデの頭を飾るものになった。ダビデはこの町からおびただしい戦利品を持ち出した。またそこにいた民を引き出し、のこぎり、鉄のつるはし、斧を持たせて働かせ、れんが作りにも従事させた。同様のことを、彼はアンモン人のすべての町に行った。こうして、ダビデと兵は皆、エルサレムに凱旋した。（「サムエル記下」日本聖書教会『旧約聖書』）

マンフォードとは別に、中国大陸古代においても『詩経』以前の「采薇の歌」に、このようにある。

暴を以て暴に易《か》え
其の非なるを知らず
（力を力でねじ伏せる、その誤りに気づかない）（部分　川合康三訳　以下同じ）

『史記』列伝冒頭「伯夷列伝」に収録された逸詩で、前章に見たように父の死にも服喪せず殷を滅ぼした周の武王を諌め、首陽山にこもって餓死した伯夷・叔斉兄弟に託されている。歴史書では殷の紂王を悪玉にしがちだが、さすがに司馬遷の目は公正ではないか。

日本古代はどうか。農耕中心の社会を形成し、それなりに温和な歴史を歩んだと思われがちな列島社会であるが、『後漢書』には一〇七年、つまりは弥生中期、倭国王師升《すいしょう》が「生口百六十人」を貢献してきたとある。「生口」は奴隷らしく、百六十人献上したということは、最低でもその数倍、数十倍の人数を捕囚していたのではないか。同じく『後漢書』や『魏書』には二世紀後半、倭国が大きく乱れ、長期間にわたって争いが続いたとある。すでに大陸の青銅武器が朝鮮半島より伝わり、国内生産される。首長専用の方形周溝墓もつくられ、強大な力をもつ支配者が存在したことを窺わせる。瀬戸内海や大阪湾にかけての高地には、土塁や空堀をめぐらした城郭のような集落も出現し、大型の石鏃《せきぞく》や石槍が大量生産された。それなりの規模の破壊や掠奪、殺戮があったと見るべきであろう。国号を「倭」から「日本」、王の称号を「大王」から「天皇」に変え、みずからその天皇位についた持統が六九四年に完成した藤原京について、網野善彦『日本社会の歴史』は「大化以来の長年の懸案のすべてがこの都において結実、実現したのである。〔中略〕初唐の影響を強く受け、新たな国家をついに完成させた天皇や貴族たちの自信がおのずからあふれる、おおらかな白鳳文化がここに生まれた」としながらも、「この国家が良民と奴婢、すなわち平民と奴隷を衣の色で区別する身分的差別を強制する法令を発し、さらにまもなく東北、南九州を征服すべく侵略の軍を発したことから知られるように、日本国はそれ自体、専制的、古代帝国的な性格をもち、人民に対するきびしい支配を貫こうとしていた」としている。王権の規模や破壊力は措くとして、マンフォードの論考は日本史にもあて嵌まるらしい。

都市の内部にも目を向けよう。もちろん、生存競争に勝利した都市である。最高位の王やその家臣のみが、都市に住まうのではない。書記、医者、呪術師、占師といった新しい知識階級が生まれ、最底辺にいる者たちの労働も、かつて農耕村落に存在したような共同作業ではなくなる。「都市においては、厳密で能率的な、しばしば苛酷で虐待的でさえある新しい方式が、昔の習慣や、安楽でゆっくりとした日常にとってかわった。仕事それ自体は、他の活動から引離されて、監督のもとの絶えざる労苦の「労働時間」に組入れられた」。何故ならば都市は、「少数の支配者の満足のために組織された階級支配の社会であり、もはや、相互援助によって生活する小家族群の共同体ではなかった」。農耕共同体では種まきや刈り取りなど、集中的な作業はほぼすべての構成員で担っていたが、今や「一人の人間の全労働時間を費やして単一の活動を行うということが、新しい都市経済の著しい特徴のひとつ」となる。つまりは都市的規模における「分業」の発生である。「分業(division of labor)」という概念はほんらい、ひとつの全体性が恣意的に分割されることを意味する。都市においては農耕共同体的な労働の全体性が失われ、「全生涯を部分的な職業に費やすことが可能となった」。組織という機械の一部品として働く人間、「自分の小さな役割を果たし盲目的な蟻の献身をもって巣の必要をつくすように作られた人間」という、現代社会におなじみの社会構造が、人類史上はじめて、古代都市に成立したことになる。

現代ヨーロッパは古代ローマに歴史的プライドを覚えるかもしれないが、マンフォードはこの大帝国の都市を扱う際、もっとも辛辣になる。「都市計画にたいするローマの貢献は、逞しい技術と空しい見せかけが主たるものであった。それは成金趣味であり、略奪した骨董品、盗んだり小心翼々とまねたりした多数の彫像とオベリスクであり、模倣的獲得物、金をかけて新しく注文した装飾品を自慢にしていた」。偉大なるローマ都市にマンフォードは、物的に最高の達成と人間的に最低の堕落とを見る。たとえばスポーツは古代ギリシアのように自ら楽しむものではなく、コロシアムに出かけて観戦する対象となる。すべての市民が健康的にスポーツを楽しむには、ローマの都市はすでに手狭になっていた。しかもコロシアムで市民を熱狂させるのは、猛獣や奴隷戦士による残虐で倒錯的な見世物である。生存競争に勝利した都市ならば、必然の結果であろう。「崩壊する文明のなかでは、狂気や犯罪が多数者の是認を得て「正常」とされる。そうなると、誰でも罹っている病気が、かえって健康の基準になる」。蛇足ながら現代人を熱狂させるらしい「総合格闘技」なるイベントにも、同じような匂いが感じられないか。ともかくもマンフォードによれば、「ローマはつねに、何を避けるべきかという重要な教訓である」。その帝国にあってキリスト教が「勝利」した理由も、「罪・苦痛・病気・弱さ・死といった根本悪を認識したキリスト教の予見が[中略]崩壊していくこの文明の現実に近かった」からであるという。

風刺詩人ルキアノス(一二五年頃〜一八〇以後)は、そんな堕落のローマを冷めた目で記述した。シリア属州(現在のトルコ)という古代文明の繁栄地であり、しかしローマ帝国の一地方に生まれたルキアノスは、ギリシア語と弁論とを学び、その才覚を頼りにイタリアやガリア大西洋岸あたりまで遠征する。いや、漂泊というべきであろうか。マンフォードもなかなか良い引用をしているが、出典をさがせないので別の詩を上げよう。

ヘルメスさま、ちょっと言わせてください、人間とその全人生はいったい何に似ていると考えたらよいのでしょうか。あなたは水流が細かく壊れて出来た水中の泡を見たことがおありでしょう、集まって泡を作る水泡のことですね。そのうちのあるものは小さくてすぐに壊れて消えてしまいますが、ずっと泡のままでいるものもあります。そしてそれに他の泡が加わるとふくれ上がって大きな塊になりますが、しかしそれもそのあとすっかり壊れてしまいます。他のものには決してなれないのです。人間の人生がこれです。他より大きくなるのも小さくなるのもすべて風次第なのです。そして前者は短命で息しているのも束の間ですし、後者は生まれると同時に消えてしまいます。とにかく彼らすべては壊れるのが定めなのです。
(『カロン』第二十六篇　丹下和彦訳)

人間存在の儚さを水面の泡沫に見立てる比喩は、日本人ならば『方丈記』の出だしを連想させよう。

ゆく河の流れは絶えずして、しかも、もとの水にあらず。よどみに浮かぶうたかたは、かつ消え、かつ結びて、久しくとどまりたる例《ためし》なし。世の中にある、人と栖と、またかくのごとし。

さらに『方丈記』は儚い「人と栖と」を、朝露に喩える。

知らず、生れ死ぬる人、何方より来たりて、何方へか去る。また、知らず、仮の宿り、誰が為にか心を悩まし、何によりてか目を喜ばしむる。その主と栖と、無常を争ふさま、いはば朝顔の露に異ならず。或は露落ちて、花残れり。残るといへども、朝日に枯れぬ。或は花しぼみて、露なほ消えず。消えずといへども、夕を待つ事なし。

同じような「朝露」の例は、中国大陸古代にもある。

浩浩《こうこう》として陰陽移り
年命は朝露の如し
人生　忽として寄するが如く
寿《じゅ》に金石の固き無し
万歳　更《こも》ごも相い送り
聖賢も能《よ》く度《こ》ゆる莫《な》し
服食して神仙を求むるも
多くは薬の誤る所と為る

(果てしなく時は移り変わってゆくけれど、人の命は朝露のようにはかなく消える。一生は仮の宿のように短いもの、寿命に金石の堅固さはない。万年も前から人は代る代る生死を繰り返してきた。聖人賢人でも超えられぬその定め。仙薬を服用して神仙になろうとしても、往々にして薬でかえって命を縮める。)(『古詩十九首』その十　部分)

「聖賢」は漢詩に多用される語彙で、聖人は儒家、賢人は道家をあらわす。どちらにしても寿命は免れられないという。作者不詳ながら後漢の作であり、ルキアノスとほぼ同時代にあたる。人間存在の儚さとしての「水泡」や「朝露」という比喩は、洋の東西を問わず人類共通のように見えて、しかし大地に根を張った全体性としての人間にふさわしくはない。都市というものの不安定さ、そこで生きていかねばならない人間、機械の一部品でしかない人間の脆さ儚さの喩えではないか。

アルカディアまたは都市を離脱する者たち

都市の成立によって、全体性としての人間がすべて消失したのかと言えば、そうではない。マンフォードは都市化から阻害された市民、婦人、奴隷、外国人などに、都市文化への精神的な反対運動、新しい宗教や哲学の出現の芽を見る。「前六世紀の後、この新しい精神は、シナ、印度、ペルシア、近東、西欧といたる処で同じように、新しい宗教や哲学に表現されはじめた。それら個々の重点は何であれ、軸をなす思考原理は、文明の基礎的前提、すなわち、その力や物資的福利の過度の強調、等級、位階、職業区分の永久的な類別としての容認、そしてそれにともなう支配的な階級制度の不正、憎しみ、敵意、たえざる暴力や破壊などにたいする深い幻滅を現わしている」。具体例としてはピタゴラスやエピクロス、仏陀、老子、キリストの弟子などであるが、たとえばピタゴラスは紀元前六世紀、エーゲ海東部のサモス島に生まれ、古代オリエント世界を二十年にわたって放浪する。数学、幾何学、天文学、さらには宗教の密儀を学び故郷サモス島に帰るも、そこは学問にふさわしい地ではなく、はるか南イタリアの植民地クロトーネにたどり着きピタゴラス教団を結成する。その厳格な秘密主義は違反者を海に突き落として処刑するほどに徹底していたが、入門試験に落ちた市民の恨みを買い、暴徒に焼き討ちされて教団は壊滅、ピタゴラスも殺害されてしまう。またいわゆる快楽主義で知られるエピクロスは、紀元前三四五年、ピタゴラスと同じサモス島に生まれ、さまざまな迫害を受けた末、大都市アテナイの喧騒を避けた郊外に小さな家を得て、弟子たちと共同生活を営んだ。エピクロスの園と呼ばれ、ピタゴラスの秘密教団とは異なり、万人にひろく開かれていたという。

因みに近年ではこれら前六世紀以後の新しい精神活動について、地球温暖化と鉄器の普及が農業生産を増進させたことで、知識人や芸術家を養う余裕が生まれたとする解釈がある。けれどそのような充分条件があったとしても、反都市という彼らに共通する思想の本質は、それとは別の理由なしには成立しない。前章にもふれた『老子』には、有名な「小国寡民」のユートピアがある。

人をして復《ま》た縄を結んで而してこれを用いしめ、其の食を甘《うま》しとし、其の服を美とし、其の居に安んじ、其の俗を楽しましめば、隣国相《あ》い望み、鶏犬《けいけん》の声相《あ》い聞こゆとも、民は老死に至るまで、相《あ》い往来せざらん(人びとがむかしにかえってまた縄を結んでそれを文字の代わりにし、自分の食べものをうまいと思い、自分の着物をりっぱだと思い、自分の住まいに落ちついて、自分の習慣を楽しむようにさせたなら、隣の国は向こうに見えていて、その鶏や犬のなき声も聞こえてくるような状況でありながら、人民は老いて死ぬまでたがいに往来することもな

いであろう。)(『老子』金谷治訳)

都市の発生以前、まさしく農耕的村社会の理想であり、老子が生きた紀元前五・六世紀の中国大陸古代、春秋時代にはこのような光景が残されていたのか。現代人にとってはノスタルジックながらも、すでに決定的に失われた理想郷であろう。このような全体性としての人間像は、当時も現在も都市には成立しない。もちろん、農業の余剰生産に養われる都市生活者の理想でもなかろう。「新しい理想を抱く人々は、都市を捨てなければならなかった」と、マンフォードは言う。脱都市としての流浪・漂泊が、ここに予見される。

都市における職業の固定化や生活の陳腐化から自由になりたいという要求は、ヨーロッパ古代においては田園礼賛に昇華される。古代ギリシアの詩人テオクリトス(前三一〇—二五〇頃)は、いわゆる田園詩の創始者とされる。ギリシアの豊穣な自然、神々、恋愛　理想を歌った一連の彼の「牧歌」は、その名の通り羊飼い、牛飼い、山羊飼いという非農耕民が語り手であった。

ぼくとエウクリトスはプラシダモスの宴へと足を向け
美しいアミュンタスとともに高く積み上げられた草のしとねに
心も楽しく身を横たえた。

甘い香りの藺草と、刈ったばかりのブドウの葉の上に。
頭上にはポプラと楡の枝葉がそよぎ
近くには清い泉がニンフの洞から、
さらさら流れ出る。
枝陰では日に焼けたセミたちが、
声を張りあげ力いっぱい鳴きたてる。
山鳩が遠いアザミの藪から低い声を響かせ
ヒバリとアザミ鳥がうたい、鳩がうめくように鳴く。
そして黄色い蜂が泉のまわりをブンブン飛び回る。
すべてがまことに豊かな実りと収穫の香りに満ち
梨が足元に、リンゴがわきに惜しげなく転がり
実もたわわなスモモの枝が
地面に向かってしなだれる。(「エイデュリア」第七歌　部分　古澤ゆう子訳)

日本ではまだ縄文末期から弥生時代、これほど豊かな自然描写には驚かされる。マンフォードによればギリシアの都市(古代ポリス)は、まだまだ農耕文化的要素を残しており、このような自然への自己同一化を可能にしたのであろう。また同じ非農耕民であっても、「狩人」が「権力への意志

を高め、「そしてついには、獲物を殺す技能を、他の人間を編成したり殺したりする高度に組織化された職業に転じた」のに対し、「羊飼いの職業は、力や乱暴を抑え、もっとも弱いものをも保護し養育する、いくらか正義の制度へ向った」。「狩人」の強制・攻撃・戦争・力に対し、「羊飼い」は説得・保護・法・愛を体現し、その系譜はヨーロッパ史において、都市共同体のなかに後継者を見出していくとしている。因みに最近では、「羊飼い」=遊牧文化は「狩人」=狩猟文化から生じたのではなく、農耕文化から派生したとの説が有力であるらしい。けれどそのあたりは省略する。

テオクリトスに見たような自然賛美を、中国大陸古代にも捜せるのか。『詩経』には素朴な農耕歌や暦歌などがあるが、どれも人為中心であり、テオクリトスが謳いあげたほどの自然賛美は見当たらない。いっぽう南方の『楚辞』には、このような例がある。

悲しい哉　秋の気為《た》るや
蕭瑟《しょうしつ》として草木揺落《ようらく》して変衰す
憭慄《りょうりつ》として遠行に在りて
山に登り水に臨んで将に帰らんとするを送るが若《ごと》し
［中略］
坎廩《かんらん》たり　貧士　職を失いて志平らかならず

郭落《かくらく》たり　羇旅して友生《ゆうせい》無し
惆悵《ちょうちょう》たり　而《しか》して私《ひそか》に自ら憐む
燕は翩翩《へんぺん》として其れ辞して帰る
蝉は寂寞として声無し
雁は廱廱《ようよう》として南に遊ぶ
鵾鶏《こんけい》は啁哳《とうたつ》として悲鳴す
独り申旦《しんたん》に寐《い》ねられず
蟋蟀《しっしゅつ》の宵に征《ゆ》くを哀しみ
時は亹亹《びび》として中を過ぐ
蹇《こ》れ淹留《えんりゅう》して成る無し

（何と悲しいものか、秋の気は。わびしくも草木は枯れ落ち、うらぶれる。胸締め付ける思い、遠い旅空のもと、山に登り水に臨み、国に帰る人を見送る者の心。［中略］思いと違う、みじめな男、職を失い、心は波立つ。独りしおしおと、旅の身に友もなし。あわれ、ひそかにわが身を嘆く。燕は羽を翻して去る。蝉はしんと声もない。雁は声をあげて南の国へ飛び立ち、白鳥はいとも哀しげに叫ぶ。独り夜もすがら寝付くこともできず、コオロギが闇に動くだに心は悲しむ。時はひたひたと早や人生の半ばを過ぎ、進みあぐねて何も成さぬままに。）

（宋玉『九辯』（一）部分）

宋玉はかの屈原の弟子とされ、まさに屈原に倣うかのように職をうしなって流浪する失意を謳う。『楚辞』は前三世紀半ばの成立であり、テモクリトスとほぼ同時代にあたるが、同じの秋の鳥や蝉を謳ってもその色調は暗鬱であり、あくまでも人生に苦悶する人間の目にうつる自然であった。このように対照的な自然観は、エーゲ海に抱かれたギリシアと大陸の山河や平原という風土の違いによるのか。あるいは都市的なノモスの発展の差異によるのか。そのあたりは後述するが、中国漢詩世界においても純粋な自然賛美は、唐代にいたって謳われることになる。

日本古代における「見れど飽かぬ」自然の美については、前章でふれた。それが中国大陸古代と異なり、「……何処迄も自然そのものの魅力によることであって、これによって他に何等かの目的が期待されたのではなかったことは注意されなければならない」(家永三郎前掲著)とするあたりもすでに確認した。もっとも明治の名著であるという原勝郎『日本中世史』は、やや異なる視点を提示する。『大鏡』の三条院の御時の賀茂行幸の折、藤原道長が衣にふりかかる雪を振り払う様を、「うゑの御ぞはくろきに、御ひとへぎぬはくれなゐのはなやかなるあはひに、雲のいろも、もてはやされて、えもいはずおはしまし丶ものかな」と描写するのを、「彼等の眼に映ぜる風景は、明媚艶麗のもの多きを占め、其好尚の赴くところ、亦実に之に存するものなるが故に、其稍崇高なるものに至りては之に接するの機会稀なり」とし、さらに『中右記』熊野参詣の折の夜泊の記述、「里は林中に在り、宅は海浜を占め、浪響は鼓動し、松声に混同する。峰の風大いに報い、終夜耳を驚かす。京都の人は、かくの如き事未だ聞かざる」を以って、「都人士が自然美を感得するに於て、平素如何なる欠点を有せしかを自白せるものといふも不可なし」と裁断する。道長の優雅な衣の黒や華やかな紅に雪の白さが映えて美しいという美意識はあっても、林の中に人里があり、浜辺にも漁夫の家があるという当たり前な風景美を知らないとするのは、高尚に過ぎるにもほどがある。貴族政権の爛熟につれ、その美意識もありのままの自然ではなく、幾重にも様式化した自然をのみ賛美するようになったとするならば、吉野の山に分け入った西行や日野の山中に隠れた鴨長明の独自性を、あらためて評価する必要があろう。

古代ギリシアからヘレニズムにいたる過程で、都市は周辺の自然からますます離隔していく。現代都市にもよく見られる街路装飾としての植物の鉢は、ヘレニズム時代にあらわれた。擬似的な自然でも、ないよりはマシであったのか。またすでに見たように軍事的征服や掠奪ではなく、商業的手段や投機、商業を軸とした都市計画が案出されはじめる。凶暴な都市が次第に平和的になったのではなく、滅ぼすべき周辺の都市を滅ぼし尽くし、さらなる標的となる都市はそれなりに強大であるか、遠方にすぎたからであろう。かのアレクサンダー東征も、インドの過酷な自然には勝てなかった。ならば戦争ではなく、交易した方が有利ではないか。商業の繁栄は物質的充足を安楽とし、贅沢を価値とする中産階級の出現を促す。「根本的な変革を欠いたヘレニズムの都市は、多忙で秩序はあるが、内的に不安で不均衡な生活［中略］を完成した。量に関しては、これらすべての改善は莫大であり、実に圧倒的であった。この新しい大きさは、政治権力にも、知的能力にも、表面的な美的魅力にも等しく当てはまった。しかしこの大きな構えの中身は、社会的にも個人的にも空虚なものであり、その空虚は単なる数量によっては充たすことができなかった」。さらに「堕落」のローマ帝国においては、ウェルギリウス(紀元前七〇―一九)がテオクリトスの田園詩を再現するも、その色調は著しく変容する。時代が変わればとうぜんであろうが、この詩人には象徴的なエピソードがあった。後に初代皇帝アウグストゥスとなるオクタウィアヌスは、退役軍人に与えるために農地没収を施策する。自らの故郷もその対象になることを恐れたウェルギリウスは、ローマに赴いてオクタウィアヌスに直訴し、かろうじて接収範囲から除かれる。けれど生まれ故郷が収奪されるかもしれないという危機意識は、彼の『牧歌』に、単なる自然賛美ではない陰影を投げかけた。

だが私たちのある者は、ここから渇いたアフリカ人の土地へ行き、
またある者はスキュティアの、白亜の急流オアクセス川へ、
あるいは全世界から遠く隔たるブリタニア人の国へ行くだろう。
ああ私は、はたしていつか長い年月ののち、父祖の土地を、
芝草を積み上げた貧しい小屋の屋根を、
いつの日か、わが王国だったわずかな穀物の穂を見て驚くだろうか。
不敬な軍人が、こんなによく耕した畑を自分のものにするのか――

野蛮人がこの麦畑を。争いは、不幸な市民たちにこんなことまで、
味わわせるのか。この人々のためにこそ、私たちは畑に種を播いたのに。
（『牧歌』第一歌　部分　小川正廣訳　以下同じ）

スキュティアはカスピ海北部の辺境であり、さらにアフリカやブリタニアなど、最初の三行は故郷を失い世界の果て、おそらくはローマ帝国の境界まで放浪するイメージ、あるいはそれほどの放浪・漂泊を強いるような故郷喪失の苦悶が謳われる。四行目以降、帰還して確認する荒廃した故郷も、すでに自分が知る「王国」ではない。故郷喪失と対になる漂泊を、ここに見てとることができよう。

失われた故郷の確認はウェルギリウスにおいて、牧神パーンの故郷アルカディアを、夢見られた理想郷に昇華させる。

……「けれどアルカディアの人々よ、君らが山々に向って、
この話を歌ってくれるだろう。アルカディアの人々だけが、歌の巧みに
通じている。おお、いつか君らの笛が私の愛を歌うなら、
そのとき私の骨は、どれほど安らかに憩うだろうか！
そしてできれば私自身も、群れの番人にせよ、熟した葡萄を摘む人にせよ、

君らの中の一人であり、仲間だったらよかったのだ！
［中略］
リュコリスよ、ここには冷たい泉がある。ここには柔らかい牧場も、
ここには森もある。ここで君と私は、ただ時の過ぎゆくままに老いることができるだろう。
（『牧歌』第十歌　部分）

リュコリスは苦い恋の相手であり、疑似的な恋愛詩でありながらも、ここに謳われる理想郷は故郷喪失という時代的体験、大ローマ帝国およびその都市的なノモスが規範力を強めていく時代背景と無関係ではなかろう。最後の二行など『老子』の「小国寡民」を思わせないか。

現実にはペロポネソス半島中部の山地であるアルカディアは、この後、長くヨーロッパの文学や美術に理想郷として描かれるが、それは地上の何処かにあって現実的にたどり着ける場所ではない。遥かに時代を下ってマルセル・プルーストも、「本当の楽園とは失われた楽園にほかならない……」（『失われた時を求めて』「見いだされたとき」鈴木道彦訳）とする。アルカディアとは自然との関わりにおける全体性を失った人間、故郷喪失者が夢見る故郷であるらしい。

中国大陸古代はどうか。すでに見た宋玉にも喪失感が謳われるが、失ったのは故郷ではなく、何かをなすべき貴重な人生、官職の地位であった。旅上にあるのもあてのない漂泊ではなく、任地か

ら次の任地への移動に過ぎない。故郷喪失に近い例として、後漢、つまりは中国大陸古代の終わり近く、作者不詳の作を見ておこう。

去る者は日びに以て疎く
生者は日びに以て親し
郭門を出でて直視すれば
但だ見る　丘と墳とを
古墓は犂かれて田と為り
松柏は摧《くだ》かれて薪と為る
白楊　悲風多く
蕭蕭として人を愁殺す
故《もと》の里閭《りりょ》に還るを思い
帰らんと欲するも道の因る無し

（死んだ人は日一日と忘れられ、生きている人とは日一日と親しさを増す。城門を出て前を見やれば、目に入るのはただ大小の墓ばかり。昔の墓は耕されて畑となり、まわりの松柏は切られ薪にされる。白楊に吹きつのる冷たい風、蕭蕭と鳴る音は悲痛を誘う。なつかしい村里へ戻ることにしようか、帰りたくても道は見つからない。）（『古詩十九首　其十四』）

この苦悶の背景に故郷喪失が隠されているとしても、とどまるのはあくまでも都市であり、帰る道はないという。アルカディアが夢見られることもなく、もちろん漂泊など「決意」されない。もっともこの詩ぜんたいが「人生に若がえるすべはない」という比喩であるならば、宋玉とほぼ同工異曲ではないか。

日本古代文学における故郷喪失について、前章でふれた釈蓮禅をあらためて検証したい。ウェルギリウスよりおよそ千年の違いはあるが、日本史では古代末期、都を忌避し、放浪・漂泊した漢詩人である。もっとも京という都市は蓮禅の生まれ故郷であって、厭うべき対象でありながらも愛着は深い。京の習俗を描く詩にも、憧憬やプライドが透けて見える。

錦車は艶を趁《お》ひて　朝市に馳せ
紫麝《しじや》は薫を助けて　晩窓を出づ
(この花の美を求めて、豪華な車が巷間を走りまわり、麝香はバラの芳香を助けるように晩方の窓辺にかおる)(「賦薔薇」部分　本間洋一注釈　以下同じ)

郭公　夏に属《およ》び　佳名有りて
好事の家々に　嗟嘆成る

（時鳥は夏の鳥として令聞があり、（その時期になれば）風流を好む人達の家々で賞嘆される）（「賦郭公」部分）

晩年に他郷から京を思う詩にも、このようにある。

想像《おもいや》る　故郷にては、其れ処々に
弾琴置酒し　也《また》飛文あらんことを
（こんな月下、故里では人各々に、あちこちで弾琴し酒宴を設け、或は詩文を作ったりして楽しんでいることだろうよ）（「客館対月」部分）

季節ごとにバラやホトトギスを愛で、琴を弾じ酒を酌み交わす。反都市的志向など微塵もない。別業（郊外の別荘）へ遊ぶ詩もいくつかあり、やはり酒を酌み交わし舟遊びするなど、中国大陸に似せた貴族趣味がただよう。もちろん隠棲・隠遁ではなく、あくまでも日帰りの行楽であった。けれど「別業」をテーマとしたある詩には、見落とせない二行がある。

優なる哉　稀有なる月卿の会
末席にて独り慙ぢたり　詩の素餐《そさん》なることを

（こうして稀にでも立派な方々の会に出席するのも、趣深いものであるなあ。会の末席を汚して、独りつまらぬ詩を作ったものだと恥じ入っている次第である）（「冬日遊城南別荘」部分）

別荘行楽は単独ではなく、従五位下止まりの蓮禅にはお偉方のお供でもあったらしい。詩をつくって優越を競う際にも、このようにへりくだって吟じたに違いない。詩作に自信がなかったとは思えず、このあたりに何か、後の漂泊を解く手がかりがあるのではないか。同じ下級役人らしき仲間と気兼ねない酒宴をひらき、「狂言綺語」を語らう詩もある。ここまでくれば放浪・漂泊は、すでに条件を揃えはじめる。その漂泊を謳う詩を見てみよう。

山を重ね　江を復《かさ》ねて　客遊淹《ひさ》し
景趣蕭《せう》疎《そ》として　瞻《み》るに耐へず
岫《しう》幌《くわう》の晴望は　鳥路に当たり
沙村の秋貢は　魚塩に富む
月は帰棹に随ひて　千程遠く
煙は行厨に起《た》ちて　一穂繊《ほそ》し
身と浮雲とは　定まれる処無ければ
自哀自咲して　涙に相霑《うる》ひき

（幾山河を超え来って久しい旅路。あたりの景色は物淋しくて、眺めるのがつらいほど。晴れ渡って、鳥通う空高くに山の姿が望まれ、浜の村では、魚や塩といった産物が豊富にとれてにぎわっている、わが帰郷の舟に随う月は遠くかなたまで照らし、炊煙が一筋細々とたちのぼる、この身と空の雲とは定めなきものなのだ、そう思うと、自然と哀しくあざ笑われて、涙にくれたというわけなのだ）（「宿道口津賦所見」部分）

題名にある「道口津」は現在の広島県豊田郡安浦町三津口か、三津湾に臨む安芸津町あたり。「山を重ね」とはあるが蓮禅の漂泊は、ほとんどが船旅であった。炊事も船上でおこなわれたのならば、決して小さな舟ではない。それなりの財力が可能にした放浪であろう。従者も伴ったらしい西行の漂泊を思わせる。

長風浦の暁に　客愁吟《によ》び
落月湖の秋に　郷涙紅《あか》し
浪跡二年、遊蕩の子
斯れ従《よ》り　残日は蒼穹に任せん

（あのわびしい風の吹くという長風浦の明け方に似たこの地で、旅愁の情を嘯《うそぶ》き、落月湖の秋にも似たこの地で、望郷の紅い涙を流す。さすらい旅のこの二年、気儘に過ごしてきた自分だ

が、これからあとの残りの日々も、運を天に任すとするか)(「於室泊即事」部分)

同じく「室泊」は兵庫県揖保郡御津町室津、「長風浦」は漢詩に謳われた長江の中流、「落月湖」は不詳であるが、やはり瀬戸内海を漂泊し、二年に及ぶという。血の涙まで流すのは、望郷の念が募るからである。

夜に遐郷を憶へば　纔《わず》かに夢に入り(夜は遥か故里を思えば夢に見)(「著長門壇即事」部分)

故郷千里　雲は路を埋《うづ》め(都は遙か彼方に　雲は(都への)路をかくし)(「初冬遊石山寺」部分)

風帆の香呂　霽《は》れて弥《いよいよ》遠く
水駅の帰心　秋に早《つと》に寒し
(風を孕んだ帆船の行路は晴れていよいよ遠く眺めやられ、この江泊で望郷の思いを抱きつつ、秋の寒気に触れている)(「遅留江泊戯賦舟中事」部分)

晴れた日に遥か海上に見る舟は、京に向けて進むらしい。ひしひしと胸をしめつける悲愁は、リクールのいう「身体の直感」であろうか。けれど、これほどまでに痛切な思いを詠いながらも帰れない。いや、帰りたくないのには理由があった。

老いに及んで　何ぞ堪へん　羇旅の路
晴れに当りて　逓《たが》ひに見る　往来の舟
未だ錦を衣《き》て郷土に帰るに全からず
旧友嘲ること莫なれ　貧薄の愁へ
（年老いると、どうも旅路の辛さが身にこたえるが、空は晴れ渡って、次々に往来する船を眺めて過ごす。わが身を思えばまだとても故郷に錦を飾る身の上とはいえぬが、昔なじみの友よ、どうか笑わないで欲しい、この貧乏暮らしに追われるわが愁いの身を。）（「過山鹿三崎詠之」部分）

もともと従五位下止まりの下級役人であり、漂泊において功をなしたわけでもない。京に戻ればもとの卑屈な立場に戻るしかないのか。しかし蓮禅にはひそかな自負があった。

朝暮の往来　人絶えず
知り難からん　賢士の漁磯に隠るとは
（朝な夕な人の往来が絶えないが、この地では、賢士が磯辺にひっそり暮らしていても、きっ

と誰も知られることはあるまいよ)(「著笠戸泊一吟」部分)

もっともこのような脆い自負心を、誰が評価するわけでもない。ならば「狂を佯《いつ》はりて」(「於渡津述懐」)流浪するほうがマシではないか。ともかくも京という大都市は蓮禅にとって、厭うべきノモスの世界でありながらも、血の涙を流すほど懐かしい故郷であり、その矛盾と自己撞着とをどこまでも抱えて生きるしかなかった。そう解釈するならば蓮禅の反都市としての漂泊に、ある限界を見るべきであろうか。目崎徳衛『漂泊』も蓮禅がみずからの漂泊に何の成果も見いださなかったことについて、「そもそも陽狂の旅が詩魔のいざないによるものであったとすれば、これはむしろ当然の結果とはいえないであろうか。王朝文学に類例のすくない紀行詩の佳吟を生んだことが、実はこの漂泊のただひとつの、そして何よりの収穫であったろう」とする。けれど本章では、もう少し読み込んでみたい。

煙郊の寺の裡《うち》には　転経の侶あり
水市の社の前には、売卜の巫あり
(もやにけむる野の寺には読経の僧がおり、水辺の町の神社の前には売卜する老巫女がいて、航海の安全を占ったりしている)(「於室泊即事」部分)

第一、二章に見たように遊行僧や巫女は、漂泊を生業とする。当時には珍しくもない職業的漂泊者であったのか。さらに蓮禅は、漂泊するわけでもない庶民の当たり前な日常を謳う。

土民に請問《しょうもん》す。底事《なに》をか営むと
生涯の産業　江魚を釣る
（土地の人々に、どんな仕事を業《なりわい》としているのかと問えば、魚をとることだということだ）（「摂州兎原旅宿即事」部分）

漁老は舟を下りて　酒を尋ねて典《か》へ
厨児は竈に就きて　柴を採りて煎る
（老いた漁師は舟から下りて酒を求め、食事係は竈のそばで柴をくべて食事の用意）
（「於香椎宮賦所見之事」部分）

土俗は　毎朝先づ菜を売り
釣魚は、終夜幾ばくか松を焼《た》く
（このあたりの習俗といえば、毎朝きゅうりやなすびといった野菜を売る者が出ることだ。また、漁が終夜行われて、松明が一体どれ程ともされることであろうか）（「著蘆屋津有感」部分）

野県　人怱《いそがは》しくして　秋に已に穫り
波郵　舟出でて　夜に猶漁す
（野辺の人は忙しく立ち働き、秋に収穫し、港の舟は夜に出て漁をする）（「著同国江泊頓作之」部分）

遊行僧や巫女と同じく、船上や停泊地で見かけた光景であろうが、何故これほどまでに名もなき者たちの習俗を採録しているのか。それもこのような人々だけを詩にするわけではなく、すでに見た望郷の思いのはざまに、何気なく、しかしただの背景ではないと思わせる克明さで挿入される。第一章では西行の「水際近く引き寄せらる、大綱に幾瀬の物の命籠れり」にふれ、この「命」は永遠に受け継がれるような命、決して死に限定される命ではなく、生きている命そのものであろうとしたが、蓮禅がここで触れているのも、永遠の命、いや、これがほんらいの人間であり、『老子』の「小国寡民」に見たような自然と一体になった全体性としての人間像ではないか。「生涯の産業」という「土民」の答えが、それを証明する。対するに都市から逃げ出してきた蓮禅は、ただ「露」として生きるしかない。

露体の存亡は、互ひに識り難く

（露のようにはかない人の身は、彼我にも知り難きものだもの）（「著椒泊愁吟」部分）

遊行僧や巫女という職業的漂泊者に着目するのも、「露」のようなその生の儚さへの共感であろうか。ともかくも蓮禅が執拗に描き出す瀬戸内の非都市民の生き方は、彼にとっては失われた全体性としての理想郷、つまりアルカディアであったように見える。それもヨーロッパの文学や絵画のように何処か架空に夢見るのではなく、まさに目に前に生きている人びとのごくごく当たり前な光景であった。蓮禅という漢詩人の真価を、ここに見出しておきたい。

漂泊思想の中世的展開

第二章で見たように、宮崎市定は古代ローマ帝国の東西分裂をもって、ヨーロッパ古代の終焉とする。けれどローマ帝国的秩序は、その後もしばらくは存続した。アンリ・ピレンヌ『ヨーロッパ世界の誕生』によれば、ゲルマン諸民族の大移動はローマ帝国の壊滅を目的としたのではなく、むしろ豊かな地中海に抱かれたローマ世界の経済と先進的な政治制度とに参加することであった。たしかにローマ帝国の都市の多くは破壊され、四七六年の西ローマ帝国滅亡に前後してその領域は複数のゲルマン国家に分割されたが、古代ローマ的世界は異民族によって支えられる。ピレンヌが何故か口を極めて罵るフランク王国メロヴィング朝の堕落などは、マンフォードのいうローマ都市の堕落が、そのまま異民族国家の都市にも受け継がれた結果かもしれない。

しかしこの古代ローマ的秩序は、イスラム侵攻によって壊滅する。イタリア半島のみならず、マルセイユなど地中海貿易で栄えた都市の多くが衰退し、ヨーロッパの中心は帝国の後進地域であった北方、ピレンヌによれば「未だ二流の歴史的役割を演じていたにすぎなかったフランク王国」(『中世都市』佐々木克己訳　以下同じ)へと退避することになる。よく知られるように、『ヨーロッパ世界の誕生』の原題は『マホメットとシャルルマーニュ』であるが、フランク王国メロヴィング朝を廃してカロリング朝を立てたピピン三世の子シャルルマーニュは、イタリア半島のゲルマン国家ランゴバルトを滅ぼして統一、ちょうど西暦八〇〇年、敢えてローマで戴冠した。けれど「古代の伝統を復興するつもりでいた」彼の帝国は、古代ローマとはひどく異質なものとなる。豊かな地中海を持たなかったフランク王国は、「本質的に内陸的で[中略]、外部との交渉を最早もっていない[中略]、殆ど完全な孤立状態の中で生活している封鎖国家、出口のない国家」であった。地中海貿易が絶たれれば、経済のみならず文化も衰え、王さえも文盲になる。貴族の服装が質素になるのは信仰上の質実ではなく、絹の輸入が先細ったからであった。経済の衰退は都市の衰退であり、都市が衰亡すれば田園はその余剰生産の売り先を失う。余っても売れないので必要最小限しか生産しない。消費経済に交換経済がとってかわり、地域ごとに勝手に貨幣鋳造されるなど、遠方交易の基本となるべき共通の貨幣制度も瓦解した。さらに北方からノルマンの侵入が本格化すると、内陸国家ゆえに海軍をもたないフランク王国にはなすすべもなかった。シャルルマーニュは領土拡張による戦利品の分配で求心力を維持していたが、八一四年の彼の死後、帝国は解体・分裂していく。九、一〇世紀と、ヨーロッパ経済はどん底を経験することになる。

そんなヨーロッパ中世を代表する詩人たち、ダンテ、ペトラルカ、ボッカチオなどは、中世も半ばを過ぎ、十二世紀ルネサンスを経たイタリアに出現する。その背景にはアリストテレスやユークリッドの再発見という一大事件もあったが、本稿で注目したいのは都市の蘇生である。ピレンヌによれば十一世紀に入る前から、商業はルネサンスを迎える。その中心地はヴェネツィアとイタリア南部、そしてフランドルの低地諸邦の二拠点であった。ヴェネツィアやジェノヴァのような海港都市は、地中海におけるイスラム勢力の退潮をついて東方貿易を活性化させ、これとは別にフランドルの低地諸邦ではノルマン系らしき商人が、バルト海などから河川を遡上し、ノブゴロドやキーウをへて黒海に至る「ヴァリヤーグからギリシアへの道」を開拓したことで、北ヨーロッパにおけるヴェネツィアの役割を果たしていた。すでにイスラムは九世紀末には戦陣を収束させ、バグダッドを中心として自足的な世界を形成する。重要拠点シチリアをノルマンに奪われるのは、一〇七二年であった。長い停滞の末にヨーロッパは、この南北二つの拠点によって外部世界への扉を開くことができた。一〇九六年には第一次十字軍が、エルサレムへ向けて出発する。経済の復活はプライドの復活、情熱や欲望の復活でもあったのか。ピレンヌによれば経済復興とともに蘇生してくる諸都市は、すでに見た「出口のない」カロリング朝の都市より、むしろ古代都市に似ている。つまりは古代ローマ帝国にマンフォードが見たような繁栄と堕落とが、ここに再現されるらしい。

そんなヨーロッパ中世の出口近く、自らを「地上のさすらい人」と称したフランチェスコ・ペトラルカ(一三〇四〜七四)を見ておこう。ブルクハルト『イタリア・ルネサンスの文化』は、ペトラルカを「最初の完全な近代人の一人」(柴田治三郎訳)と評価する。「自然の眺めが直接に、この人を感動させたのである。自然を楽しむことは、この人にとって、あらゆる精神的な仕事にともなうもっとも望ましいことである。ヴォクリューズその他で送った学者的な隠者生活も、時間と世界からの周期的な逃避も、その二つが織りなしたものにもとづいている」。どういうことなのか、具体的に見てみよう。

ペトラルカ家は代々フィレンツェ近郊の村で公証人をしていたが、父の代になってフィレンツェへと進出する。すでに経済は復活を遂げており、有能であった父は市の要職にのぼりつめるが、私的怨恨から策略にはまり、多額の罰金と片手切断の刑を裁判なしに宣告されてしまう。やむなく妻をともなって逃れたアレッツォで、長子ペトラルカが誕生する。中世ヨーロッパを代表する詩人ペトラルカは、生まれながらに都市的ノモスの犠牲者であり、故郷喪失者であった。一三一二年、一家はアルプスを越えてアヴィニヨンへ赴く。教科書で習う「アヴィニヨン捕囚」で有名な南仏アヴィニヨンは、地中海にそそぐローヌ川を七〇キロほど遡る。もともと古代ローマ帝国の都市であったが、ゲルマン侵攻によって荒廃し、さらにイスラム侵攻で地中海交易が衰えると、陸路で一〇〇キロもないマルセイユと同じく、ヨーロッパ最貧地域となる。その後もイスラムに与したことでシャルルマーニュの祖父カール・マルテルに攻められるなど、苦難の歴史をたどった。十一世紀までに経済が復活すると、ヴェネツィアとフランドル低地諸邦という外部世界への扉は、その二拠点を陸路・水路でつなぐルートにも繁栄をもたらす。アヴィニヨンもその恩恵を受けてか、独立都市を宣言したこともある。しかし長くは続かずプロヴァンスやトゥールーズ伯領となり、また異端カタリ派を支持したことで、一二二六年、アルビジョア十字軍に蹂躙されたりもした。けれどここで潮目が変わる。一三〇九年、突然の「捕囚」によって教皇以下数千人が、いっきょに移住してくることになった。その教皇庁はお金で買える聖職をどんどん増やし、歴代教皇の多くが奢侈や浪費を好んだことで、消費経済が爛熟する。成功を夢見る多くの人材を引き寄せるにじゅうぶんであり、「捕囚」五年目に到着したペトラルカの父も、その一人であったろう。ここでも才覚を発揮した父は、商業的成功者の多くがそうするように、その資産を息子の教育にあてる。ペトラルカはわずか十五歳でモンペリエ大学、十九歳では名門子弟が遊学するヨーロッパ最古のボローニャ大学で法学、つまりはノモス的学問を学んだ。けれど一三二六年に父が亡くなると、一家の資産は遺言執行人や使用人たちに食い荒らされていて、それ以上の遊学は不可能になる。もっとも詩人としての成功を夢見ていたペトラルカにとって、父の死は法学から逃れる絶好の機会でもあった。とりあえず生活の資を得るためか、頭を丸めて聖職者になる。信仰の道に進んだのではなく、あくまでも便宜的入信であり、私生活にあっては恋愛や文学に情熱を注ぐ。けれど肉欲をみたす愛人と戯れ、私生児まで誕生したことに衝撃を受け、三十代半ばでアヴィニヨンから東に二十数キロ離れた寒村、ヴォクリューズに引きこもる。自然のなかで享楽を斥け、孤独に文学に専念した成果として一三四一年、ローマで戴冠詩人の名誉を授けられる。その名声はひろくヨーロッパに知られることとなった。

因みにかの「捕囚」は聖なる教皇と世俗権力との対立なのかというと、まったくそうではない。西ローマ帝国滅亡後もローマ教会は権威・権力として生き延びていたが、それはすでに「聖」なるものとしてではなかった。聖職はお金で買われ、司教や修道院長さえも世俗出身者で占められる。「捕囚」のきっかけとなったアナーニ事件にしても、フランス王フィリップ四世に殺されかかったローマ教皇ボニファテウス八世は、徹底的な現世主義者で「最後の審判」など信じず、奢侈を好み美食家で精力絶倫であった。教皇離宮のある避暑地アナーニで拘束され、「余の首をもってゆけ」と啖呵を切るも殴打され、教皇の祭服と冠とを剥ぎ取られるという屈辱を受けた老教皇は、長年の不摂生も重なって憤死し、ついで教皇となったベネディクトゥス十一世も、座位わずか八ヶ月で急死する。毒殺説もある。この機を逃さずフィリップ四世が新教皇に推輓したボルドー司教クレメンス五世は、ローマではなくリヨンで戴冠してそのままアヴィニヨンに納まる。「捕囚」と言いながら教皇がローマから、強制的に連れ去られたのではない。もともとアキテーヌ地方出身のフランス人であり、フィリップ四世に気を使わざるを得ない脆弱な立場にあった。「捕囚」は一三七八年までの七十年間、いずれもフランス出身の七人の教皇が連なるが、ペトラルカの名声を聞き及びアヴィニヨンに召喚したのはその四代目、貴族出身でおそろしく金遣いが荒く、女に目がないクレメンス六世である。そんなアヴィニヨンでペトラルカが目撃した教皇庁は、たとえばこのようなものであった。

聖《きよ》らかな孤独のかわりに、奸悪な集い。そして最低の従卒どもの、ところかまわぬ横行闊歩の群れ。粗食節制のかわりに、享楽の酒宴。敬虔な巡礼の旅のかわりに、非道淫靡な無為安逸。使徒たちの素足のかわりに、盗賊どもの騎乗する雪白の馬。しかも白馬は黄金の鞍を置き、黄金でおおわれ、黄金〔のくつわ〕を噛んでいるのです。この下劣な奢侈を天主が抑えたまわねば、まもなく馬は、ついに黄金の靴をはかされるでしょう。
(『無名書簡集』五　近藤恒一編訳　以下同じ)

このように遠慮のない過激さで知られる『無名書簡集』は、匿名で発表されたという。「聖」なるものの片鱗も感じられない宗教人士への、激しい憎悪が見てとれる。もっとも奢侈や堕落は宗教界にとどまらない。爛熟する消費経済の恩恵にひたるべく集まってきた有象無象をも含め、アヴィニヨンは現世的欲望の坩堝であった。

ここには敬虔・慈悲・誠実さはひとかけらもありません！　ここでは高慢・嫉妬・好色・貪欲が、手練手管を弄してわがもの顔にふるまうのです。悪党はみな勢いづき、掠奪者も気前よくすれば誉めそやされ、貧しい正直者は踏みにじられます。純朴は馬鹿とよばれ、狡猾は知恵とよばれる。神はさげすまれ、金銭は崇拝され、法は蹂躙され、善人は嘲弄される。そのひど

いこと！　いまや嘲弄されうる者はひとりもいないほどです。(『無名書簡集』十一)

物欲、色欲、金銭欲、狡猾さ、無信仰、善悪も弁えない無法状態であり、しかもそれらが表向きはノモスとしても機能している。洋の東西を問わず都市というものに対して、これほど悲痛な声をほかに聴くことができようか。中世後期における経済の活性化や都市の蘇生など、ほとんどペトラルカの視界には入らない。いや、古代ローマ都市のような残虐な見世物こそないものの、特に金銭にからむニュアンスには、ペトラルカの出生から成長に至る経緯もあってか、憎悪が色濃い。聖アウグスティヌスとの架空の対話を収録する『わが秘密』でも、アヴィニヨンとおぼしき都市の酸鼻な光景を、その路地裏にいたるまで詳細に描き出す。

地上でももっとも鬱陶しくて騒々しいこの都市《まち》。まさに世界中の汚物にあふれた、息のつまりそうな底なしの掃きだめ。[中略]――汚臭にみちた街路。吠え猛る犬の群れに混じった汚らしい豚ども。壁をゆする車輪のきしり。交錯しながら走りかう馬車。そして種々雑多な人間たち。おびただしい乞食のおぞましい光景、金満家どもの狂気の数々。あるいは悲しみにうちしずむ人びと、あるいは悦楽や遊蕩におぼれる人びと。さらに、なんと反目しあう人びとさまざまな手練手管。おびただしいわめき声による、ひどい騒音。殺到して押しあう群衆。(第二巻「魂の病気」近藤恒一訳　以下同じ)

たしかにアヴィニヨンはアルビジョア十字軍による破壊からの再生半ば、「捕囚」という大事件に巻き込まれた特殊例であった。同時代のヨーロッパの都市が、すべて同じ混乱と混沌、堕落を体現していたわけではなかろう。いずれにしてもペトラルカは、これほどの堕落ぶりを目撃しながらもアヴィニヨンと決別できない。教皇のローマ帰還を希求する彼は、クレメンス六世に仕えざるを得なかった。そんな鬱屈した日々を癒やすのは、書斎を残していたヴォクリューズの自然と孤独な生活である。つまりブルクハルトの指摘したペトラルカの自然賛美は、登山家・地図製作者という彼の生得的な資質とは別に、旧約聖書バビロンさながらの混乱を呈すアヴィニヨンへの憤激と表裏一体であり、どちらを欠いても理解できないかもしれない。もちろんヴォクリューズへの逃避は「周期的」であり、教皇の使者として旅にある以外、ほとんどの時間はアヴィニヨンに留まる。このあたりは中国大陸の竹林の七賢や、日本では兼好あたりを思わせる。もちろん年代の差は大きく、それぞれの出自や社会的地位も異なるが、ヴォクリューズの簡素な生活を謳う詩は、『方丈記』や『徒然草』を連想させないこともない。

私は空しい名誉に背をむけて、なにも望まず、あるだけのもので満足している。
まずこのことで私は黄金の清貧と、固い誓約《ちかい》に結ばれている。
不快も煩労ももたらさぬこの清雅なる客人と。
ねがわくば運命よ、このわずかな土地と小さな家と甘美な書物は私のためにのこしてほしい。
自余《ほか》はおまえが持っていい。なんならそっくり持ち去ってくれていい。
（『韻文書簡集』第一巻六　近藤恒一訳　以下同じ）

その後のペトラルカの動向は省略するが、イタリアに戻って各地を転々とした後、最晩年にはパドヴァ西南のエウガネイ丘陵の小さな町、アルクアの山荘に隠遁する。故郷フィレンツェでも憧れのローマでもなかった。果たしてペトラルカを、漂泊者と呼べるであろうか。七歳若いボッカチオの書簡には、「君はすでに充分にさまよいたもうた。異国の民の風習や町々にも通暁せられた」（『ペトラルカ＝ボッカッチョ往復書簡』近藤恒一訳）とあるが、あてもなく流浪・漂泊したのではない。北イタリアだけでもヴェネツィア、ミラノ、フィレンツェ、ジェノヴァなどの各都市や教皇領が角錐し、紛争・戦乱に絶えなかった中世は、とても自由かつ安全に放浪できる時代ではなかった。「地上のさすらい人」を自称し、各地を転々とした故郷喪失者ではあったが、その社会的地位を放棄してはいない。もっとも西行や芭蕉にしても、漂泊や仮寓を繰り返しながらも歌人や俳人であり続けた。あらためて漂泊者とはなにかを定義することを、ペトラルカは要求するように思える。彼がアヴィニヨンに見た人間社会の醜さ、教会も世俗も巻き込んだ権力欲、物欲、色欲、金銭欲の坩堝は、マンフォードがローマ帝国に見た都市というものの本質ではないのか。その本質にふれているからこそ、ペトラルカを漂泊者と呼ぶことができるのかもしれない。なぜならば第一章に見たように、目に見える「行動」をともなわない「決意」も、すでに意志的なものの刻印だからである。

中国大陸古代も宮崎市定『アジア史概説』によれば、二二〇年、漢という大帝国の滅亡により終幕する。東西ローマ分裂より一七五年早いが、その後はヨーロッパと同じく、魏・呉・蜀という三国に分裂した。さらに東晋・南北朝から隋・唐を経て五代に至るまで、中国大陸はほぼほぼ分裂状態が続く。唐は例外として三百年近く続いたが、実際に統一を保ったのは玄宗までの百三十年でしかなく。その平安を打ち破った安祿山は、西方サマルカンドのソグド人と突厥との混血であった。さらには隋・唐王室の起源も、鮮卑族の一派が起こした北魏である。純粋な漢民族など、この数百年のうちに交雑・淘汰されてしまったのかもしれない。もっともヨーロッパではゲルマン諸民族がローマ文明を受容したように、中国大陸でも異民族王朝は漢の文化や政治制度をそれなりに継承する。後の元朝も含め、イスラムのような完璧な破壊者は出現しなかった。けれど古いものが滅びなければ、新しいものが芽生えることはない。そのあたりはおいおい見ていこう。

宮崎市定『中国史』によれば、中国大陸中世の経済は、イスラム侵攻をうけたヨーロッパほどではないとしても、長く不景気が続く。秦・漢には豊富にあった黄金が、西域交易によって流失していく。輸出するのは絹などの一次産品、輸入するのは玻璃・瑠璃のような高度な工業製品であり、つまり西域のほうが技術的に先行していた。対等でなければ足元を見られる。金が足りなくなれば交易は先細り、冴えない商工業に替わって農業が台頭する。豪族たちが地方政府から土地を借り、灌漑して貧民を招き農耕させた。いわゆる荘園制であるが、その荘園へと民衆が流出することで、都市は租税や徭役・軍事徴発の力を失う。求心力ではなく遠心力が働き、秦漢統一以前の分裂状態に逆戻りしてしまう。このあたりもヨーロッパ中世に近似するのかもしれない。

そんな中国大陸中世に、ペトラルカに見たような都市批判や自然賛美を捜せるのか。前章にもふれた竹林七賢のひとり阮籍(二一〇〜二六三)は、『史記』簫相国世家の故事を謳う。東陵侯という高官であった召平は、秦が滅ぶと政治から離れ、平民となって長安郊外で瓜を栽培する。その美味は評判であったという。

昔聞く　東陵の瓜
近く青門の外に在り
畛《あぜ》に連なりて阡陌《せんぱく》に距《いた》り
子母　相い拘帯す
五色　朝日《ちょうじつ》に曜《かがや》き
嘉賓《かひん》　四面《よも》より会すと
膏火《こうか》は自ら煎熬《せんごう》し
財多きは患害を為す
布衣《ふい》　身を終《お》う可《べ》し

寵禄《ちょうろく》　豈に頼むに足らんや

（その昔、東陵候から庶民になった召平は、長安の青門を出たすぐの地に瓜を植えたという。瓜は畔から畔へと広がり、道に届くまで伸びて、大小の実が親子のように重なり合って蔓についた。朝日を浴びて五色に輝く瓜、それを求めて貴人たちが集まった。灯火はわが身を焼いて周囲を照らす、金があれば身の災いとなるもの。一介の平民なら人生無事に過ごせよう。寵愛や俸禄など、頼みにできようか。）（「詠懐詩十七首」その九）

「阡」は南北、「陌」は東西に通じる畦道であり、つまりは人工的に造成された区画を瓜が覆い尽くす。都市に失われた自然の旺盛な生命力のように見えるが、古代ギリシアのテオクリトスが謳歌したような自然そのものへの賛美ではない。あくまでも人間社会という網の目を、どう生き延びればよいのかという差し迫った問題が見え隠れする。ペトラルカのようなあからさまな批判こそないものの、七行目以降には阮籍の生きた時代の血なまぐさい政争、騙し騙される人間関係への、まさに「白目をむく」がごとき憎悪が潜伏するらしい。それでも阮籍は権力との遠近感において、魏の首都である洛陽に住まわざるを得なかった。せいぜい馬車で遠出をして、道が行き止まると悲憤慷慨する。いや、戦乱で橋が崩壊してでもいない限り、道は必ずどこかに通じている筈で、要は日帰り可能な距離という限界であり、行き止まるのは道ではなく、あてもなく漂泊したいという彼じしんの意志的なものであったろう。

中国大陸中世はあまりに長いので、漢詩の絶頂期である唐代を見ておこう。現世を生きる過酷さを投影する自然ではなく、自然そのものを謳歌する山水詩は、東晋から南朝宋を生きた謝霊運（三八五〜四三三）にはじまる。公開処刑されて終わるその波乱万丈な生涯にはふれないが、彼にはペトラルカのような登山趣味があった。その謝霊運を受けて山水詩を完成したのが、唐代の王維（六九九〜七五九）である。

空山《くうざん》　新雨《しんう》の後
天気　晩来《ばんらい》　秋なり
明月　松間《しょうかん》に照り
清泉　石上に流る
竹喧《かまびす》しくして　浣女《かんじょ》帰り
蓮動きて　漁舟下る

（ひっそりした山では、今し方の雨も止み、空気は日暮れとともに秋めく。月が松の木の間から光を投げかけ、清らかな泉水が岩の上を流れる。竹むらのさざめきは洗濯女が帰る音、蓮が揺れるのは漁師の舟が下るから。）（「山居秋暝」以下略）

宋玉や阮籍に見た鬱屈した自然観は、ここではきれいさっぱりと消えている。王維は山水画家でもあり、五、六行目などは映画の一シーンを見るようではないか。その直筆画は失われたが、深山を背景にして穏やかな水流の岸辺に庵があり、王維らしき高士がくつろぐ模写が伝わっている。現実にも王維は輞川《もうせん》（現在の峡西省藍田県の南）に別荘をもち、その自然を賛美した『輞川集』がある。長安から約五〇キロ離れており、日帰りできる距離ではない。ある程度の日程を組んで煩わしい政務から離れ、自然にひたる時間を満喫したのであろう。ペトラルカのヴォクリューズに近いのか。もっとも王維にはペトラルカに見るような激しい都市批判をさがせない。彼が生きたのは唐代前半の絶頂期であり、中国大陸中世にまれな平和を謳歌することができた。けれど七五五年、安史の乱がそのすべてを打ち破る。王維もつかまって安禄山にいやいやながら仕えたりもしたが、最晩年四年ほどのエピソードに過ぎなかった。

安史の乱に翻弄されたのは、王維より一歳若い李白（七〇一～七六二）や、さらに若い杜甫（七一二～七七〇）であろう。その杜甫の「有用」については前章でふれたので、本章では李白を見ておこう。儒教的「有用」を志した杜甫に対して、李白は道家的ともされるが、実際はそれほど単純ではない。たしかに若き日には無頼漢的なエピソードがあり、隠者と交流し道教の免状も受けているが、「有用」志向は見え隠れする。各地を転々としたのも、仕官するチャンスを得られないからであったとの説もある。四十歳を過ぎてやっと長安に招かれるが、士大夫ではなくお抱え詩人待遇であり、皇帝の詩を代作するという役割に彼のプライドは満足しなかった。皇帝からの呼び出しを伝えにきた高位の宦官に対し、酔っ払っていたのか足を突き出して靴を履かせろと迫り、その恨みを買って失脚したという真偽不明のエピソードもある。もっともそんな佯狂も、都市批判や文明批判には直結しない。

古来の聖賢　皆な寂寞
唯だ飲む者のみ其の名を留むる有り
（古来の聖人賢者も今はみな音もない。名を残しているのはただ酒飲みだけ。）（「将進酒」部分）

聖賢すなわち有用も無用も否定するのは、どちらにもなれない宙吊り状態ではないか。仕官して完全な「有用」を生きられないように、隠者として完全な「無用」にもなりきれない。ならば浴びるほど酒を呑んで佯狂を演じることが、李白なりの自由を夢想する手段であったらしい。そんな李白にも、王維と同じくペトラルカに見たような都市批判を読むことはできない。異民族である安禄山に蹂躙される長安は、驚くことに彼にとっては思慕すべき対象であった。良い思い出など少ないはずの長安を、たとえばこのように回顧する。

昔長安に在りて　花柳《かりゅう》に酔う
五侯七貴　杯酒を同じゅうす
気岸　遥かに凌ぐ　豪士の前

風流　肯《あ》えて落ちんや　他人の後《しりえ》に
夫子《ふうし》は紅顔　我は少年
章台《しょうだい》馬を走らして　金鞭を著《つ》く
文章献納す　麒麟殿《きりんでん》
歌舞淹留《えんりゅう》す　玳瑁《たいまい》の筵《えん》
君と自ずから謂う　長《とこし》えに此の如しと
寧《なん》ぞ知らんや　草動いて風塵の起ると
函谷忽ち驚く　胡馬の来るを
秦宮の桃李　明《めい》に向って開く
我は愁う遠謫《えんたく》　夜郎《やろう》に去るを
何れの日か金鶏《きんけい》　放赦《ほうしゃ》して回《かえ》らん

（むかし、長安にいて、桃の花や柳の枝を見ながら酔うたときには、王侯貴族たちとも杯をくみかわし、心意気は豪傑をはるかにしのぎ、風流は人後に落ちなかった。あなたはまだ紅顔、わたしもまだ若者、いろまちに馬を走らせ、金の鞭をふりまわしたものだ。麒麟殿に文章を献納して天子のお眼鏡にかなったが、わたしはタイマイをしいた席に腰をおろすと、毎日、歌や舞を見物してばかりいた。いつまでもこのように楽しくしていよう、などと君に向って言ったりしているうちに、あにはからんや、草が動いたとみるや風塵がまき起こった。函谷関はたちまち、えびすの馬の襲来に驚いた。長安の宮殿の桃と李は、明るい方に向って花を開いているのに。わたしは悲しいことに、遠くに流されて夜郎に行かねばならない。金の鶏がかかげられ、大赦が出て私が帰れるのは、ああ、いつの日であろうか。)(「夜郎に流されしとき辛判官に贈る」武部利夫訳)

最後の六行は安史の乱以降、流転する彼の実人生をなぞるが、それを除けば現実にはありもしなかった長安での若き日の回顧である。上流社会との交流や都市風物など、すべてが懐かしい思い出であり、ペトラルカのような都市批判どころか、阮籍には見え隠れした憎悪さえ消えている。何がこの極端な違いを生んだのか。もちろん李白はペトラルカより六百年ほど早い。ペトラルカはヨーロッパ中世の出口付近を生きていて、中国大陸では元代、宮崎の分類ではすでに近世にあたる。それではペトラルカのような都市批判が、中国大陸中世の出口付近、唐末や五代の詩にあるのかというと、これという例を捜せない。白楽天(七七二〜八四六)には「商人は利を重んじて別離を軽んず(商人は儲けのためなら別居も厭わず)」(「琵琶行」)などとあるが、この商人も詩のテーマにおいては脇役でしかない。同じ中世でもヨーロッパと中国大陸とでは、何か大きな違いがあるらしい。宮崎市定『アジア史概説』によれば、唐代の都市は「政治的色彩が濃厚」であり、その「繁栄をもたらした者は官僚貴族の消費生活にほかならなかった」。その一方で商人層は「わずかに市とよばれる特殊区域に限定されて」おり、彼らが「人口の密集とともにしだいに商業の繁栄をもたらし、ほとんど純然たる商業都市に飛躍するためには、さらに数百年の後の宋代を待たねばならなかった」とする。つまりアヴィニヨンにペトラルカが見た商業の急回復と爛熟と、李白が長安に見た官僚貴族による消費経済とには根本的な違いがあった。杜甫や李白にとっての長安は、その政治的な混迷をまともに被りつつも、憎悪するための何かを欠いていたらしい。このあたりは後述する。

日本古代から中世への転換は、京都の貴族階級による宗教的権力から、武士階級による世俗的権力への移行と見ることもできようが、鎌倉新仏教を熱心に支えた武士階級に宗教心がなかったわけではなく、京都の朝廷権力も粘り強く存続した。また平安仏教は荘園経営や語学を活かして大陸貿易に励むなど、現世的権威としても長く存続する。ヨーロッパ中世における教会の世俗化に近いのか。けれど日本中世には異民族侵入を契機とした大分裂はなく。やや遅れて蒙古襲来も退けた。京都と鎌倉、南北朝という分裂・併存もあったが、いずれも民族間の争いではない。イスラムのような完璧な破壊者は現れず、『方丈記』前半に描かれる末法の世の混乱や飢饉はあっても、列島全体とすればヨーロッパ中世のような経済の長期的な落ち込みはなかった。それどころか荘園的な現物経済に対し、大陸から大量にもたらされる宋銭が貨幣経済を隆起させる。網野善彦『日本社会の歴史』によれば、「宋の文化は王朝内部にもしだいに浸透し、貴族や僧侶のなかにも宋学が影響を及ぼすようになっているが、何よりも宋から流入した尨大な銅銭が、社会に広く深く流通するようになったことが列島社会に及ぼした影響には甚大なものがあり、それが商業や金融の質を変化させていった。［中略］銭そのものを神仏と敬うほどに、社会は銭貨に対する欲望、富の欲求にかき立てられるようになり、［中略］こうした新たな動きは、幕府と王朝とを根底から揺るがしはじめたのである」。世界史的には数百年以上も後進であった日本中世は、外部からの触発により近世的面貌を急速に整えていくらしい。十四世紀半ば、経済活性化に湧く京を、『徒然草』はこのように記す。

蟻のごとくにあつまりて、東西にいそぎ、南北にわしる。高きあり、賤しきあり、老いたるあり、若きあり。行く所あり、帰る家あり。夕《ゆふべ》にいねて、朝《あした》に起く。いとなむところ何事ぞや。生《しょう》を貪り利を求めてやむ時なし。（第七四段部分）

現代語訳は不要であろう。「利」とは商業活動上の営利であり、つまり経済である。このような都市描写は一二一二年完稿とされる『方丈記』にはなく、わずか百年と少し、目覚ましい発展ぶりを思わせる。同じ中世でも杜甫や李白の長安思慕より、ペトラルカのアヴィニヨン批判に通じるのではないか。実際に兼好はペトラルカより二十一年長にあたり、洋の東西、遥かな距離を隔てつつほぼ同時代を生きている。すでに見たペトラルカの権力欲、物欲、色欲、金銭欲批判に相応する記述も、『徒然草』に散見する。

名利につかはれて、しづかなるいとまなく、一生を苦むるこそおろかなれ。財《たから》多ければ身を守るにまどし。害をかひ累《わづらひ》をまねくなかだちなり。［中略］大きなる車、肥えたる馬、金玉のかざりも、心あらむ人は、うたて、おろかなりとぞ見るべき。（第三八段部分）

このように時代の繁栄を全否定する兼好には、何よりも無常という思想、富者も貧者も遠からず死ぬ運命にあるという事実確認がある。どれほど懸命に生命を貪り利欲を求めても、無常という圧倒的な身体的条件の前には、何の意味もなさない。

都の中におほき人、死なざる日はあるべからず。一日に一人二人のみならむや。［中略］されば棺をひさぐもの、作りてうちおくほどなし。若きにもよらず、つよきにもよらず、思ひかけぬは死期なり。（第一三七段部分）

ふたたびペトラルカを引用すれば、『わが秘密』にもこのようにある。

どんな愚かな人間でも、［中略］自分は死すべきもので、はかないちっぽけな肉体に宿りしていると答えるだろう。［中略］友人たちの葬列がつぎつぎに、きみたちの目の前を通りすぎてゆき、みる人のこころに恐怖の念を吹き込む。［中略］自分よりも若く壮健で美しい者がとつぜん死の手に奪いとられていくのを見ると、衝撃はいっそう激しいだろう。［中略］あの若さも美しさも頑健さも、なんの役にも立たなかったのだ。

第一章に見たように、リクールは死とはどのような経験も伴わないとしたが、戦乱や疫病が人口を激減させたヨーロッパ中世にあって、人々はどうしようもなく死を意識していた。絵画においても「死の舞踏」や「三人の死者と三人の生者」などの画題が、身分や貧富の差にもかかわらず誰にでも平等に死が訪れると教唆する。特に三人の死者を死後膨張・腐乱・白骨化という三様に描く手法は、日本中世においてもリアルな対照例があり、さらに文学における兼好とペトラルカとに見る人間観は、驚くほどに近似する。いや両者ともに、大地に根をはった全体性としての人間にはふさわしくはない。やはり都市というものの欲望や虚栄、死すべき運命を忘れて現世の利を貪る人間への批判であり、自省であるのかもしれない。そんな兼好もペトラルカと同じように、あてもなく漂泊したわけではない。『徒然草』は兼好の多面性を語って余りあるが、鴨長明には仄見えた西行への憧れや思慕が、兼好にはあまり感じられない。それを風巻景次郎は「苦渋がなく清澄であって、愉しく現世に生きている」と評したが、兼好において意志的なものとしての漂泊は、どのように内面化されていたのか。

初期的な資本主義　すなわち貨幣経済

ヨーロッパ中世は、いかにして近世を準備したのか。いや、そもそも近世とは何か。マンフォードはここでも都市に注目する。「中世都市のなかでは、精神的権力にせよ、現世的権力にせよ、それらは兵士、商人、司祭、修道士、吟遊詩人、学者、工匠などの職業別秩序をもち、それらが一種の平衡といったものを獲得していた。［中略］中世時代が終わりに近づくまで、ひとつの要素が他のそれを恒久的に支配できるほど強くなることはなかった――実際、その兆候が現れれば中世の終わりが近いのだ」。ここでいう「ひとつの要素」とは何か。

ブルクハルト『イタリア・ルネサンスの文化』は、「世界最初の近代国家の名に値する」(柴田治三郎訳)都市として、フィレンツェをあげる。その理由はこの都市の「するどい理性と同時に芸術的創造力をもった精神」が、「政治的および社会的状態をたえず変形し、［中略］たえずそれを記述し調整する」ことで、「新しい意味における歴史的叙述の発祥の地となった」からである。「精神的権力」を支持する教皇派と、「現世的権力」を支持する皇帝派とがせめぎ合い、そこに台頭する市民層が民主的な自治制度を希求したことで、目眩く繰り広げられる議論や闘争、追放や弾劾裁判など、フィレンツェはまさに試行錯誤の坩堝、来るべき近世の実験室であった。すでに見たペトラルカの父のフィレンツェからの逃走も、その一ページであろう。青年政治家として活躍したダンテ・アレギエーリ(一二六五〜一三二一)も、ブルクハルトによれば「それらの危機の最大の犠牲者」であった。ダンテはすでに中世末期の詩人として検証したペトラルカより三十九年長にあたり、つまり本論は時代を前後して語っているが、ヨーロッパ中世から近世への移行はある事件や事象によって割り切れるものではなく、中世末期にはすでに、特にフィレンツェのような都市には近世の芽が育ちつつあった。すでに見たようにアナーニ事件で憤死したボニファテウス八世は、イタリア諸都市の支配をめざし暗躍しており、フィレンツェを代表してこの教皇との交渉に赴いたダンテは、その隙をついた教皇派による政権転覆により、フィレンツェから永久追放されてしまう。その故郷喪失者としての遺恨は深く、『神曲』地獄篇ではこの俗物教皇を、ウェルギリウスに難詰させる。

するとその者は叫んだ。「おまえ、もうここに立っているのか、おまえ、もうここに立っているのか、ええ、ボニファティウス。〔中略〕おまえはこんなにも早くあの富に飽きちまったか。それ欲しさに、恐れ気もなく、かの麗しい貴婦人を、騙して奪い、その後に引き裂いたのに」。（「地獄篇」第十九歌　原基晶訳　以下同じ）

地獄に落ちたボニファテウス八世を発見し、ウェルギリウスは「お前はここにいたのか」と驚くが、そのように舞台設定したのはダンテである。もっともアナーニ事件後の憤死については、一転して『煉獄篇』にて追悼する。

余には見えているのだ、あの方が再び嘲られる。余には見えているのだ、酢に苦いものが加えられた侮辱が新たにされ、あの方は甦った盗賊の間で殺される。余には見えているのだ、あ

まりに残虐な新たなるピラトが……(「煉獄篇」第二十歌)

フィリップ四世が「新たなるピラト」であり、その犠牲となったボニファテウス八世を「あの方」=キリストに喩えるのは、ローマ教皇という存在がダンテにとって、未だ崇高不可侵であったことを示している。このあたりは教皇のローマ帰還を願ったペトラルカに近いのか。けれどそんなダンテは晩年近くの『帝政論』において、聖書とアリストテレスとを典拠としながら、人間の「自由」に言及する。

人類が最良の状態にあるのは、人類が最も自由なときである。[中略]この自由、ないし我々の全自由の根源は[中略]神により人間本性に与えられた最大の贈物なのである。[中略]アリストテレスが『形而上学』で述べているように、「他のもののためではなく自己自身のために存在する」者が自由であることを知るべきである。(小林公訳　以下同じ)

現代では人間のもっとも基本的な権利として、自由は当たり前のように論じられたりもするが、早くも十四世紀初頭、ダンテがこれほど明確に宣言していることは特筆に値しよう。そもそも都市が自治を行うためには、精神的権力からも現世的権力からも独立した市民層の自由がなければならない。もっともダンテはフィレンツェを含め混迷するイタリアの救済を、神聖ローマ皇帝ハインリヒ七世という現世的権力に期待した時期があり、皇帝の病死によってそのイタリア遠征が頓挫した後に書かれた『帝政論』にも、「最大限に自由なのは君主のもとにある人間である」としている。人間の自由に言及しながら、ボニファテウス八世のような俗物さえローマ教皇としては崇敬し、市民による自治ではなく唯一至上の「君主」に期待したダンテは、ある意味でまだ中世的秩序のなかで足踏みしているのかもしれない。もっともダンテとほぼ同時代のフィレンツェで活躍し、ダンテの肖像画も描いている画家ジョット・ディ・ボンドーネ(一二六六〜一三三七)には、このようなエピソードがある。

聖母とヨゼフの画をここかしこからながめているうちに、連中の一人がジョットにいった、「ねえジョット、いったいぜんたい、なぜヨゼフはいつもこんな憂鬱そうに描かれているのだろうか。」するとジョットは答えた、「あたりまえじゃないか。かれは花嫁のお腹がふくれているのを見ながら、だれのせいだかわからないんだから。」一同はたがいに顔を見合わせて、ジョットは画の大先生であるばかりでなく、七芸に通じた先生だと、太鼓判をおした。
(フランコ・サケッティ『ルネッサンス巷談集』杉浦明平訳)

宗教画に多くの傑作を残したジョットは、さぞかし信心深い人物のように思われるが、すでに十三、四世紀、このようにまったく信仰心にとらわれない発想の自由が、ジョットおよびその仲間連れにいたるまで、フィレンツェに一般化していたことになる。

政治的都市としてのフィレンツェとともに、経済都市として繁栄をきわめたヴェネツィアを見ておこう。五～六世紀、フン族、ゴート族、ランゴバルト族の脅威から逃れるために、潟湖の小島に移住した者たちが、大都市ヴェネツィアの始祖である。そこには耕すべき土地もなく、飲料水さえ自給できない。あるのはただ海であり、彼らは漁業と製塩とを営み、内地の小麦などと交換する。つまりヴェネツィアはもともと交換と交易、商業を宿命づけられた都市であった。当時この地にはまだ強大な東ローマ帝国の勢力が及んでいて、その首都コンスタンティノープルは盛んな商工業とともに、ギリシア硝煙で武装した艦隊によって、海上貿易に必要な制海権を有していた。そのコンスタンティノープルとの交易によって、ヴェネツィアは八世紀には大きな成功を得る。コンスタンティノープルへ運ばれるのは、「イタリアの小麦と葡萄酒、ダルマティアの木材、〔ヴェネーツィアの〕潟湖の塩、それに、教皇および皇帝の禁令にも拘わらずヴェネーツィアの船員がアドリア海沿岸のスラブ人の間で容易に手に入れた奴隷」（ピレンヌ『中世都市』）であり、代わりにコンスタンティノープルから持ち帰るのは「ビザンツ工業の製造する高価な織物およびアジアがコンスタンティノープルに供給する香辛料」等であった。「一〇世紀には、ヴェネーツィア港の活動は既に驚くべき程度に達する。そして、商業の拡大に伴って、儲けを愛する気持に敵し得ない。彼等の宗教は事業家の宗教である。回教徒との商業が利益になり得るものであるならば、回教徒がキリストの敵であることなど、彼等にとってはどうでもよいことである」。精神的権力にも現世的権力にも従わず奴隷貿易に励むヴェネツィアには、いったいどのような原理が働いていたのか。二次的資料的ではあるが誰もが知る例として、シェークスピアの『ヴェニスの商人』から引用したい。一五九六、七年頃の創作であるが、中世ヴェネツィアを舞台としている。借金返済の代わりに心臓のまわりの肉一ポンドよこせというユダヤ人金貸しシャイロックに対し、海運商人アントーニオの友人は、公爵、つまりは現世的権力が許す筈はないとする。しかしアントーニオはその意見をたちどころに否定した。

公爵をいえども法をまげるわけにはいかんのだ、たとえよそものでもこのヴェニスではわれわれと同じ権利を与えられている、もしそれが否定されれば、この国に正義はないと非難されてもしかたあるまい、わがヴェニスの貿易も利潤も、そのもとにあるのは世界じゅうの国民なのだから。(小田島雄志訳　以下同じ)

商業都市ヴェネツィアにとって、誰もまげることのできない法こそが正義なのである。実際に公爵は、「人に慈悲を施さずに神の慈悲を望めるだろうか?」などとシャイロックを説き伏せようとするが、このように反論され押し黙るしかない。

罪を犯さずにお裁きを恐れることがありましょうか？　あなたがたはおおぜいの奴隷を買いとっておいでだ、そして牛馬同様、卑しい仕事にこき使ってらっしゃる、それと言うのも、お金を出してお買いになったからだ。

ヴェネツィアは奴隷を商品とするだけではなく、市中にも多く抱えていたらしい。ならば公爵が「人に慈悲を施す」などと説教しても、何の説得力もなかった。因みにアントーニオがシャイロックに借金したのは、四艘の船をトリポリス、西インド、メキシコ、イングランドへと同時に走らせるなど、資金をフル回転させて儲けようとする分、手持ちのキャッシュに乏しかったからである。このあたりの舞台設定はやや時代錯誤的であろうが、ともかくも冒険や賭けを厭わず、奴隷さえも売買する交易商人たちが巨利を手にし、彼らの寄進によって大小のキリスト教会が、現在の世界的観光地ヴェネツィアに林立する。そこに掲げられるのはジョルジョーネやティツィアーノなど、崇高な宗教画である。果たしてアントーニオのような貿易商人は、そこで何を祈ったのか。

中世末期の混迷にあって、ペトラルカが期待したのは教皇のローマ帰還、つまりは旧来の精神的権力の復活であり、ダンテは神聖ローマ皇帝という現世的権力であった。けれど近世を切り開くのは特定の個人やその地位や裁量ではない。マンフォードのいう「ある要素」とは、ダンテが主張した「自由」と、アントーニオが正義であるとした法秩序とが可能にする経済、いわゆる初期的な資本主義である。「初期資本主義そのものは、中世都市の生活において統合力ではなく、崩壊力である〔中略〕。なぜなら資本主義は、昔からの保護経済——機能と地位に基づき、保障を目指し、宗教的戒律によって、また家族的絆と義務の親密な意識によってある程度まで倫理化された保護経済——から、個人企業に基づき、金銭的利欲に駆られた新しい通商経済への変化を促したからである」。この通商経済は、貨幣経済という禍々しい姿をもつ。貨幣の起源は古代社会にまで遡るが、初期資本主義においてはフィレンツェやヴェネツィアのような大都市、国際的なネットワークをもつユダヤ人、宗教会議の禁令にもかかわらず商取引に邁進した教会・修道院に蓄積された膨大な富が、封建主義という上からの保護体制や、ギルドという下からの自主的保護体制の網の目を逃れ、さらには都市の城壁や国境までも越えて自由に移動し、増殖してゆく。「なぜなら、貨幣は移動し易く、一カ所に集めることもでき、何倍にも増やすことができたが、他の形の力は固定し、融通が利かず、集めるのは難しかったからである」。中世の「城壁都市は、そのなかで資本主義という郭公鳥が卵を生むことのできる巣を用意し、育ててやったよそ者の子が大暴れして、そのため自分のほうが押しのけられてしまった」のである。一四五三年にはコンスタンティノープルが、オスマントルコの前に陥落する。地中海貿易の東の拠点を失ったヨーロッパは、新たな交易相手を求め大航海時代へと旅立つ。イベリア半島やアフリカ北岸のイスラム勢力も衰退し、ボスポラス海峡も開放された。一四九二年、コロンブスによる新大陸発見という衝撃によって、ヨーロッパの通商経済は君主国家という新たな現世的権力とも手をたずさえ、自らを歯止めのない暴走へと駆り立てていく。

そんな時代を目撃した人物として、デジデリウス・エラスムス(一四六九?〜一五三六)を見ておこう。ブルゴーニュ領ネーデルランドのロッテルダムという商業都市にて、おそらくは司祭の私生児として生まれたエラスムスは、初等学校でラテン語を学び大学へと進んだ。しかし父母が相次いで疫病で他界すると、デルフトの修道院に入れられる。二十三歳で司祭となり、聖書研究のためパリに遊学するが、その後は何故か修道院を離れ、困窮しながらも学究の道に進む。イギリスに渡ってトマス・モアを知り、プラトン主義による聖書研究に刺激されると、パリに戻って短期間でギリシア語を習得した副産物として、一五〇〇年、ギリシア・ローマの格言を注釈した『格言集』を出版、古典学者としての名声を得る。一五〇六年にはイタリアへと遊学するが、そこで目撃したローマ教皇庁の堕落ぶりが、後の『痴愚神礼讃』を生むきっかけであったとされる。このようにエラスムスはあちこちと動いているが、遊学であって放浪ではない。むしろ書斎にとじこもる隠棲的自由人であり、ペトラルカがクレメンス六世に嫌々ながら仕えたように、特定の権力者にかしずくことはなかった。一五一一年刊行の『痴愚神礼讃』は、ローマ教皇庁を痛烈に批判し、これに感銘したルターによる宗教改革運動を誘発したともされるが、あくまでも教皇庁の浄化に期待したエラスムスは、ルターからの支持表明の懇願を繰り返し拒否する。その一方で教皇庁からは禁書扱いされるなど、両陣営から攻撃される危険が生じ、研究拠点をルーヴァンからバーゼル、フライブルクへと変えている。いずれも由緒ある大学をもち、産業・商業が栄えた都市である。あてもない漂泊・流浪ではなく、ペトラルカが精神的に避難したヴォクリューズのような田園でもなかった。

近世ヨーロッパのベストセラー『痴愚神礼讃』は、ほかならぬ痴愚神が語り手となり、痴愚こそが人間の本質であると説く。都市社会も支配権も統治制度も、宗教も議会も司法も痴愚なしには成立しない。痴愚は人間関係の潤滑油であり、人生の享楽を生み出すという。何故なら痴愚は仮面劇における仮面のように、真実を覆い隠す幻想なのである。

ほかならぬ人間の一生全体が、芝居でなくてなんでしょう? そこでは誰も仮面をかぶって登場し、自分の役柄を演じ、やがて舞台監督によって退場させられるのです。舞台監督はしばしば同じ役者を、違った扮装で舞台に出させますから、つい先ほどまで緋の衣をまとって王様を演じていた者が、今度は襤褸《ぼろ》にくるまった奴隷として姿を見せたりするのです。要するにすべてが見せかけの仮装なのですが、人生という芝居も、その演じられ方は、これと変わるところがありません(沓掛良彦訳　以下同じ)

要するにこの世のノモス的なものはすべて幻想であり、堕落した人間社会という真実を覆い隠す仮面にすぎない。仮面劇の役者が仮面を剥ぎ取って素顔を晒せば、舞台上の幻想は一瞬のうちに消滅してしまう。ペトラルカが憎悪した都市なるものについても、エラスムスはこのように切り捨てる。

岩だの、樫の木だのから生まれた野蛮な人間たちが、群れ集まって都市生活を送るようになったのは、どんな力に駆られてなのでしょう？　阿諛追従以外にないではありませんか。……痴愚が都市社会を生み、支配権も、統治制度も、宗教も、議会も、司法も安泰を保っているのですから、人間の生活などは痴愚女神のたわむれのようなものにほかなりません。

『痴愚神礼讃』は教皇庁、王とそれにかしずく宗教者、俗世間の人間すべてを次々に俎上にのせ、その素顔を晒していく。精神的権力でも現世的権力でもなく、第三の権力として貨幣経済を担う商人層への批判も、歯に衣着せぬものになる。

あらゆる人間のうちで、最も愚劣で下等なのは商人という人種です。最も卑しむべきいとなみにたずさわっているからですが、そのやり方がまたこの上なく卑劣なのです。行く先々で嘘をつき、偽証し、騙し取り、瞞着し、横領するといった具合ですが、そのくせ自分たちは第一級の人間たちだと思っているのです。それも指に黄金の指輪をはめているからというだけのことなのです。

このような手厳しさは、容易にペトラルカを思い出させる。直接には言及されないがエラスムスの念頭には、貨幣経済が自由と法というノモスに支えられながら、旺盛かつ野放図に膨張してゆくことへの批判があるのか。いや、彼らの欲望がどのような世界を目指しているのか予測できないことが、エラスムスの憤懣の根にあるのかもしれない。ペトラルカのような自然志向は見せず、都市生活者であり続けたエラスムスではあるが、彼が目の当たりにする人間社会の混迷と比較するに、もともと人間はどのように生きていたのかについて、このように回顧してみせる。

本当のところ、黄金時代の素朴な人々は、なんの学問も身につけずに、自然の導くままに、本能にまかせて生きていたのです。すべての人が同じ言語を持ち、お互いに理解し合うためにだけことばが必要とされるというのに、なんで文法が必要でしょうか？　反対意見を闘わせる論争もないのに、弁証法がなんの役に立ちましょうか？　他人に対して訴訟を起こそうという人もいないとなれば、弁論術なんかどうして出る幕がありましょう？　悪しき風習もないのに、なんだって法体系が必要とされるのでしょうか？　立派に整備された法体系というものが、悪しき風習があってこそ生まれるものであることは、疑いを容れないところですからね。

ここでいう「黄金時代」とは　古代ギリシアの吟遊詩人ヘシオドスが説く五時代説話の最初の種族が生きた時代で、人間がもっとも幸福であったとされる。学問も文法も弁証法も、言論術も法体系も、つまりは都市的なノモスを必要としない社会であり、どこか『老子』の「小国寡民」を思わせる。ヘシオドスは紀元前七百年頃の人であり、マンフォードが指摘した前六世紀以後の都市文化への批判に先んじている。

そんなエラスムスから約半世紀後の文人、ミシェル・ド・モンテーニュ（一五三三〜九二）『エセー』にも、『老子』の「小国寡民」を思わせる一節がある。もっとも『エセー』が同時代と比較するのは、『老子』のような古代の農耕社会でも、ヘシオドスのような神話世界でもなく、新大陸の非文明人である。新大陸発見以後のヨーロッパには、夥しい金銀とともに、現地の人間が奴隷としてもたらされた。『エセー』は物騒にも「人食い人種」としているが、中南米の土着民一般のことらしい。そんな彼らをモンテーニュは、ヨーロッパの文明人と比較して「未開」「野蛮」とはせず、ありのままの「野生」であるとした。

わたしはプラトンにこう言ってやりたい。「この国には、どのような種類の取引きも、文芸の知識も、数の知識も、偉い役人とかその筋の権威とかいう言葉もいっさいなく、ひとを使うことや貧富をならわしとすることもなく、契約も、相続も、分配もない。［中略］衣服も、農業も、金属もなく、葡萄酒も麦も用いない。嘘、裏切り、ごまかし、けち、妬み、悪口、勘弁などを意味する言葉は耳にはいったことがないのだ」と。プラトンは、彼の想像した国家が、このような完全さからどれほどへだたっていると感ずることだろうか。

(『エセー』第三十一章「人食い人種について」荒木昭太郎訳)

彼らに人食い習慣があるとしても、死んでしまった後に炙り焼きにして食べるのであって、ヨーロッパの異端審問のように生きている人間を拷問したり火炙りにしたり、犬や豚に噛みつかせなぶり殺しにするほうがよほど野蛮ではないか。新大陸人種には農業も分配もないというあたりはおよそ史的事実とは異なるが、モンテーニュの念頭にあるのは、都市から国家へと発展していくノモス的な文明が、果たしてほんとうに人間を幸福にしているのかという疑念であろう。

モンテーニュの生涯については詳述しないが、エラスムスと同じく放浪・漂泊したわけではない。『エセー』執筆に際し、モンテーニュ家代々の城の一角にある通称「モンテーニュの塔」に籠もったことは有名なエピソードであるが、鴨長明のように死にいたるまでの隠棲を覚悟したのではなく、その後はヨーロッパ各地を旅行している。もともとモンテーニュ家はミシェルの曾祖父の代にボルドー市に商店を構え、地元のボルドー産やブルゴーニュ産の葡萄酒を船でロンドン、アントワープへと出荷し、代わりに塩漬けの鮭、鰯、鱈などを仕入れて販売した。その利益で近郊の男爵領を買い取り、貴族へと成り上がる。中世末期からルネサンスにかけて、新興市民階級でも財力によって貴族となれる制度が生まれ、モンテーニュ家はその時代的先端を担う。祖父や父の代にも家運はますます高まり、親族や姻戚を含め政治や司法、教会にも進出した。父ピエールは貴族の責務としてイタリア遠征に参加し、ボルドー市長に選ばれている。そんなモンテーニュ家の御曹司として生まれたミシェルは、毎朝目覚めるために楽士が生演奏するという環境で育てられ、幼くしてラテン語を学ぶ。すべてが約束された人生であったろう。実際に法学を学び、父と同じくボルドー市長、さらにボルドー最高法院にまでのぼりつめている。つまり出自的には貨幣経済きわめつけの成功者であり、ノモス的社会の住人であった。

ヨーロッパ近世の出口において、最後にもうひとり、ジャン・ジャック・ルソー(一七一二〜七八)を見ておこう。いや、『社会契約論』をもって、彼を近代のとば口に立たせるべきであろうか。ルソーはモンテーニュに遅れること約百八十年、都市共和国ジュネーブにて、時計職人という市民階級の家に生まれた。けれど母が病死し、父もある事件に巻き込まれ亡命を強いられる。幼いルソーは親戚や牧師の家などを転々とし、ひとりいた兄もやがて行方不明となってしまう。ルソー少年期の目まぐるしい流転は、まさに漂泊と呼ぶにふさわしいが、とうぜんながらそれは彼自身の「意志的なもの」ゆえではなかった。十六歳になってやっと南仏アヌシーで、ヴォー地方の町ヴヴェの古い貴族の娘、ヴァランス夫人の庇護をうける。彼女は結婚するも子供には恵まれず、家庭生活のわずらわしさが原因で離婚した後、サルジニア王ヴィットリオ・アマデオ二世からの年金に頼っていた。当時二十九歳、まだじゅうぶんに美しく、傑出した才覚があり、ルソーのように不遇な子供に愛情を注ぐことを義務のように感じていたという。もっともルソーを保護して間もないサルジニア王の退位により、その経済基盤は不安定となる。そのうえ夫人の金銭感覚は倹約にはほど遠く、むしろ活発な事業熱により、家計が苦しくなればなるほど、自分でなんとかしようとした。

年月が進んでも、彼女におけるこの奇癖は増すばかりで、社交界と青春の楽しみへの趣味を失うにつれて、秘密と計画への好みがそれに代わるのだった。家はあらゆる種類の山師や、製造家や、錬金術師や、企業家でいっぱいになり、彼らに財産を何百万と分配しながら、ついには一エキュにも不足したのである。だれも彼女の家を手ぶらで出るものはなかった。

(『告白』小林善彦訳　以下同じ)

貨幣経済の申し子やその候補者たちが、彼女の年金を食い荒らしていく。まだ若く社会経験もうすいルソーには、何もすることができなかった。後年、パリで名声を得たルソーが再会したときには、夫人は痛ましいほどに落ちぶれている。

そんなヴァランス夫人と対照的なのが、ルソーが三十歳の頃、パリで秘書として仕えたデュパン夫人であろう。彼女の父サミュエル・ベルナールはヨーロッパ随一の金融家であり、つまりは貨幣経済の大立者であった。モンテーニュ家と同じく貴族に叙せられており、まさに王侯のように装う肖像画が残されている。その娘デュパン夫人の社交界も、隆盛をきわめていた。

その家は、当時のパリのどの家にも劣らず華やかで、いろいろな社交界の人々を集め、数はそれほど多くはなかったが、各方面の選り抜きであった。彼女は貴族、文学者、美人など、輝きをそえる人すべてに会うのが好きだった。その邸には公爵、大使、帯勲者しか見られなかった。

この人脈によってルソーは、ヴェネツィア大使の秘書官に任命されたりもするが、まもなくパリに復帰し、やがて作曲家としてそれなりの名声を得る。しかしある懸賞論文に応募した小品が出版されるに至り、文筆家として歩もうと、やや唐突に決意する。

私は財産や出世のすべての計画を、永久に放棄した。わずかな余生の時間を、独立と貧困とのうちに過ごそうと決心した私は、世間の評判の鉄鎖を断ち切り、人々の判断に少しもさまたげられずに、よいと思われることはすべて勇敢に行なうために、自分の魂のすべての力を用いた。

ルソーが脱出を決意したのは、パリという大都市一切のノモスであるらしい。周囲からは反対意見だけでなく、見た目や持ち物まで変えたことで、狂人扱いされる。

私の改革はまず服装からはじめた。金の飾りや白の長靴下を棄て、かつらは円いものにし、帯剣もやめた。「おかげさまで、もう時間を知る必要もないだろう。」そう考えるとなんともうれしくなって、時計も売ってしまった。

さらにはある音楽家の夫人の援助により、パリの北北西、十キロほど離れたモンモランシの森に接する通称「レルミタージュ」に引きこもる。ペトラルカにも似た田園志向であろう。

ヴェネチアで、公務のさなかにも、一種の代表として威を張っていたときも、昇進の計画で得意になっていたときも、またパリで、上流社交界の渦のなかでも、夕食会の美食のなかでも、劇場の華やかさのなかでも、虚栄にのぼせ上がっていたときも、つねに私の森の茂み、私の小川、私の孤独な散歩が、思い出のなかによみがえり、私はぼんやりし、悲しい気持ちになり、嘆息と願望とをひき起こすのであった。

ルソーによるノモス的なものの否定は、「レルミタージュ」隠棲前に著した『人間不平等起源論』にも際立つ。彼がパリで目撃したノモス的な社会の進化・進歩は、何らかの必然性ではなく、むしろ偶然の結果である。ほんらいの自然状態であった人間からすれば道徳的堕落であり、退化に他ならない。さらに人間社会の不平等を私有の発生に求めるあたりは、論敵ヴォルテールが激しく批判した。そもそも私有財産を保証しなければ、貨幣経済はあり得ない。ではルソーのいう自然状態とは何か。

人々がその粗末な荒屋《あばらや》で満足していたかぎり、また彼らがその毛皮の衣服を棘や魚の骨で縫い、鳥の羽や貝殻で身を飾り、からだをいろいろな色に塗り、その弓や矢を完成したり美しくしたりし、よく切れる石でいくつかの漁業用の丸木舟や粗末な楽器類を作りあげるだけに止《とど》まっていたかぎり、一口でいえば、彼らがただひとりでできる仕事や、数人の手の協力を必要としない技術だけに専心していたかぎり、彼らはその本性によって可能だった程度には、自由に、健康に、善良に、幸福に生き、そしてたがいに、独立の状態で交流のたのしさを享受しつづけたのであった。(本田喜代治・平岡昇訳)

自然状態の人間は、たったひとりで生きている。男女関係は否定しないが、子育てが終われば夫婦関係も解消可能である。つまりは家族的共同体も認めず、『老子』の「小国寡民」のような原始農耕社会も無視される。たったひとりではなく、誰かが誰かを助けたり、何人かが集まって協働すると、何らかの能力差によって主従関係が生まれてしまう。そのような能力差、つまり生得的な不平等は自然状態にも潜在するが、社会が組織されればされるほどこの不平等は増幅されていく。その結果としての私有財産は、おそろしいほどの貧富の差を生み、デユパン夫人の華やかな社交界の陰には、平民層のどうしようもない困窮があった。このようなルソーの仮説は実際の人類史の発展には適合しないが、すでに見たペトラルカ、エラスムス、モンテーニュにつらなるノモス的なものへの疑念や嫌悪、憎悪さえも継承し理論化しているという意味で、ヨーロッパ中・近世の思想史を総括しているのかもしれない。ではそんなルソーを、本稿の定義にそって漂泊者と呼べるのか。ペトラルカに見た都市へのあからさまな嫌悪は、たしかに若きルソーにもあった。けれど成長するにつれ都市での成功を目論むようになり、「虚栄にのぼせ上がっていた」時期もある。パリではデュパン夫人のような貨幣経済の成功者たちにかしずき、実際に大きな成功を勝ち得た可能性もあったろう。もっとも『告白』には、このようにある。

私が一人で、しかも歩いて旅行したときほど、多く考え、多く存在し、多く生き、あえてこう言うならば、多く私であったことはない。歩くということには、なにか私の思想を活気づけ、活発にするものがある。ひとところにじっとしていると、ほとんど考えることができない。私の精神を働かすためには、身体が動いていなければならないのだ。

これは若きルソーの心情ではなく、七十歳を過ぎて著した一節である。幼少年期の不幸な遍歴とは別に、あるいはそれ故にか、おそらくルソーは生涯を通じ意志的なものとしての漂泊を抱えていたのではないか。そんなルソーは五十歳の頃、ローマ教会への否定的見解からパリで逮捕状が出される。ジュネーブ、イギリスと目まぐるしく逃避するなかで、最後には身近な庇護者をも含め誰も信用できないという精神状態に追い詰められていく。ペトラルカやエラスムスと比較するに、ルソーの晩年はより悲惨であった。何故なのか。社会的地位や資力に差があるとしても、決定的に違うのは彼が生きた時代ではないか。貨幣経済の増幅とともに都市的文化的なノモスが網の目のように張り巡らされていく社会において、ルソーには逃れていく場所、現実に漂泊するべき世界は、もうほとんど残されていなかったのかもしれない。

中国大陸近世を見ておきたい。宮崎市定『中国史』は宋代をもって、中国大陸近世の始まりとする。これは内藤湖南を踏襲するもので、西洋文化を受け入れた清朝をもって近世とする説に対し中国大陸内部の変遷に重きを置く。この説に従うならばヨーロッパ近世に、遥かに先んじたことになる。因みに宋代も漢民族王朝ではなく、トルコ系沙陀族が起こしている。その宋代は火薬、羅針盤、活字印刷という科学・文化の革命的飛躍、さらにはコークス火力による製鉄や銅の精錬法、陶磁器や絹織物など生産技術の革新によって、内藤やヨーロッパ諸学者も中国大陸のルネサンスとするらしい。政治的には中世貴族が没落し、皇帝に権力が集中する。唐末から五代の混乱期は武力万能の時代であり、貴族文化は無力であった。没落する貴族に代わり、新たな士大夫層が勃興する。彼らは制度的には庶民から出世することも可能であり、要は実力主義であった。世襲や縁故ではなく能力ある人間が、政治・文化を担うことになる。経済的には隋代に開削された大運河を利用した通商が、すでに唐代に大いに発展していたが、李白が哀惜した長安のような政治的都市が経済都市へと主役交替するのは、やはり宋代であった。一番の証拠は首都選定であろう。斯波義信『中国都市史』によれば、北宋の首都・開封は「かつての長安のような内陸主義、防衛本位の立地ではなく、交通・経済、補給本位」の立地選定であり、同じように南宋の首都・杭州も「かつての南朝歴代の都であり、交通だけでなく軍事の要害であった建康(明・清代の南京)ではなく、交通・経済本位」の都市であった。開封・杭州はそれぞれ大運河の北と南の起点であり、「唐以前のような政府の統制のもとにきびしく取り締られていた都市は、宋代に入って、一転して商工業者、市民の旺盛な活動で彩られるものへと変成した」。その大運河を長江と併せると、「逆L字の形になって南北と東西の交通の大動脈を形成」する。「杭州から南は杭州湾の南岸を運河(浙東河)で東進し紹興、さらに余姚江に入って寧波で甬江に合流して東シナ海に出て、日本や高麗、また福建・広東に往来する海運とつながっていた」。そんな海洋貿易がもたらす奢侈品について、『徒然草』は、「もろこし舟のたやすからぬ道に、無用の物どものみ取り積みて、所せく渡しもてくる、いとおろかなり。(第一二〇段部分)」と断じた。前章で見たように日本中世にいち早く近世的な貨幣経済をもたらした宋銭は、大陸の好景気に対応すべく大量に鋳造された。あまりに大量供給されたので、現代においても宋銭には大した骨董的価値がないらしい。銅銭だけでは大口取引には向かず、金銀を輸入し貨幣化する。それでも足りず史上初めて紙幣も発行されたが、不当たりを出すなどの弊害も生じたという。もっとも兼好の生きた時代、すでに南宋は滅亡し、銀本位制を用いた元朝は使わない宋の銅銭を大量に日本列島に輸出する。日本中・近世における市場経済の一大発展は、大陸の「お下がり」に触発されたということか。

大陸宋代に沸騰した貨幣経済は、知識人や漢詩人たちにどのような変貌を与えたのか。いわゆる唐宋八大家のひとり、漢詩人であり政治家としても名高い王安石(一〇二一〜八六)を見ておこう。撫州臨川県(現在の江西省撫州県)の地方官の家に生まれた王安石は、二十二歳の若さで進士となり中央に呼ばれるが、まもなく父と同じ地方官に転出する。中央よりも収入のよい地方官を選んだともされるが、行政官となった自身の目で、平民たちの悲惨な生活を目の当たりにする。

疲農《ひのう》は心に水の未だ足らざるを知り
雲を看《み》つつ木に倚って車は停まらず
悲しいかな労を作《な》すも亦た已《すで》に久し
暮歌《ぼか》は哭《こく》するが如く聴《ちょう》を為し難し

(つかれきった農夫は水が不足だと気がついて、雲を見ながら木につかまって(灌漑用の)水車を踏みつづける。ああ、はげしい労働をもうこんなに長いあいだもつづけている。ゆうやみにきこえる歌は慟哭の声のごとくつらくて聞いておれない)(『独帰』部分　清水茂訳　以下同じ)

これだけ読んだだけでも、王安石がいかに前代の漢詩人たちと隔絶していたかがわかろう。個人的身上はいっさい語らず、過酷な労働を強いられる農夫をのみ凝視する。富める者たちは大いに繁栄しているのに、どうして平民たちは困窮しているのか。問題は政治、つまりは自分のような役人を含めた国家体制にあるのではないか……。

俗吏　方《ほう》を知らず
掊克《ぼうこく》　乃ち材と為す
俗儒　変を知らず
兼幷《けんぺい》　摧《くだ》く無かるべし
利孔　百出するに至り
小人　私《わたくし》に　闔開《こうかい》す
有司《ゆうし》　之《これ》と争うも
民は愈《いよ》いよ憐れむべきかな

（俗吏は正しい政治の方法を知らず、搾取すればこそ有能だと思っている。俗儒は世の移り変わりに対処する法を知らず、（これでは）兼幷がぶっつぶせないはずだ。利益のぬけ道が百方にできるようになり、それを小人どもが私利のために自由にする。官吏はかれらと利益を争いあう。そしてますますあわれなのは人民ばかりだ！）（『兼幷』部分）

宋代は唐末にはじまる財政国家への変貌を完成させた。市に課税するのではなく、独占営業権を認めた商人に自主的に納税させる。けれどいつの時代もそうであるように、権益者は権力と癒着していて旨い汁を吸う。兼幷とは大地主が中小地主の土地を併呑することで、土地を奪われた者たちは農奴へと転落するしかない。権益者はますます富裕になり、持たざる者はますます困窮する。そこで王安石は政治改革への意志を、天下の名文とされる『万言書』にまとめ、自分より二十七歳も若い北宋六代目皇帝・神宗に送り、国家再建について全権委任される。因みにすでに見た釈蓮禅は、王安石よりも六十ほど若く、ノモス的社会の発展段階は違えども、ほぼほぼ同時代を生きている。そんな蓮禅もまた当時の課税制度を、さり気なく批判していた。

憐れむべし　漁釣の罪根の重きことを
千介万鱗は、民戸の租なり
（ああ、漁する者達の罪業の重さよ。（されど、彼らは）多くの魚貝をとって、税として納めねばならぬ身上なのである。）（「於室積泊即事」部分）

唐に学んだ日本の律令制は、瀬戸内の漁民に至るまで課税していたのか。つまり彼らの暮らしはただのアルカディアではなかった。このように一般庶民の生活の苦しさを見落とさなかった詩人が、当時、蓮禅以外にもいたのか。捜してみたいが先を急ごう。

宮崎市定『中国史』は王安石の政治理念を、理想主義を排した合理主義であるとする。「彼の政治上の改革は、遠い将来に空虚な影像を画いてそれに吸引されるのではなく、どこまでも現実を直視して、そこにある歪みを突きとめ、不合理を匡正して軌道にのせる、というやり方であった」。具体的には政府の物資調達を地域ごとに最適化する均輸法、農民に低利の融資を行なう青苗法、財閥の寡占体制を矯正する市易法、農村の徭役義務を改正する募役法、傭兵制度の弊害を正す保甲法、軍馬を平時から養育する保馬法などである。これら斬新かつ抜本的な制度改革は、それぞれの既得権益者から猛反発をうけるが、王安石は神宗の支持を得て突き進む。ヨーロッパ中・近世のペトラルカ、エラスムス、ルソーに見たようなノモスへの不信や憎悪ではなく、ノモスの不合理・不公正をノモスそのものの改善によって立て直そうとする姿勢は、まさに宮崎のいう合理主義であろう。『万言書』においても人間の制度の不完全さは人間によって改善できると、呪文のように繰り返す。

夫《それ》之を慮《おもんぱか》るに謀《はかりごと》を以てし、之を計《はか》るに数《すう》を以てし、之を為すに漸《ぜん》を以てし、而して又之を勉むるに誠を以てし、之を断ずるに果を以てせんとす。然り而して猶お天下の才を成す能わざるは、臣の聞く所を以てするに、蓋し未だ有らざるところなり。(私の言うように、慎重に膳立てし、精密に計算し、実施するに年数をかけ、更に誠意をもって務め、勇気をもって決断されれ、それでもなお天下の人材を育成することが出来ぬようなことがあろうとは、私の断じて信じない点であります)(「中国政治論集」宮崎市定訳注)

すでに見たダンテ『帝政論』も、「人間における最高の力とは、可能理性によって事物を把握することであり、この力は人間以外のいかなる存在者にも［中略］属さない」としている。「可能理性」とはアリストテレスの語彙で、人間が知覚・認識する対象を受け入れることで、対象が現実態として存在するようになる場合、そのように受け入れ「可能」な状態としての理性をいう。『万言書』に見る人間理性への信頼も、これに近似するのか。そのダンテに王安石は、洋の東西を挟み二五〇年以上先んじている。もっともダンテが神聖ローマ皇帝に頼るという時代的な限界を見せたように、王安石も皇帝権威を後ろ盾とするしかなかった。一〇七四年に発生した大旱魃の責任を取らされるという不可解な理由で、王安石は失脚する。その後も紆余曲折はあったが、改革の後ろ盾であった神宗が亡くなり、翌年には王安石も鬼籍に入る。改革派と反対派との対立は泥沼の抗争となり、それが北宋滅亡の原因となったとの説もある。

マックス・ヴェーバー『儒教と道教』は、中国大陸には何故ヨーロッパのような資本主義が発展しなかったのかを分析し、その理由として貨幣制度の不安定さによる物価の動揺、ヨーロッパでは消滅した古代的氏族が存続し続けたこと、商工業者の権利団体が生まれなかったこと、裁判制度がなかったこと、都市が産業・経済の拠点ではなく、ただ支配者たちの消費拠点に過ぎなかったことなどを上げる。「西洋古代におけるような、自弁で武装する都市在住の軍人身分という意味での市民階級といったものは、これまで［中国に］存したことはなかった。［中略］自治権をうるために封建的な都市支配者たちとあるときは闘い、あるときは再び協定する勢力、すなわち、参事会議長や都市参事会やメルカダンザ〔ゼノアの商人組合〕風の政治的ギルド＝およびツンフト団体などは、決して生じたことがなかった」（木全徳雄訳　以下同じ）。すでに中世ヴェネツィアに見たように、現世的・宗教的権力にかしずくのではなく、法制度に守られて旺盛に活躍する商人層が、中国大陸に発展することはなかったのか。「政治の上では王安石の改革試案にみられたように、〔中略〕近代的官僚制の方式による専門的権限の創造を推奨する示唆などが見出されはする。しかし、まさにこの実質に即した要求と、それとともに、われわれヨーロッパのメカニズムの方式による行政の合理的な没主観化の遂行とには、中国人の古来の教育理念がするどく対立したのであった。儒教的な教育を受けた官職補任期待者〔中略〕には、ヨーロッパ的な刻印をもつ専門教育のなかにもっともけちな職人根性に人間を仕立てあげる訓練以外のなにものかを看てとることは、ほとんど不可能であるほかなかった」。なによりも儀礼を重んじる儒家・知識層にとって、産業を起こして利益を得ようとするなど、下世話な行為としか思えなかったらしい。このあたりについて最近では、ケネス・ポメランツやニーアル・ファーガソンらの周到な研究もあるが、ヴェーバーは中国大陸に資本主義が生まれなかった理由を、決定的な一語に集約する。およそ中国大陸には、「個々人のなんらかの個人的な自由領域にたいするいかなる自然法的認可も存在しなかった。『自由』をあらわすことばさえ、〔中国の〕言語には知られていなかった」。早くもダンテが十四世紀に理念的に宣言し、その後のヨーロッパ貨幣経済が謳歌した自由なるものが、そもそも中国大陸には存在しなかったという。たしかに思いつくのは老荘的隠者の無用に徹する自由、李白が浴びるほど酒を呑む自由、元籍が道に行き止まって号泣する自由、佯狂・風狂に変調した自由であろうか。王安石と同じ唐宋八大家のひとり欧陽脩(一〇〇七〜七二)は、讒言を受けて遠く滁州まで左遷される我が身を、「笑う可し、霊均が楚の沢畔《たくはん》に、騒《うれ》いに離《あ》い憔悴して独り醒めたるを愁うるを(楚の水辺にさまよい、憂いのあまり憔悴し、我独り醒めたりと嘆いた彼《か》の屈原、そんな生き方を笑い飛ばすのだ(「啼鳥」部分　川合康三編訳)と謳った。政策を受け入れられず自死した屈原を否定するのは、「有用」という軛から逃れての自由であろうか。けれどそれはあくまでも局所的な自由、密かに個人主義的な自由であり、市民の権利として経済発展を促進する自由ではなかった。

最後に唐宋八大家をもうひとり、蘇軾(一〇三六〜一一〇一)を見ておきたい。政治官僚として王安石の改革に反対した蘇軾は、地方に左遷され不遇な境涯を送った。黄州(現在の湖北省黄岡市)まで左遷される流謫を、このように詠う。

春江　戸に入らんと欲し
雨勢　来りて已《や》まず
小屋《しょうおく》は魚舟の如く
濛濛《もうもう》たる水雲の裏《うち》
空庖《くうほう》　寒菜を煮

破竈《はそう》　湿葦《しつい》を焼く
那《なん》ぞ知らん　是《こ》れ寒食なるを
但だ見る　烏の紙を銜《ふく》むを
君門は深きこと九重《きゅうちょう》
墳墓は万里に在り
也《ま》た　途《みち》の窮まるに哭せんと擬すも
死灰　吹きて起《た》たず

（春の江は溢れて、戸口から入り込んできそうだし、雨脚は強まり、止むことはない。ちっぽけな住まいはまるで漁師の小舟、朦々と立ちこめる雲霧に閉ざされる。何もない厨房で冷たい野菜を煮、壊れたかまどに濡れた葦をくべる。今日が寒食の日とは知らなんだ。カラスが紙銭を銜えているのを見て気づく。天子の門は幾重にも深く閉ざされたまま、墓は参ることもかなわぬ万里のかなた。道窮まって号泣しようにも、心は冷え切った灰、燃え上がりもしない。）

（「寒色雨二首」其二）

寒食とは冬至から数えて百五日目、煮炊きをせずに冷えた食事をとる風習で、つづく清明節の墓参りでは死者が冥界で使えるように紙銭をそなえた。その紙銭をカラスが咥えるのを見て、市井にあれば忘れる筈もない寒食節に気づく。毎日が寒食のような貧しさであると嘆く蘇軾には、けれど政治復帰への未練が仄見える。引退して自由に生きるのではなく、最後まで「有用」への意志に束縛されていたらしい。「道窮まって号泣……」は、すでにいく度もふれた元籍の故事であるが、日帰り行楽が行きづまって号泣した阮籍とは、置かれている立場が違う。ほんとうに道の果てまで流されてしまい、号泣しようにも涙も心も枯れ果てたという。それでもなお「君門」を忘れることはできない。いつかまた都市とそのノモスへと復帰したいのか。そんな蘇軾はさらに遥か海南島まで左遷され、最晩年になって許されるも本土に戻る途上で死ぬ。蘇軾のこの陰惨な絶唱は、自由な個人というものがついに生まれなかった中国大陸近世において、宿命的な挽歌なのかもしれない。何故ならば身体という根源的な価値、あるいは社会や歴史という非意志的なものとの蒙り蒙られる弁証法の痛みなしに、自由は「決意」されないからである。

日本中世から近世への移行・変容を見ていこう。すでに引用したように網野善彦『日本社会の歴史』は、宋銭の流入が日本中世に貨幣経済を促し、「銭そのものを神仏と敬う」思潮が「幕府と王朝とを根底から揺るがしはじめた」とした。マンフォードも貨幣経済の発展にともない「主としてお金次第の地位と身分の、そして金銭が支配する権力の新しい階層組織がつくられて」くるとする。そのような社会的・経済的な転換期に発生した応仁の乱(一四六七~七七)は、鎌倉・京都を炎上させる。詳細は省くが要するに現世的権力である幕府が衰微し、精神的権力であった公家や貴族も散り散りになる。輸入貿易で潤っていた仏教寺院も多く焼失した。ヨーロッパと比較するに日本列島はコンパクトであり、内藤湖南が日本の中・近世を応仁の乱で区切るのは、それ故であろうか。そしてヨーロッパでは封建領主が金融業者や商人と連携したように、幕府の統率から自由になった各地の戦国大名は、それぞれ地場の商工業を奨励する。信長などの楽市楽座政策はその代表例であり、政治が安定した徳川政権のもと、物資の一大集積地である江戸の経済は最盛期のロンドンをも凌ぐ成長を見せる。マンフォードのいう「郭公鳥」の「卵」は、やがて武士階級をも凌駕し、「武士は食わねど高楊枝」と戯画化された。そんな江戸の喧騒を嫌って深川へと逃れた芭蕉は、「長安は古来名利の地、空手にして金《こがね》なきものは行路難し」(「しばの戸に」詞書)と、白楽天を引用し江戸を長安に喩えたが、貨幣経済の坩堝という意味では、李白や杜甫が哀惜した長安より、開封や杭州がふさわしい。そもそも芭蕉が江戸に下ったのは、隆盛しつつあった談林派にひかれたという時代的な趨勢であり、ルソーがパリを目指したのに近似しないこともない。そのルソーより芭蕉は七十八年長にあたるが、弟子として芭蕉の生活を支えたのは、ルソーのパトロンほどの大富豪ではないとしても、比較的裕福な商人層であった。

沸騰する江戸の経済とは、具体的にどのようなものであったのか。同時代的にもっとも的確に把握していたのは、芭蕉より二十二歳若い荻生徂徠(一六六六〜一七二八)であろう。八代将軍吉宗に献上した『政談』には、このようにある。

この百年以来ほど商人が大きな利益を収めているのは、天地開闢以来、外国でも日本でもみられないことである。［中略］利益が大きいから諸国の工商が江戸へ集まって来て、町々の家数が増大し、北は千住から南は品川まで、家屋が建ちつづくようになって、どんなことでも間に合わないということはなく、どれほど大規模な需要でもたちまちのうちに充足することができ、万事が思うままになって便利であることは、たとえようもない。（『政談』尾藤正英訳　以下同じ）

どのような需要も充たせる便利な社会とは、もちろんお金があっての話である。要するに「江戸では金さえあれば何事でもできる」ようになり、金勘定が得意ではない武士は困窮するしかない。そんな状況に幕府が対処できないのは、形式的な法令を打ち出すだけで、そもそもの礼法を欠いているからであるという。

今の世の中の風習がせわしないというのは、もともと為政者が政治の道を知らず、法規ばかりで国を治めるようなことになっているうえに、上に立つ人々の考え方がわがままで、下々に対する思いやりがないからである。

ノモス的な法規を否定するのは、すでに見たエラスムスが、「悪しき風習もないのに、なんだって法体系が必要とされるのでしょうか？　立派に整備された法体系というものが、悪しき風習があってこそ生まれるものであることは、疑いを容れないところですからね」としたのに近似するのではないか。さらにペトラルカやエラスムスに見た商人層への痛烈な批判を、徂徠も繰り返す。もっともその批判には、感情論ではない冷静な分析が読める。

商人の力が盛んになれば、商人は職人や百姓とは違い、もともと骨を折らずに座ったままで儲けるものであるが、それがなお上手になって、商売もせずに、ただ口銭を取るだけで世渡りをする方法を工夫する。そのやり方が近ごろはますます上手になって、仲間と結んで党を組み、ある業種の本締《もとじめ》となって、何もせずに世渡りをしようとするために、ますます価格に付加されるものが莫大になって、物価が下がらない。こういう点は商人だけが心得ている妙術であるから、奉行や役人にも事情はわからない。

ヨーロッパ近世における商人や金融業者の躍進、けれど中国大陸には生じなかった業界団体の独立性を、江戸の経済には見ることができるか。もっとも日本近世における大商人や金融業者は、モンテーニュ家やルソーを庇護したデュパン夫人の父のように、貴族に叙せられることで階級制度を越境することはなかった。

その代替物と言えるのかは不明ながら、江戸期には旺盛な大衆文化が花開く。網野によればすでに十三世紀後半、百姓や女性たちも平仮名の書状を書けるようになっており、宋銭の流入は平民層にもそれなりの計算能力を要求した。つまりは学問・文化のための識字率や算術ではなく、契約社会や貨幣経済を生き抜く必要手段であったろう。そのような平民層の知的上昇が、戦乱も納まった江戸期、井原西鶴など市井文学成立の条件となったのかもしれない。すでに見た上田秋成による芭蕉批判にしても、「八洲の外行浪も風吹たゝず、四つの民草おのれ〳〵が業をおさめて何くか定めて住つくべき……」と、太平観的な自信が垣間見える。対するに芭蕉は、「予が風雅は夏炉冬扇のごとし。衆《しゅう》にさかひて用《もちゐ》る所なし」(「許六離別詞」)という無用論を唱えた。暑い夏に炉端の火など必要なく、寒い冬に涼ませる扇が必要でないように、俳句芸術には実用的な価値はないという。老荘や禅に学んだ芭蕉であるが、このような無用論は中国大陸古代の老荘的無用論、つまりは政治的無用論と同じではない。もともと芭蕉は政治権力に関わりなく、生命的危機とも無縁であった。そんな芭蕉の無用論は、一義的には俳諧芸術の社会的無用論であろうが、その時代的背景を見れば都市的なノモス、とりわけ貨幣経済が沸騰しはじめる社会に抗する無用論であるように見える。中国大陸の血で血を洗う権力争いとは異なり、貨幣経済は権力中枢にいてもいなくても、誰もが平等に蒙る網の目である。その圧倒的な時代的趨勢に無用論を突きつけたところに、芭蕉の独自性を見るべきではないか。

さて、そんな経済発展していく都市のノモス的な世界には、どうしようもなく適応できないものたちがあらわれる。芭蕉のように自覚的に遊離する者も、ただただ落ちこぼれる者もあったろう。

路通や惟然は、まさにそのような存在ではなかったか。

いねいねと人にいはれつ年の暮(路通「猿蓑集巻の一　冬」)

蕉門における路通の孤立に言及する際、しばしば引用される句である。前後と併せて見ておこう。

うす壁の一重は何かとしの宿(去来)
くれて行年のまうけや伊勢くまの(同)
大どしや手のをかれたる人ごゝろ(羽紅)
やりくれて又やさむしろ歳の暮(其角)
いねいねと人にいはれつ年の暮(路通)
年のくれ破れ袴の幾くだり(杉風)

詳細は省くが路通以外はいずれも、歳暮の風景や風物、生活の清貧さを吟じており、ある意味で意外性はない。しかし路通は「あっちへ行け!」と、嫌われている自身を吟じた。芭蕉から破門されたこともある路通だが、「いねいね」と彼を追い払うのは、蕉門の俳人ばかりではなかろう。年の瀬は番頭が帳面をもって取り立てに走るなど、経済活動が活性化する。そんな世間から落ちこぼれる、あるいは相手にもされない自分を、路通は「いねいね」と評したのではないか。「猿蓑」の前後の句がすべて市井世界的な観念を逸脱しないのに対し、路通だけはそんな「世」そのものを、相対化する視座を獲得しているように見える。

世の中をはいりかねてや蛇の穴（惟然「初蝉」）

前章で見たように、「一生真の俳句といふもの一句もなし」と惟然を全否定した許六さえも、この句に関しては「磽々タル石の中ニハ、金ニ似たるものもあらん」（「再呈落柿舎書」）と褒めざるを得なかった。蕉門から厭われ放浪する惟然が、蛇のように這いまわるとしたのを、少しは哀れんだのかもしれない。しかしここでいう「世」とは、それだけの意味であろうか。かつて日本古典文学において「世」とは、能因や西行にとっての俗世や濁世、兼好が見据えた無常の世、宗祇ら連歌師が吟じた戦乱の世、末世であった。しかしここで惟然が入り（這い入り？）かねるとしているのは、経済的文化的に発展するノモス的な都市ではないか。蛇は陽のあたる乾いた地表を逃れて、藪の中の湿った穴に潜む。では惟然はどうすればよいのか。ノモス的な都市には馴染めず、どこか穴のような隠棲場所も探せない。いや、どちらにも決めかねて、蛇のように這いまわるしかない。惟然の漂泊とは、実にそのようなものであったろう。

荻生徂徠『政談』に「このように江戸では金さえあれば何事でもできる……」とあるのは、まがうことなき貨幣経済というシステムであろう。あらゆる物品が市場で売り買いされ、つまり商品として流通する。いや、すべての物品は、商品として流通するために生産される。現代社会に生きている私たちにとっても、市場経済は自明であり、物品だけでなくあらゆるサービスも商品化される。ほんらい商品ではないはずの名誉や名声さえも、「金さえあれば」なんとかできるように感じられてしまう。もっとも良く知られているように経済人類学者カール・ポランニーは、現在のように市場経済が独占的な役割を果たしている社会は、人類史上に一度もなかったとする。ポランニーは市場における「交換」だけでなく、たとえば海の幸と山の幸との交換のような「互恵」、権力者が収税して貧者を助けるという「再分配」を加えた三要素を、人間経済の基本システムとした。実際にポランニーは十八世紀アフリカの無文字文化国家を調査することで、この理論を実証している。新大陸の原住民には「どのような種類の取引」も存在しないとしたモンテーニュは、間違っていたことになる。いや、もしかしたらモンテーニュは、現代社会を生きている私たちと同じように、市場経済が他の二つのシステムを圧倒していく時代の趨勢に幻惑されていたのかもしれない。ともかくもポランニーによれば、「市場経済とは、市場のみによって統制され、規制され、方向づけられる経済システムであり、財の生産と分配の秩序はこの自己調整的メカニズムにゆだねられる。この種の経済は、人間は貨幣利得の最大化を達成しようとして行動するという期待から導き出される」。(『大転換』吉沢英成・他訳　以下同じ)。ヨーロッパ初期資本主義にあっては、安く買って高く売る商品資本はA(貨幣)→M(商品)→A+△A(利潤)であり、金融資本はA(貨幣)→A+△Aとして循環した。「要するに、売買を職業とする人間にとっては、きわめてありふれた利得という単純な動機以外には何もなかったのである」。しかし資本主義的な生産制度が勃興すると、A→M[Mp(生産手段)+ft(労働力)]→′M(製品)→A+△Aという資本循環が成立する。ここでは△Aを最大化するために、Mpとftとが操作される。つまりは生産手段の合理化=大規模な機械制生産と、労働力の合理化、すなわち分業による労働の効率化および賃金の低廉化が追求された。いわゆる産業資本主義である。マンフォードによれば、「機械の働きが有機体の働きの肩代りをし、かつ否応なしに成長をとげることによって、有機体の働きの諸部面を次々に押しのけそれにとって代ってしまったため、これまでの生活形式は排除され、もっぱら生産機構に有利な役を演じうる人間の需要や欲望だけが助長される……」社会が実現することになる。

ポランニーのいう市場経済における「自己調整的メカニズム」は、アダム・スミスの「見えざる手」を連想させるが、ポランニーはそんな楽観論を打ち砕く。「自己調整とは、すべての生産が市場での販売のために行われ、すべての所得がそのような販売から生まれることを意味している。したがって、すべての生産要素について、つまり財(常にサービスを含む)だけでなく労働、土地、貨幣についても市場が存在する」ことになる。もっとも「労働、土地、貨幣が本来商品でないことは明らかである。売買されるものはすべて販売のために生産されたのでなければならないという仮定は、これら三つについてはまったくあてはまらない」。ポランニーによれば労働、土地、貨幣という商品は、擬制的《フィクティシャス》なものでしかない。

たとえば「労働を他の生命活動から切り離し市場の法則に従わせるということは、すべての有機的な生存諸形態を絶滅させ、それとは異質の、原子論的、個人主義的組織に置き換えることであった」。本章冒頭で見たように人類史上、都市の発生とともに生まれた社会的分業ではなく、大規模機械制生産においては個々の労働者の作業が、可能な限り細分化される。文字通り歯車のような機械の一部品であろう。そのような労働は「契約」によって数値化されるが、ほんらい人間がもつ非契約的諸関係、たとえば地縁、隣人、同業者、仲間、信条的共同性などはことごとく二義化され、全体性としての人間は、労働力という数値に矮小化されてしまう。また「われわれが土地とよぶものは、人間の諸制度に解きがたく織りこまれた自然の一要素である。これを分離し、このための市場をつくるということは、われわれの祖先の所業のうちでもおそらく最も不気味なものであったろう」。何故ならば「経済的機能は、土地のもつ多くの生活機能のうちのただひとつにすぎない。それは、人間生活に安定性を与えるものである。すなわち、居住の場であり、肉体的安全のための一条件であり、風景であり、四季である。土地なしで生活していくと考えるのは、手足なしで生まれたことを想像するようなものである」。すでに見たように古代ローマのウェルギリウスは、故郷の土地を奪われる悲痛を謳ったが、産業資本主義社会においては、労働者のほぼすべてが故郷喪失者であり、手足をもがれて生まれた人間であった。

因みに労働や土地の商品化については、徂徠『政談』も「諸国の民で工商の業に従事する者や、棒手振《ぼてふり》・日雇取《ひようとり》などの遊民も、故郷を離れて江戸へ集まる者が年々に増加している」と、生まれた土地から遊離して市場経済システムに吸い込まれる労働者像に言及し、またすでに引用したように「町々の家数が増大し、北は千住から南は品川まで、家屋が建ちつづくようになって……」と、江戸近郊の激しい商業立地化を憂慮した。ルソーもヴォルテールも現れず、新大陸発見も三角貿易の恩恵もなかった日本近世であるが、市場経済の異様な発展に関しては、ヨーロッパに追随していたのかもしれない。そんな江戸期には惟然や路通など漂泊する俳人とは別に、漢詩世界においても独自の展開を見ることができる。

荻生徂徠の高弟であり、南画家としても知られた服部南郭（一六八三〜一七五九）は、京都の裕福な町人層の出自ながら、先祖を遡ると武家であったとされる。同じ徂徠門の太宰春台が勇ましく政治や経済を論じたのに対し、南郭は穏当な儒学者に徹した。不忍池畔にひらいた塾「芙蕖館」は、その後いくどか移転するも門人が列をなしたという。当然ながら市井を離れ、漂泊することはなかった。それでも若き日には経済発展していく江戸への強い違和感を、このように吐露した。

名都《めいと》　第宅《ていたく》多し
藹藹《あいあい》として紅塵《こうじん》を揚ぐ

繁華《はんが》　各自に媚《び》たり
交態《こうたい》　万緡《ばんびん》を重んず
往来　捷径《しょうけい》に趣き
車馬　比隣《ひりん》に嚇《かく》す
朝《あした》に千金の子《し》と為り
夕べに五侯《ごこう》の賓《ひん》と作《な》る

（天下に聞こえた都にはりっぱな邸宅がたちならび、あかい土ぼこりがおぐらく立ち昇っている。人々は華美な暮らしにうつつを抜かし、金銭ずくの付き合いをもっぱらにしている。往き来には近道ばかりを選んで馳せ、車馬のとどろきが近隣を威圧している。朝に富豪の子弟に成り上がったかと思えば、夕べにはもう大名の客人として招かれている）

（「詠懐十五首」の一　部分　山本和義　横山弘訳注　以下同じ）

まさに貨幣経済に沸騰する江戸の世相を、簡潔かつ鋭利に描写する。徂徠の指摘通りお金がすべての世となり、車馬が近道を選ぶのは距離と時間とを節約する合理主義であろう。最後の二行など、お金があれば身分も階級もどうにでもなるという具体例ではないか。それにしても都市の繁栄をこれほど否定的に謳う例を、大陸の漢詩世界にさがせるであろうか。

客舎《かくしゃ》　秋風《しゅうふう》　野蘆《やろ》に類す
城西《じょうさい》の暮景　日びに蕭疎《しょうそ》
〔中略〕
目を江山《こうざん》に極めて草木《そうぼく》を悲しみ
身を天地に側《そば》だてて樵漁《しょうぎょ》を羨む　〔以下略〕
（旅の宿りにも似たわが住まいに秋の風が吹いて田舎家さながら、江戸の北西、ここ駒込の夕景色は日ごとに寂しさを増してゆく。〔中略〕江山を目路の限り眺めやれば、草木の枯れてゆく姿にこころ悲しみ、広大な天地の間に在りながら身の置きどころさえままならぬとあっては、木こりや漁夫の身がうらやましい）（「秋懐二首」の二）

駒込には徂来が仕えた柳沢吉保造営の六義園があり、南郭もその近辺に長屋を借りていたらしい。「客舎」と言いつつ中国大陸の官僚文人が勤務地から勤務地へと移動したり、遠隔地へと左遷されていくのとは異なり、実際に旅路にあるわけではない。兼好がこの世の無常を説き、宗祇ら連歌師が人生は旅というテーマを繰り返し、さらに芭蕉が「月日は百代の過客にして……」とした日本古典文学に連なる意識であろうか。「樵漁を羨む」はすでに見た大陸宋代の蘇軾の有名な「前赤壁の賦」に、「況んや吾と子と、江渚の上に漁樵し、魚蝦を侶とし麋鹿を友とし、一葉の扁舟に駕し……」とあり、木こりや漁夫は官吏が引退して隠者のように自由に暮らす喩えであった。蘇軾じしんには実現しなかったそんな隠棲を、南郭もまた夢想する。「扁舟」が『荘子』の無用者の比喩、「繋がざる舟」につながることも前章に触れたが、そんな漢詩世界の語彙を、南郭もまた目の前にある風景に重ね合わせる。

扁舟　魚釣《ぎょちょう》に遇《あ》う
一曲　菰蘆《ころ》に入る
看《み》すみす羨む　魚を売り去って
生涯　酒壚《しゅろ》に向かうを

（小舟の漁師が歌の一ふしを口ずさみつつアシの茂みに漕ぎ入って帰って行く。かなわぬこととは知りながら、魚をひさいでは酒屋に通う、その境涯がうらやましい）（「江村晩眺」部分）

いっかいの漁夫の日常は、かつて釈蓮禅が瀬戸内に見たアルカディアに重なるようで、しかしこの漁夫は扁舟をあやつる。つまり南郭の目には、世を捨てて無用を生きる自由人と二重写しになるらしい。自然のなかで生きている全体性としての人間存在から、自分はどれほど離れてしまったのか。人間ほんらいの姿に戻りたくても、すでに戻る道は決定的に絶たれているという実感、いや、「身体的な直感」であろう。門弟をかかえた儒学者として漂泊することもなかった南郭は、どのような意志的なものを抱えていたのか。数十年来の親交をもつ知人の述懐によれば、南郭は一度として怒ることもなく、けれど一度として笑うこともなかったという。

もうひとり、同時代の漢詩人を見ておこう。和歌山藩医の長男として、おそらくは江戸で生まれた祇園南海（一六七六～一七五一）は、木下順庵に入門する。十八歳の春分・秋分の日に、それぞれ五言律詩百首を詠んで周囲を驚かせた。その前年には、すでに世の中を達観するような作もある。

下《しも》つかた天下の士を視るに
賢愚《けんぐ》　渾《すべ》て塵埃《じんあい》
名利《めいり》は良《まこと》に微物《びぶつ》
鐘鼎《しょうてい》は我が才に非《あら》ず
匹夫《ひっぷ》も宝を懐《いだ》けば信《まこと》に其れ罪あり
禍福《かふく》の人に徇《したが》うは自ら煤《かも》せるに因る
朝《あした》に封侯《ほうこう》を取るも夕べには俎肉《そにく》と為《な》る
珠《たま》を躡《ふ》むの客《かく》は誰《た》が為に来《きた》る
牢《ろう》や石《せき》や　何ぞ累累《るいるい》たる

（下方に世の中の人間を見やると、賢きも愚かなるもすべて死んで塵埃に埋もれてしまう。名誉と利益とは、まことにとるに足らぬつまらぬもの、生演奏付きの豪華なご馳走もわたしのがらではない。罪のないただの男も身にふさわぬ宝玉をかかえこむならそれこそ罪だ。わが身の災難と幸福《しあわせ》は、ほかならぬ本人のもたらしたもの。朝《あした》に大名となるかと思えば夕べに死刑囚となるのが世のならい、真珠で飾った靴をはいた威風堂々の大物は誰に会うとてやってくるのか。牢さま石さま、身に佩《お》びた印綬のなんとおびただしいことよ。)
(「金龍台、酔後作」部分　山本和義　横山弘註訳　以下同じ)

金龍台は浅草北東の丘陵で、その高台に登ってたらふく酒を飲み、下方の世界を睥睨する。若さにありがちな驕慢さが見てとれよう。現世的な名誉や利益を否定するのは、南郭と同じノモス的社会への批判や嫌悪であろうが、その後の南海は南郭とは対照的な人生を送る。二十歳の時に父が病死し、儒官として家督を継いで和歌山に移るが、そのわずか三年後、「放蕩無頼」あるいは「不行跡」により知行を召し上げられ城下へと追放されてしまう。具体的に何をしでかしたのは不明ながら、江戸における若く倨傲な日々と、和歌山に移ってノモス的社会に列なることとの落差が、直接・間接の原因ではなかったか。野口武彦『江戸文学の詩と真実』は南海を、「おそらくは一個の詩魔を身内に棲まわせていてそれが通常の儒者としての生涯から大きく逸脱させ、その多事な生涯を通じて文学思想上はるか遠くの地点まで連れ出されてしまった天成の詩人」と評する。すでに見た目崎『漂泊』が釈蓮禅の「佯狂の旅」を「詩魔のいざないによる」とし、同じく目崎『西行』が西行の出家遁世をうながした「詩心」を、「はるかなるものにあくがれゆく漂泊心である」と評したことにも重なろうか。ともかくも南海は藩内の長原村で、約十年のあいだ村童を教えながら極貧生活を送る。後に許されて藩の要職に復帰するが、二十代半ばから三十代半ばという当時人生がもっとも充実するべき十年間の無為は、いったい自分とはどのような存在なのかを、自問自答する日々であったに違いない。

煙酒　用無きも、君黜《しりぞ》くることなかれ
人間《じんかん》　用有るは　知んぬ　何物ぞ
（煙草も酒も実用性はないが、否定しないでくれ。この世のなか何が実用なのか、俺は知らん）
（「煙酒の歌」部分（文集一））

我　素《もと》　人間《じんかん》　無用の客
設令《たと》い用有るも　亦何の益かあらん
（私はもともと、この世の中では用なしの旅人。たとえ役に立つとしても、どんな得になるのか。）（「己巳歳初の作」部分（同））

いずれも藩職復帰後の作である。現代語訳を探せないので、不正確と思うが私訳した。ここに繰り返される「無用」とは、直接には藩から無用者という烙印を押された経験と無縁ではなかろうが、野口は「南海の心のなかにこうした特殊な体験を持った人間にのみ可能であるような、自己自身との対座、余人よりもはるかに透徹した自己の生の凝視とでも呼ぶべきものを作り出したに違いない」とする。つまりは圧倒的なノモス的発展を続ける実用社会に対して、詩人という自分とは何者か、いや、そもそも詩＝文学とは何なのかという問いであろう。南海における意志的なものは、「私が諸価値の証人であるのは、それの騎士である場合のみなのだ」とリクールが言うとおり、間違いなく時代的・社会的な非意志的なものの審問に付されているらしい。最後にもうひとつ、家督相続して和歌山に移ってから追放にいたる間の作を見ておこう。「放蕩無頼」あるいは「不行跡」にいたる南海の心情は、どのようなものであったのか。こちらも私訳で失礼する。

客舎　黄昏　愁えに耐えず
風は霜葉を吹いて山楼に入る
鴉は低《た》る　暮色　瀟瀟《しょうしょう》たる雨
雁は傍《そ》う　砧声《ちんせい》　処処の秋
〔中略〕
後来　心計　竟《つい》に何事ぞ
身世　誰か憐れまん　不繋《ふけい》の舟

（借家の黄昏は憂愁にたえない。風は霜のおりた枯葉を吹いて、大陸の南宗画家が描いたような山中の楼閣へとのぼっていく。鴉は夕暮れの激しい雨のなかを低く飛び、雁はあちこちで砧をうつ秋に寄り添う。〔中略〕行く先々を胸算用することに何の意味があろう。繋がれていない舟が漂うような私の境涯を、誰が憐れんでくれよう。〕(「詠懐七首の六」部分)

ここにもまた、不繫《ふけい》の舟が用いられる。扁舟なり不繫の舟という語彙は、南郭や南海が中国大陸古典に学んでいるというだけではなく、急速に発展していく江戸の貨幣経済という現実を目の当たりにして、自らの存在のありかたを問うに際し持ち出しうる語彙、いや、頼るべき密かな武器であったろう。果たして彼らは、大陸の蘇武がどうしようもなく見せた限界を克服しているのか。服部南郭や祇園南海にはわずかながらも、いや、間違いなく、意志的なものとしての「自由」をまさぐる姿勢を読むことができよう。

ポランニーが上げたもうひとつ、貨幣の商品化については、いわゆる「金が金を生む」という株式や債券投資を思わせる。けれど『大転換』は直接そのあたりには触れない。ただ貨幣の商品化は労働や土地の商品化のようには、容易には捉えられないとした。そもそも貨幣とは何か。貨幣論のたぐいは近年何冊も刊行・翻訳されているが、本稿ではあえて貨幣論の古典、ゲオルク・ジンメル『貨幣の哲学』を参照したい。ポランニーのいう土地や労働の擬制的商品化についても、同書はすでに指摘しており、さらに貨幣がある条件下で特殊化し売買の対象となるとき、貨幣はそのほんらいの絶対的地位から引きずりおろされるとする。どういうことなのか、『貨幣の哲学』は大著なので、できるだけ簡略に見ておこう。

ジンメルはまず「価値」とは何かから説き起こす。人間それぞれ、自己の所有物や生産物に何らかの価値を見出す。しかし他者がそれをどう評価するかは保障されない。まったく反対にある人間にとって無価値なものが、別の誰かには宝物のように思えることもあろう。そのように非対称的な価値、具体的には何らかの事物を交換するためには、個々人の価値から分離した「価値の国」が必要になる。貨幣はこの「価値の国」を司る。「貨幣は価値ある諸対象そのものから抽象された経済的価値が宿る身体」であると、ジンメルは言う。つまり貨幣はもともと、事物と事物とを交換するための媒体であり手段であり、どんなに空腹でも金貨銀貨では腹を満たせないように、衣・食・住をみたす食物・衣服・住居、あるいは何らかの欲望の対象を交換するための抽象的な価値にすぎない。けれどそんな貨幣の獲得・蓄積を、目的化してしまう人間が出現してくる。聖書外典『バルク書』には、「今どこにいるのか、諸国の民の指導者たち、／地上の獣さえ治めた者たちは。／また空の鳥と戯れ／人が頼みとする金と銀を蓄え、／どれほど手に入れても満足しなかった者たちは」とある。『徒然草』の有名な二一七段にも、「まづしくては生けるかひなし。富めるのみを人とす（貧乏では生きているかいもない。金持ちだけが人間だ）」と自負する大金持ちが、「かたくつつしみ恐れて、小要をもなすべからず。次に、銭を奴のごとくしてつかひ用ゐる物と知らば、ながく貧苦をまぬかるべからず。君のごとく神のごとくおそれたふとみて、したがへ用ゐることなかれ（堅く慎み恐れて、どんな小用にも金を費やしてはならない。次に金銭を家来か何かのように考えて、勝手に使用するものと思ったら、いつまでも長く貧乏の苦しみから免れることはできない。主君のように、また神のように畏れ尊んでおいて、決して思いどおりに使用してはならない)」とする貨幣の神格化を、冷めた目で書き記した。ほんらい交換の手段にすぎない貨幣の獲得が、どうして自己目的化してしまうのか。

ジンメルは以下のように分析する。そもそも人間にとって目的と手段とは、それほど明瞭には意識されない。これこれが自分の人生の目標であると、自信をもって宣言できる人間はよほど優れているか、そうでなければ表層的人物であろう。たいていの人間にとって目的とは、何か不確かで不完全なものであって、明確には捉えがたい。いっぽうで日々の労働は単純な手段のくりかえしにすぎず、そのような日々のなかで究極目標をたえず意識しようとすれば、目的と手段との「耐えがたい麻痺的な分裂を経験する」ことになろう。もっとも近代資本主義社会にあっては、様相がやや異なる。西欧近代のように「文化的に発達した状態にあっては個人は、きわめて多岐にわたる目的論的な体系のなかにすでに生みおとされている」。まるでリクールのいう非意志的なものとしての社会や規範のように、「個人的な目標さえ、しばしば自明のものとして周囲の雰囲気から彼に訪れ、明瞭な意識においてよりもむしろ彼の事実上の存在と発展において妥当するにいたる」という。現代社会においても、生まれおちたひとりの子供が、家族や教師や社会からの影響を離れ、まったく独自に自分の人生目標を設定できようか。周囲からの影響は絶大であるし、それらはたいてい、その時代の常識的な知恵や雰囲気から大きく逸脱することはない。そのように人生の目標を漠然と与えられてしまう社会にあっては、その目標を自分なりに試行錯誤し、キルケゴール風に言えば畏れ慄きつつ究めていくのではなく、むしろ究極目標に対する手段を、あたかも究極目標そのものであるかのように取り扱うという主客転倒が生じる。ジンメルによればそのような現象は、貨幣においてきわだつ。単なる手段にすぎない貨幣の蓄積そのものが、あたかも究極目標であるかのように錯視されることにより、『パルク書』や『徒然草』に見るようなひたすら蓄財に励む人間が、なしくずし的に出現する。とりあえず貨幣さえもっていれば、あとは何とでもなる。人生目標などその後にゆっくりと探せばよいではないか……。徂来のいう「金さえあれば何事でもできる……」世の中も、まさにそんな錯視の結果であろう。現代日本においても豊かな人生を送るためには、とりあえずよい大学に入りなさいとなる。よい大学は目的ではなく、手段に堕している。もっともそのような主客転倒は人間や社会にとって、ある意味で劇的、いや、致命的な世界観の転換ではなかろうか。今やすべての事物は、手段ではなく目的である貨幣との関係、つまりいくらで買える商品なのかという世界に投げ入れられる。「ますます多くの事物が貨幣と交換に入手できるという事実、そしてまたこれと連帯する事実、すなわち貨幣が中心的かつ絶対的な価値へと成長したという事実は、事物がついに貨幣に値するかぎり価値をもち、われわれが事物に感じる価値質がただ貨幣価格の大小の関数にすぎないと思われるという結果をもたらす」と、ジンメルは言う。

なんと菊のかなぐられふぞ枯れてだに（鬼貫）

上島鬼貫（一六六一〜一七三八）は摂津国川辺郡（現在の兵庫県伊丹市）出身、芭蕉より十七若く、「東の芭蕉、西の鬼貫」と称された。惟然や路通とも親交があり、芭蕉を幻住庵にたずねていると年譜にあるが、会えていないとの説もある。すでに見たように芭蕉を「ゆめゆめ学ぶまじき人の有様」と酷評した上田秋成は、いっぽうで鬼貫の旅行記『禁足之旅記』を高く評価した。

さて、この一句には、ほんらい俳句にはありえないような驚きや怒りがこめられているように見える。「……だに」は「……でさえ」「……ですら」であり、この場合「……ない」という否定形を伴う。「かなぐられる」は「荒々しく引き抜かれる」らしく、上五中七の「なんと菊は荒々しく引き抜かれてしまうぞ」は、「枯れてもそのままにしてくれない」という否定形の言い換えなのか。

菊は自生の植物ではなく、薬用や観賞用として大陸より伝来した。経済が沸騰した江戸期には、一般庶民にも人気の季節商品であった。当然のように高いものも安いものもあり、惟然には「銭百のちかひが出来た奈良の菊」とある。そんな菊もかんじんの花が枯れてしまえば、商品価値を失う。引き抜いて処分されても不思議ではない。いや、菊はふつう多年草なので、それなりの処理をして冬を越せば、翌年また賞玩できる。それでも売り手が引き抜いてしまうのは、面倒な手間をかけるより一から育てた方がコスト的に有利だからではないか。鬼貫『独ごと』には、「此の花ひとり年くにめづらしきかたちを咲き出《いで》侍れば……」とあり、あるいは園芸業者が品種改良して、秋毎に新商品を売り出していたのかもしれない。ともかくも「枯れてなくても引き抜かれる」のではなく、あえて「枯れてしまってさえ引き抜かれる」と吟ずる鬼貫の驚きや怒りは、どのような理由によるのか。たしかに人気商品でも賞玩時期が残りわずかとなれば、叩き売られたり、それでも売れなければ廃棄するしかない。しかし菊は商品である以前に植物であり、つまり生命であろう。生命である菊の花が枯れるのは自然現象であって、人間ならば年老いていくことにも似る。衰弱していく生命を、どうして引き抜く必要があるか。そう読むならば鬼貫の激しい憤りは、すべてを商品化していく都市の経済的なノモスに向けられているように見える。

もっとも網野善彦『日本文化の歴史』によれば、鬼貫には「各地域の大名の財政改革を請け負い、商品流通、産業等を活性化させようとする財政の専門家」という側面があった。つまりは俳人でありながらも芭蕉とは異なり、ノモスの世界をノモスの変改によって救おうという人物であったらしい。仕官のために各地を旅してはいるが、あてもなく漂泊したわけではない。

五月雨や古家とき売る町はづれ(井月)

古い家には住んでいた人々の記憶、先祖や家族の思い出が込められている。ポランニーのいう「居住の場であり、肉体的安全のための一条件であり、風景であり、四季である」土地と、濃密につながるものであろう。しかし人々は消え去り、家は解体され売られていく。再利用可能な木材や建具か、ただ薪にする端材としてであろうか。ジンメルによれば、「Aに一マルクの価値ありという命題は、Aから、経済的でないもの、つまりBCDEとの交換関係でないものをすべて浄化し去っている」。つまりは価値として交換されうるもの、値段のつくものだけに存在意義があり、そうではないもの、古い家に染みついた住まい手の私的な歴史や濃密な思い出などは、すべて捨象されるしかない。いや、それらを含め古家は解体され、ただの物質として売られていく。そんな光景を、井月は町はずれの雨のなかに目撃する。なんとも陰惨な一句ではないか。

おどろ野や露にされたる蛇の衣《きぬ》(井月)

「おどろ」は茨や草木が乱れ茂っている様であり、漂泊の途上にひろがる荒野であろうか。「露」は『方丈記』では、人や栖の儚さを象徴した。そんな露にさらされた蛇の抜け殻は、徐々に風化していくらしい。けれど抜け殻とは、かつて蛇がそこに住していた栖である。そこから抜け出てひと回り大きく生長した蛇は、真新しい装いでどこかに行ってしまったらしい。いや、ここでは蛇がどこかに生きていることではなく、今ここに不在であることに焦点が置かれているように見える。不在とはつまり、ここにはもう生きる場所がないという「身体的な直感」ではないか。そう解釈できるのは、惟然の「世の中をはひりかねてや蛇の穴」による。惟然を毛嫌いした蕉門さえ称賛せざるをえなかったこの一句を、井月が念頭にしていないとは思えない。ノモスの世に這入りかねていた蛇は、ただ抜け殻を残し消えてしまった。惟然の生きた江戸前期よりさらに急速にノモス化されていく時代にあって、かつて惟然が憑依してみせた蛇、つまり漂泊者にはまだ漂泊する世界が残されているのか。前章末にて留保した「霜はやし今に放さん籠の虫」の解釈を、この一句に重ね合わせることもできよう。おそらく井月には、その答えを見つけることができない。ただ呆然と立ちつくしているように見える。

貨幣の商品化について、ジンメルの見解をまとめておこう。ヨーロッパにおいては新大陸の発見、三角貿易や植民地政策によって経済世界は急拡大していく。かつては世界に散在していた事物が、貨幣によってその距離を縮め、売買される速度を増していく。つまり世界は、さらに貨幣への凝縮度を高める。それだけ交換する量や頻度が高まれば、希少金属による貨幣では対応できず、紙幣や小切手、債券類が発行される。ほんらい紙とインクでしかないそれらが貨幣の役割を果たせるのは、ひとえに「信用」があるからである。すでに見たように宋代の紙幣が破綻したのは、この信用を欠いていたからであった。「信用は、現金という中間法廷がなすよりも表象の系列をより拡大し、しかもそれらの拡がりが短縮されないことをより決定的に意識させる。〔中略〕すなわち個人の活動と取引とは、信用によって長期性と高められた象徴性とを獲得する」。もっとも証券取引ならば、すでにヨーロッパ中世にも市場が存在していた。それが何故、ここに至って問題になるのか。ジンメルはここでも「目的と手段」論を展開し、わかりやすい例として近代の技術革新をあげる。たとえば魚油ランプが電気ランプへと進歩しても、それで何かを見るという目的は変わらない。けれど電気ランプという発明の新奇さは、まるで何か大きな目的が達成されたかのように錯視されてしまう。ジンメルはこれを究極目標の幻想化と言う。電気ランプの発明にとってその効用、つまり何かを見るという目的は二次的・副次的であり、達成してもしなくてもよく、それ以前に必要ですらなくなる。その代わりとして電気ランプそのものが、幻想的な目標として神格化する。電気ランプのような「生の精神性の外部にある事物が、生の中核に対する支配者、われわれ自身に対する支配者となる」ように、すでにヨーロッパ中世にも存在した非貨幣的な信用取引は、近世において圧倒的な成長拡大をとげることによって、それじたいが擬似的な目標に祀り上げられる。今や事物ではなく、信用そのものが売買対象となり、いや、正確には信用度の高低あるいはその変動や推移、さらにはその予想までもが商品化する。ほんらい経済的交換を基礎づけていた需要と供給、たとえば年ごとに小麦がどれほど生産され、それがどのように消費者の口におさまるのかという目に見える事物的関係は、はるか背景に後退してしまう。信用取引においては、売りたい人間がいれば供給が生じ、買いたい人間がいれば需要が生じる。誰も額に汗して生産することはなく、消費など端から興味ない。ジンメルの時代にも債券市場においては、「楽観主義と悲観主義とのあいだの取引所の多血質的＝胆汁質的な動揺、正確に秤りうるものと秤りえないものへのその神経質的な反作用、相場を変える個々の要因が抱擁されるがしかしまた再び次の要因のまえに忘れ去られる迅速さ」が、経済活動の中核に据えられた。さらに現代におけるデリバティブ商品などは、取引する権利までも売買し、細分化した投資リスクを詰め合わせ商品にする。ジンメルが存命であれば卒倒しかねないほどに貨幣は特殊化し、さらにはＡＩをもちいた自動取引によってサイボーグのような自律的生命体として君臨するらしい。そのような時代にあって人間は、ほんらいあるべき目標を見失うしかない。「心の中核における最終的決定の欠乏が、つねに新たな刺激と煽情と外的な活動とに瞬間的な満足を求めるようにかり立てる。〔中略〕この状態があるときは大都会の喧騒として、あるときは旅行狂として、あるときは競争の激しい追求として　あるときは趣味や様式や心情や関係の諸領域における特殊近代的な不誠実としてあらわれる」。ここでいう「旅行狂」とは、もちろん放浪や漂泊ではない。いや、現代においては徹底的に商品化された放浪・漂泊であるのかもしれない。

マンフォードに戻ろう。ジンメルが提示した目標と手段との主客転倒とは別に、マンフォードも「われわれの時代は、生産および都市膨張の自動的進行過程が、それを手段として用いる筈の人間の目標にとって代ってしまった時代である」とする。今や都市の発展は人間が安全かつ快適に暮らすための手段ではなく、それじたいが目的化してしまった。また最近ではあるコンピューター・サイエンスの専門家が、近未来を予想するには「テクノロジーに聞け」と、臆面もなく表明する。人間がどのような世界を望むのかではなく、ＡＩ技術のおそろしく加速度的な進化が、ジンメルのいう幻想化した究極目標としての未来を創造していくらしい。けれどこのあたりは、本稿の範囲を大きく逸脱しよう。

本章冒頭においてマンフォードは、都市の起源を旧石器時代の狩人的統率力と、新石器時代の農業生産力との融合に求めた。同じように現代の大都市についても、二つの力の成果であるとする。ひとつは「かつてなかったような規模でエネルギーを活用した(工業的)生産経済機構」であり、もうひとつは「娯楽物や贅沢品を急増させ、次第に消費者の全範囲まで拡げた(商業的)消費経済機構」である。生産と消費とはほんらい、人間社会において相関的・相互的な関係にあった。小麦の年間生産量と消費量を例にした通りである。けれどマンフォードはこの二つの要素が、「十七世紀以降、制度上の形がはなはだ急速に分離した」とする。生産と消費、すなわち供給と需要という二つのシステムがそれぞれ無関係に進化・発展するならば、この二つの調和はなし崩しの結果に過ぎず、ただの幻想であるしかない。「これら二つの経済機構は、絶え間ない発明に拍車をかけられて、圧倒的に活発化するにいたり、力、速度、物量および新奇さがそれ自体目的とされるようになった。生産と消費とを伸ばす以外の人間的要求に関しては、力や物量を統御するどんな有効な試みもなされなかった」。けれど私たち人間は、「生産と消費とを伸ばす」ためだけに生きているのではない。現代社会の大都市に住む人間といえども、自分の人生のすべてが経済活動にのみ解消されることを是認するであろうか。もちろん、そういう人間も実在するかもしれないが、たいていの人間は余暇や休日を個人的な趣味に費やし、友人や家族と買物したり映画を観たり、海や山へと出かけるのではないか。いや、そのような行動も、「しばしば自明のものとして周囲の雰囲気から」与えられた消費活動ではないと断言できようか。つまりはすべてが商品化された社会を、私たちは生きている。ならば何も生産せず、何も消費しないという行為、まったくの無用に徹するのはどうか。そんな生活が現代都市において可能なのか。可能だとしても、それだけではじゅうぶんでないらしい。すでにマルティン・ハイデガーは百七十年以上も前に、「人間の人間的なもの、事物の事物的なものは、己れを遂行しつつある作成行為の内部で、市場の計算された交易価値へと解消してゆく。この市場は、世界市場として地球上に張りめぐらされているのみならず、意志への意志としての存在の本質において商行為をし、かくしてすべての存在者を計算という行為の中に持ち込むのである」(『乏しき時代の詩人』手塚富雄・高橋英夫訳)とジンメルをなぞりながらも、「……この計算行為は、数字を必要としないところにおいてこそ、最も強靭に支配しているのである」とした。経済活動は数値化されても仕方ないが、そうでない生活全般は数値化されるはずがない。そこには何らかの個別的な人間性が担保されているに違いない……。そんな楽観をハイデガーは全否定する。私たちが都市の消費社会からどのように逸脱しようとも、私たちの存在そのものが、すでに圧倒的に数値化されている。学業成績の偏差値やテストの採点は言うまでもなく、ある人間にどれだけ融資可能かという「信用」度も、とうぜんながら収入や資産や負債といった数値の関数であり、それが当たり前かつ正確・公正であると考えている。もっともこのあたりの議論は、ここで止めておこう。

漂泊者のゆくえ

さて、やや先走りしてしまったが、ヨーロッパにおいては産業資本主義が、おそろしい速度で社会を変えていく。そのような歴史は同時期の東洋、江戸期の日本にも近世の中国大陸にも起こらなかった。たしかに貨幣経済の網の目は、すでに世界全体にはりめぐらされていたが、ヨーロッパにおいては新しい工業都市が誕生し、既存の歴史的な都市も劇的に変貌しつつあった。そんな時代に漂泊者は存在するのか。シャルル・ボードレール(一八二一〜六七)を見ておこう。

お前は知っていよう、冷たい悲惨の中で僕らを捕えるあの熱病を、見知らぬ国に寄せるあのノスタルジアを、好奇心の持つあの不安を?
(「旅への誘い」部分『パリの憂鬱』福永武彦訳　以下同じ)

第一章で見たように、決意することは意志的なものと非意志的なものとの弁証法であるが、ここでボードレールのいう「熱病」なり「ノスタルジア」なり「不安」とは、何かを決意することにおける蒙り蒙られる焦熱でろう。もっともボードレールは四十六年余の生涯にわたり、異国へと旅行する機会は稀であり、あてもなく漂泊したわけではない。彼が徘徊し凝視するのは、オスマンの都市計画によって産業資本主義にふさわしい近代都市へと変貌していくパリ、いや、そのような改革から取り残された路地裏とそこに生きる人々であった。そんなボードレールは同時代的な風景を、たとえばこのように幻視する。

大きな空は鉛色に垂れ、道もなく、芝草もなく、薊《あざみ》も蕁麻《いらくさ》も生えていない埃だらけの大平原の中を、首うなだれて歩いて行く多くの人々に出会った。／行人の一人一人は、背中に巨大な噴火獣《シメール》を載せていたが、その重量たるや小麦袋か石炭袋に、或いはまたローマ歩兵の軍装にも比較されるほどだった。／が、載せたといっても、この奇怪な獣は決して血肉の通わぬ死んだ荷物ではなかった。反対に、弾力性のある強靭なその筋肉で、人々の肩を覆いそれをぐいと締めつけていた。巨大な二つの爪が、乗物の胸に鎹《かすがい》のように喰い込んでいる。そしてこの伝説獣の獅子頭は、古代の戦士が敵手の恐怖をいやが上にも増そうとしてかぶった、あの恐ろしい軍兜にも似て、人々の額の上に慄然と据わっていた。（「人はみは幻想《シメール》を」部分『パリの憂鬱』）

この恐ろしい噴火獣《シメール》こそ、資本主義あるいは近代という時代を暗喩しているのではないか。詩人は行人の一人を呼び止めて、何処にいくつもりなのかを問う。けれど行く先はその男にも答えられない。ただ何処かへとたどり着く筈だという。

……これらの旅人のうちの一人として、自分の背中に密着し、自分の頸にぶら下がっている、この兇悪な獣に対して、何等怒りの色を見せなかった。まるでこの獣を、自分等の身体の一部分とでもみなしているようだった。疲れ切った、しかし真剣そうなどの顔にも、何等絶望の影をしるしづけているものはなかった。大空の憂愁に充ちた天蓋の下で、この空に劣らず荒寥漠とした大地の埃に足をまみらせながら、彼等は諦め切った面持でこの道を歩いて行った。永久に希望を持つべく運命に罰せられた者の諦めを持って。（以下略）

パリの夕方、工場から吐き出される労働者か、家路にいそぐ群衆からの着想なのか。いや、それならば何らかの絶望が彼等の顔に刻まれていてもおかしくはないが、それは現実的な疲労や憔悴からくるものであって、その根源たる資本主義という巨大なシステムに対して、彼等は無自覚であるしかないらしい。かかる現実に対峙しながらもボードレールは、遠い異国の甘美な風土や女たちを幻視する。

こひびとよ、わたくしの妹よ、遠いくにに行って一緒に暮らすたのしい夢を夢みませう。あなたによく似たその国で、静かに愛し合ひ、愛しながら死んでゆきませう。濁った空のしめっぽい日の光は、私の心にとって、涙の中に輝くあなたの裏切りの眼のやうに、神秘な惑はしです。

そこでは、すべてが、秩序と美しさと奢侈と平和と逸楽なのです。
（「旅への誘ひ」部分『悪の華』矢野文夫訳）

ここに謳われるのは憧れとしての漂泊、今生きているこの場所は自分たちが生きる場所ではないという、非意志的なものとしての「情動」が希求する楽園、けれど現実には夢見るしかないという変形したアルカディアであろうか。そこで愛しながら死んでゆこうとするあたりは、すでに見たウェルギリウスや、『老子』の「小国寡民」を思い出させる。

御覧！　さすらひの思ひをのせて、運河の上にねむる船を。遠い世界の果からあの船がやって来たのは、あなたの、かそかな憧れを充たすためです。夕日は、いま野を運河を町を隈なく、ひやしんす色と金色で飾るのです。世界は眠りに沈みます。熱い光の中に。

そこでは、すべてが、秩序と美しさと奢侈と平和と逸楽なのです。

かつてペトラルカやルソーは、ノモス的な都市を嫌悪して自然への憧れを語った。けれどボードレールが夢見るのは、あくまでも都市的な風景であり、漂泊を誘う船は遠い世界からやってくるが、それに乗って何処かへと旅立つことはない。前章に引用したように唐木順三『詩とデカダンス』は、日本中世の「風狂、風流は世俗を逸脱しながら直ちに自然に帰っている。自己の力を信じているのではない」とする一方、ヨーロッパ近代の「デカダンスは己の能力を信じ、己れの属している階層の高貴を信じ、逸脱に於て反って誇りを感じ、世間とは類を異にする美の世界にあることを信じた」とする。もちろんそれぞれの自然観の違いもあろうが、ボードレールが都市を呪いながらも都市を離れないのは、すでに帰るべき自然をもたなかったからではないか。どちらがより過酷なのか、より悲惨なのかと問うならばボードレールかもしれない。

オーストリアの詩人ライナー・マリア・リルケ(一八七五〜一九二六)も、自伝的小説『マルテの手記』にてパリを彷徨う。パリが生まれ故郷であるボードレールに対し、リルケはパリにおいて、漂泊者をあることを自覚する。

　そして、僕はこうして知る人もなく、自分のものとてもなく、行李一つと本箱一つとをたずさえ、ほんとうになににも興味を持たずに人世を漂泊しているのである。家もなく、古い家具もなく、犬も従えず、いったいこれはなんという生活だろう。せめて思い出でもあったら。しかし、今の世に思い出を持つ者があるだろうか。幼いころの思い出はあっても、それは地中へ埋められてしまったようである。(『マルテの手記』望月市恵訳　以下同じ)

都市には思い出が成立しない。リルケにとっての思い出となるべきほんとうの生活とは、家があり、古い家具があり、犬を従えているような生活である。つまりはポランニーのいう「居住の場であり、肉体的安全のための一条件であり、風景であり、四季である」ような土地なしに思い出は成立しえないということか。ほぼほぼ同時代を生きた井月の「五月雨や古家とき売る町はづれ」を連想させる。そんなマルテは大都市パリに人びとが集まってくるのは、生きるためではなく、死ぬためであるという。シテ島の一角をしめる大病院の前を歩きながら、そこに収容され死んでいく人間を想起する。

この立派なオテル・ディユ病院は、ひどく古い病院で、クローヴィス王のころにも数台のベッドで息がひきとられた。今は五百五十九のベッドで息をひきとっている。これはもちろん大量生産の死というほかはない。このような大量生産ではだれも悠長に入念に死んでいられないが、それは問題ではなくて、数が問題なのである。〔中略〕個性に富む死は、個性に富む生活と同じくらいまれになるだろう。ああ、今はなにもが既製品でまに合う時代である。

人間においてもっとも尊厳あるべき死も、ハイデガーのいう通りただの数値でしかない。機械制工場生産で生み出される既製品のように、無個性な死が生産されていく。そんなパリを生きている人間とは、どのような存在なのか。

現実の生活に興味を持たないために、かれらの生活はだれもいない部屋で時を刻んでいる時計のように、結びつくものを持たずむなしく過ぎてしまうなどと考えられるだろうか……。

かつてルソーはパリのノモス的社会からの離脱を決意したとき、もう時間を気にする必要はないとして時計も売ってしまった。それから約二百年後のパリにあって、土地から遊離した人間、手足をもがれてうまれてきた人間の生活とは、誰もいない部屋で時を刻んでいる時計のようであるという。それはかつてヨーロッパ中世都市の教会の鐘楼が告げたような、地域的・人間的に共有された時間ではなく、ルソーが依存したパリのノモス的社会を統制した時間でさえもない。けれど、自分いがいの誰とも共有できない時間に、どのような意味があるのか。思い出も人間性も剥ぎ取られた、ただの数値ではないか。

ボードレールやリルケは表層的には都市生活者であったが、都市がそのノモス的発展の極限に達するとき、その支配力に耐えきれず脱出・放浪する漂泊者がどうしようもなく現れるのかもしれない。そんな例として、ルイ・フェルディナン・セリーヌ(一八九四〜一九六一)を見ておこう。漂泊するべき場所を失った時代にあって、『夜の果てへの旅』の主人公が赴くのは、戦場であったりアフリカの植民地であったりと、地獄めぐりのような放浪となる。もっとも小説冒頭のパリからの離脱は、ほんの思いつきにように実行され、その後もどうして、何を求めて彷徨うのかは説明されない。アメリカへと渡り、大都市ニューヨークに遭遇するあたりで、やっとみずからの漂泊が、何からの逃避なのかを明らかにする。

おそらく慣れた連中は、この物質と商売の巣窟《そうくつ》の密集を目の前にしても、僕みたいな感慨はこれっぽっちも抱かないのでは？　このすみずみまでの無限の組織化に対しても？　この宙づりの大氾濫も、彼らの目には、たぶん、安定として映じるのだろう。ところが、僕にとっては、それは煉瓦と、廊下と、錠前と、窓口からできた、忌まわしい強制組織、巨大な、逃れようのない建築の拷問以外のなにものでもなかった。（生田耕作訳　以下同じ）

つまりは貨幣経済に支配される都市であり、歴史的都市をオスマンが強引に改良したパリと比較するに、ハドソン川河口の湿地に建設されたニューヨークは、純粋培養された貨幣経済の化身とでも呼ぶべき都市であろう。戦場やアフリカ植民地の過酷さにも耐えてきた主人公でさえ、その圧倒的なノモスの強制と支配とには耐えられない。やはり逃げるしかないのか。ともかく出発しなければならない。

列車が駅にはいった、機関車を見たとたん、僕はもう自分の冒険に自信がなくなった。僕はやせこけた体にあるだけの勇気をふるってモリーに接吻した。こんどばかりは、苦痛を、真の苦痛を覚えた、みんなに対して、自分に対して、彼女に対して、すべての人間に対して。

僕が一生通じてさがし求めるものは、たぶんこれなのだ、ただこれだけなのだ。つまり生命の実感を味わうための身を切るような悲しみ。

この「生命の実感を味わうための身を切るような悲しみ」は、本稿で見てきた漂泊者すべてに通底するのではないか。何故ならば漂泊者は漂泊することでしか、生命を実感することができないらしい。西行の「命なりけり」の絶唱も、惟然の「はいりかねてや蛇の穴」も、山頭火の「まっすぐな道でさみしい」も、この「身を切るような悲しみ」と無縁ではなかろう。そのような「出来事」の悲惨さについて本稿はふかく問わずにきたが、ふたたびボードレールにも、このようにある。

僕は知る、苦悩こそ唯一の高貴なもの（「祝福」部分『悪の華』福永武彦訳）

この苦悩こそ、リクールのいう意志的なものと非意志的なものとが蒙り蒙られる痛みであろう。「私は、自分自身に逆流しながら、自分が生々しい傷口のような仕方で痛いほど存在しているのを感じるのである」。けれどこの苦悩を敢えて引き受けなければ、漂泊者は自らの「高貴」、つまりは意志的なものとしての漂泊を、世界にむけて掲げることができないのかもしれない。

戦後アメリカのビートニク世代の小説家、ジャック・ケルアック（一九二二〜六九）もそんな苦悩を引き受ける。『路上』冒頭に描かれるのは、ニューヨーク発の目的地も予定もある旅行であるが、小説が進み、主人公たちが年齢を重ねるにつれ、かつて仲間だった者たちも離脱し、その旅程の痛ましさは先鋭化していく。

「ねえ、君」二人がある酒場の前に立った時ディーンがぼくにいった。「生命の街をよく見ようぜ。中国人がシカゴをうろついているぞ。なんと薄気味のわるい町だ――うぉー、それにあそこの窓んところに、大きな乳をナイトガウンからぶらさげて、大きな眼を開けて、女が下を見ているぜ。ふいー、サル、おれたちゃ行かねばならんよ、あそこへ行きつくまでは足を止められないぞ。」

「どこへ行くんだ、おい？」

「どこだか知らんが、行かにゃならない。」（福田実訳　以下同じ）

彼らが追い求める「生命の街」とは、「生命の実感を味わう」ことのできる街であり、それが何処にあるのかわからないとしても、とにかく出かけなければならないという。リクールが言うように彼らはたしかに、「なされるべき何かが存在するような世界のうちにいる」。けれどそんな彼らは、どのような「同意すること」を見つけられるのか。小説終盤ではそれぞれに定住なり仮寓を得ることになるが、彼らにとって「同意」らしきものは、このように記述されるしかなかった。

「……いいかね、サル、正直にいって、おれはたとえどこに住んでいようと、トランクはいつもベッドの下からのぞいていて、いつでも出かけたり、おっぽりだされたりする用意ができている。おれはなんでも手放すことに決めたんだ。〔中略〕」

ぼくたちは雨の中でため息をついた。その夜はハドソン渓谷全域に雨が降っていた。海のように広い河の巨大な桟橋が雨に浸っていた。プーキープシーの古い汽船波止場もずぶ濡れになっていた。水源地の古いスプリット・ロック池も、ヴァンダーウォッカー山も雨に浸っていた。

さて、日本の近・現代に、ボードレールやリルケ、ケルアックの近親者なり末裔を見ることはできようか。山頭火や放哉には幾度も触れたが、よそよそしい近代東京に江戸の風物を探索した永井荷風や、冒頭に『漂泊者の歌』を引用した萩原朔太郎、尺八を手に虚無僧姿で放浪したニヒリスト辻潤、中原中也や村上槐多のような恐るべき子供たち、札付きのルンペン洋画家長谷川利行などが思い浮かぶ。なんとも多士済々であるが、いずれも都市内の漂泊者であろう。風狂の体現者ではあっても、唐木の定義した日本的風狂のように自然に帰ることはなかった。けれど彼らについてはすでに多く言及されているし、いや、それより本稿の枚数も、私の気力もすでに尽きかけている。とりあえずエピソードを二つあげておこう。

当時売り出し中のマルクス主義文芸評論家、平林初之輔が立って、「過激社会運動取締法案」反対の著名を提案したところ、いきなり売文社時代からの古い左翼評論家で、「近代思想」の寄稿家でもあった安成貞雄がぬくっと立ち上がって、「おい平林、いやお前らに聞くが、一体署名してどうしようってんだ。そんなもので政府がひっ込むとでも思っているのか！」とまくしたてた。

それに対し種蒔き社の側から「メンシェヴィキ！」「反革命」「分裂主義者！」などと烈しい応酬の叫びが起った。同時に、アナ派の連中は一斉にビールびんなどを持って立ち上がった。会場は忽ち騒然となり、ビールびんやコップや皿が飛び、怒号と罵声の入りまじった大混乱状態に陥った。

その時である。突然、クワックワックワッというような奇声を発して、テーブルの上に飛び上がった男がいる。小柄で、口ひげをはやした人品卑しからぬ紳士だが、この混乱の真只中を、テーブルからテーブルへと渡り歩き、手を振り足を振り、何ともいえぬ奇妙な格好で踊り廻っている。

これにはさすが、いきりたっていた連中もすっかり度胆をぬかれてしまった。みんなアッ気にとられて眺めていた……。（玉川信明『放浪のダダイスト辻潤』）

反政府集会の内輪揉めにあって辻潤は、奇妙な鳥の鳴き真似をして踊ってみせる。臨済にロバのような奴だとからかわれた普化が、ロバの鳴き真似をしてみせた逸話を想起させる。辻が『臨済録』を読んでいたのかは問題ではない。知識があることと実際に行動で示すことには、雲泥の差がある。いや、リクールが検証したように、時には目の眩むような懸崖が存在するらしい。けれど辻は咄嗟に「行動」した。反政府・反権力を掲げつつも、いじましいセクト主義に拘泥する者たちの俗物性を、一瞬にして暴いてみせたのである。呆気にとられた者たちはどう感じたのか。ただの狂人と思ったかもしれない。稀代のニヒリスト辻潤、面目躍如のエピソードであろう。

あくる日、熊谷が下宿にいると、「熊谷氏、熊谷氏！」と下からかん高い人の声がした。窓からのぞくときのう会ったばかりの長谷川利行だった。熊谷は樗牛賞作家が早々と自分を訪ねてきてくれたことに心が弾み、声を出して部屋に上がってくるように言った。

長谷川は饒舌ではなかったが、ゴッホやマチスを語り、啄木を語った。

短歌をつくる熊谷は利行が歌集を出していることを知り、いっそう利行が眩しい存在にみえた。

不意に利行が顔に渋面をつくった。熊谷がハッとして見返すと、

「長谷川はあす死ぬ。五円出せ！」

と利行が言った。

「はッ」

熊谷は反射的にポケットから五円札を出して利行に渡した。

「感謝です」

利行は顔を崩した。（吉田和正『アウトローと呼ばれた画家』）

長谷川利行はごくごく親しい知人も含め、「……氏」と他人行儀に呼ぶ。けれどその控え目な姿勢とは裏腹に、金銭的な要求は露骨であった。「市電の電車賃をかけて金を借りに行く、もらわないと癪にさわるが、そういうケチな相手から五銭でも十銭でも巻き上げるといい気持ちになる」（矢野文夫『長谷川利行』）と、嘯《うそぶ》いてもいる。利行は守銭奴であったのか。いや、そうではなかろう。あらゆる人格的な交流を金銭的要求に還元するのは、金がすべての世の中、あらゆるものが商品化される社会への精一杯の抵抗であり、たとえどれほど貧窮しようと、自らの「高貴」を死守するために編みだした処世術ではなかったか。

そんな利行は浅草山谷あたりの簡易宿泊所や救世軍施設を転々とした末、昭和十五年、三河島の路上に行き倒れる。板橋の養育院に収容されるも、持病である胃癌の治療を拒んで凄惨な最期をとげた。その直前まで知人らに草履の差し入れを頼んだのは、逃げ出して放浪するためであったろう。辻潤も晩年は極度の貧困にあえぎ、萩原朔太郎からの手紙も売って食いつないだが、第二次世界大戦も終末に近い昭和十九年、新宿下落合のアパートで餓死し、シラミの湧いた遺体として発見される。漂泊するべき世界をうしない、しかしなおも漂泊しなければいけない者たちの成れの果てであろうか。けれど彼らは最期まで、リクールの言うとおりただの「証人」ではなく、「騎士」であったように見える。

さて、そんな彼らの孤独な死から数十年、戦後の高度成長やその後の浮き沈みを経てはるかに数値化されていく日本のノモス世界に、果たして漂泊者は、なお存在し得るのか。どうにも覚束ない。けれどたとえば辻潤の長男、画文家であった辻一《まこと》は、童話風の絵本にさえノモス的社会への憎悪をひそませる。

木立ちに囲まれた草地の夜空がきれいだからとは、さてももっともらしい言い草だ。疲れているはずもない。つまりは怠けものなのだ。ゴーマンなのだ。オトカムよ、オマエは怠けものなのだ。
……怠けものだから一体どうだというのだ、本当に行きつく場所があり、本当に帰る家があるような顔つきをしろというのか……(「まどろむオトカム」部分『ひとり歩けば』)

現代社会を生きる人間、特に都市生活者は毎日のように何処かへと出かけ、また家へと帰ってくる。まさに『徒然草』が「蟻のごとくにあつまりて、東西にいそぎ、南北にわしる。高きあり、賤しきあり、老いたるあり、若きあり、行く所あり、帰る家あり」としたのと同じ風景が永遠のように繰り返され、それが当然と考えている。いや、最近では「ライフ・スタイル」も多様化しつつあるらしいが、それらが新たな「商品」ではないと言い切れるであろうか。ともかくもオトカムの「怠けもの」には、あらゆる商品化を憎悪する「無用」の匂いがする。いや、身体の奥底からどうしようもなくこみ上げてくる意志的なものとしての漂泊さえ、読みとれるような気がする。

最後にもう一例、日本戦後詩の巨星、鮎川信夫の最晩年の代表作を上げておこう。余計な解説は書かないでおきたい。

ぼくは行かない
何処にも

地上には
ぼくを破滅させるものがなくなった
行くところもなければ帰るところもない
戦争もなければ故郷もない
いのちを機械に売りとばして

男の世界は終った

うつむく影
舞台裏で物思いに沈むあわれな役者

きみがいたすべての場所から
きみがいなくなったって
この世のすべてに変りはない

あってなきがごとく
なくてあるがごとく
欄外の人生を生きてきたのだ

地べたを這いずる共生共苦の道も
やがては喪心の天に至る

忘られた種子のように

かれは実体のない都市の雲の中に住む
コカコーラの汗をうかべ
スモッグの咳をし
水銀のナミダをたらして
四十七階の痛む背骨がゆれている　（「地平線が消えた」詩集『宿恋行』より）

参考文献

本文中に引用した本、しなかった本を含め百冊をあげる。誰もが知る名著も含むが、絶版もあるのが惜しい。

『意志的なものと非意志的なもの』Ⅰ・Ⅱ・Ⅲ　ポール・リクール（1950）滝浦静雄・箱石匡行・中村文郎・竹内修身訳　紀伊國屋書店　一九九三〜九五年
『人間　この過ちやすいもの』ポール・リクール（1960）久重忠夫訳　以文社　一九七八年
『悪のシンボリズム』ポール・リクール（1960）植島啓司・佐々木陽太郎訳　渓声社　一九七七年
『悪の神話』ポール・リクール（1960）一戸とおる・佐々木陽太郎・竹沢尚一郎訳　渓声社　一九八〇年

『イタリア・ルネサンスの文化』ヤーコブ・ブルクハルト（1860）柴田治三郎訳　中央公論社　一九六六年
『世界史的考察』ヤーコブ・ブルクハルト（1905）新井靖一訳　ちくま学芸文庫　二〇〇九年
『貨幣の哲学』ゲオルク・ジンメル　著作集2、3（1900）元浜清海・居安正・向井守訳　白水社　一九七八年
『ヨーロッパ世界の誕生』アンリ・ピレンヌ（1922）増田四郎監修・中村宏・佐々木克巳訳　創文社　一九六〇年
『中世都市』アンリ・ピレンヌ（1925）佐々木克巳訳　創文社歴史学叢書　一九七一年
『儒教と道教』マックス・ウェーバー（1919）木全徳雄訳　創文社　一九七一年
『恋愛と贅沢と資本主義』ヴェルナー・ゾンバルト（1912）金森誠也訳　講談社　二〇〇〇年
『近代資本主義の起源』アンリ・セー（1926）土屋宗太郎・泉倭雄訳　創元文庫　一九五四年
『中国人の宗教』マルセル・グラネ（1922）栗本一男訳　東洋文庫
『李白』アーサー・ウェイリー（1950）小川環樹訳　岩波新書　一九七三年
『中国山水画の誕生』マイケル・サリヴァン（1962）中野美代子・杉野目康子訳　青土社　一九九五年
『歴史の都市　明日の都市』ルイス・マンフォード（1961）生田勉訳　新潮社　一九六九年
『人間　過去・未来・現在』上・下　ルイス・マンフォード（1956）久野収訳　岩波新書　一九八四年

『大転換』カール・ポラニー(1957)吉沢英成・野口建彦・長尾史郎・杉村芳美訳　東洋経済　一九七五年
『経済と文明』カール・ポラニー(1966)栗本慎一郎・端信行訳　ちくま学術文庫　一九七五年
『呪われた部分』ジョルジュ・バタイユ(1949)著作集6　生田耕作訳　二見書房　二〇〇四年
『空間の詩学』ガストン・バシュラール(1957)岩村行雄訳　白水社　一九六九年
『夢想の詩学』ガストン・バシュラール(1960)及川馥訳　白水社　一九七六年
『世界史』上・下　ウィリアム・H・マクニール(1967)増田義郎・佐々木昭夫訳　中公文庫　二〇〇八年
『経済史の理論』ジョン・R・ヒックス(1969)新保博・渡辺文夫訳　講談社学術文庫　一九九五年
『空間の経験』イーフー・トゥアン(1977)山本 浩訳 ちくま学芸文庫 一九九三年
『個人空間の誕生』イーフー・トゥアン(1982)阿部　一訳　せりか書房　一九九三年
『場所の現象学』エドワード・レルフ(1976)高野岳彦・阿部隆・石山美也子　ちくま学芸文庫　一九九九年
『ポストモダンの条件』ジャン・フランソワ・リオタール(1979)小林康夫訳　書肆風の薔薇　一九八六年
『想像の共同体』ベネディクト・アンダーソン(1983)白石　隆・白石さや訳　書籍書房早山　二〇〇七年
『近代とはいかなる時代か?』アンソニー・ギデンス(1990)松尾精文・小幡正敏訳　而立書房　一九九三年
『資本主義の世界史』ミシェル・ボー(1984)筆宝康之・勝俣　誠訳　藤原書店　一九九六年
『帝国文化主義』ジョン・トムリンソン(1991)片岡信訳　青土社　一九九七年
『新世紀末都市』ディヤン・スジック(1992)植野　糾訳　鹿島出版会　一九九四年
『資本主義リアリズム』マーク・フィッシャー(2009)セバスチャン・ブロイ・河南瑠莉訳　堀之内出版　二〇一八年
『文明』ニーアル・ファーガソン(2011)仙名紀訳　勁草書房　二〇一二年

『支那思想と日本』津田左右吉　岩波新書　一九三八年
『禅と日本文化』鈴木大拙　岩波新書　一九四〇年
『日本思想史に於ける宗教的自然観の展開』家永三郎　斎藤書店　一九四七年
『新訂　日本文化と仏教』辻善之助　春秋社　一九五一年
『日本浄土教成立史の研究』井上光貞　山川出版社　一九五六年
『東洋人の思惟方法』Ⅰ、Ⅱ、Ⅲ　中村元　春秋社　一九六二年

『中国思想史』小島祐馬　創文社　一九六八年
『日本中世史』原勝郎　東洋文庫　一九六九年
『孔子伝』白川静　中公叢書　一九七二年
『アジア史概説』宮崎市定　中公文庫　一九八七年
『中国史』上・下　宮崎市定　岩波文庫　二〇一五年
『老子・荘子』森美樹三郎　講談社学術文庫　一九九四年
『老荘と仏教』森美樹三郎　講談社学術文庫　二〇〇三年
『鴨長明』冨倉徳次郎　青梧堂　一九四二年
『卜部兼好』冨倉徳次郎　吉川弘文館　一九六四年
『禅と茶の文化』吉田紹欽　読売選書　一九六〇年
『詩とデカダンス』唐木順三　創文社　一九五二年
『中世の文学』唐木順三　筑摩書房　一九五三年
『無用者の系譜』唐木順三　筑摩叢書　一九五四年
『無常』唐木順三　筑摩書房　一九六四年
『宗教的人間』前田利鎌　雪華社　一九七〇年
『中世草庵の文学』石田吉貞　北沢図書出版　一九七〇年
『隠者の文学』石田吉貞　講談社学術文庫　二〇〇一年
『無常感の文学』小林智昭　弘文堂　一九六五年
『西行と兼好』風巻景次郎　角川選書　一九六九年
『俳人風狂列伝』石川桂郎　角川選書　一九七四年
『西行　長明　兼好　草庵文学の系譜』久保田淳　明治書院　一九七九年
『漂泊　日本的心性の始原』中西進　毎日新聞社　一九七八年
『狂の精神史』中西進　講談社　一九七八年
『花鳥の使い』尼ヶ崎彬　勁草書房　一九八三年
『漂泊』目崎徳衛　角川選書　一九七五年

『西行』目崎徳衛　吉川弘文館　一九八〇年
『数寄と無常』目崎徳衛　吉川弘文館　一九八八年
『芭蕉のなかの西行』目崎徳衛　角川選書　一九九一年
『西行論』吉本隆明　講談社文芸文庫　一九九〇年
『江戸文学の詩と真実』野口武彦　中央公論社　一九七一年
『荻生徂徠』野口武彦　中公新書　二〇一一年
『風狂　日本文学における美と情念の流れ』森本和夫　現代思潮社　一九七三年
『狂気の系譜』村岡空　現代ジャーナリズム出版会　一九七七年
『芭蕉』安藤次男　中公文庫　一九七九年
『木枕の垢』安藤次男　講談社　一九八一年
『放浪の俳人　山頭火』村上護　講談社　一九八八年
『放哉評伝』村上護　春陽堂　二〇〇二年
『日本社会の歴史』上・中・下　網野善彦　岩波新書　一九九七年
『日本の中世に何が起きたか』網野善彦　角川ソフィア文庫　二〇一七年
『ポール・リクールの思想　意味の探求』杉村靖彦　創文社　一九九八年
『乞食・路通』正津勉　作品社　二〇一六年
『俳人惟然の研究』鈴木重雄　俳書堂　一九二三年
『風羅念仏にさまよう』沢木美子　翰林書房　一九九九年
『江戸の思想史』田尻祐一郎　中公新書　二〇一一年
『死者たちの回廊』小池寿子　福武書店　一九九〇年
『中国都市史』斯波義信　東京大学出版会　二〇〇二年
『無門関を読む』秋月龍珉　講談社学術文庫　二〇〇二年
『世界史序説』岡本隆司　ちくま新書　二〇一八年
『王法と仏法』黒田俊雄　法蔵館文庫　二〇二〇年

あとがき

書店で一冊の本を手にとり、買って読もうかと迷ったとき、あとがきを読んで判断する人がいるらしい。そんな読書人にために書くならば、本書があつかった諸分野において、私はどのような意味でも専門家ではない。論文を書いて博士号を得したり、学会に所属したり、どこかで教鞭をとる人間ではない。本書はあくまでも、私じしんの気まぐれかつ楽観的な探索心のおもむくままに、日本古典文学、現代哲学、中国大陸思想、漢詩文学、都市論、経済史などを渉猟した結果であり、いわゆる学術的な緻密さを期待する読者には不向きであろう。もっとも本書があつかった諸テーマについて、それぞれの分野の専門家・研究者がすでに究明しているのであれば、私などが生業の余白をやりくりし、五里霧中にまよいこむ必要はなかったとも言えよう。実際、本書には五年を要した。すでに老境にあるらしい人間にとって、短い時間ではない。

多少の種明かしをするならば、「漂泊」なり「漂泊者」というテーマは、私が『生きられる都市を求めて』(彩流社　二〇一六年)および『〈狭さ〉の美学』(同　二〇一七年)にて足早にあつかったテーマの延長線上にあり、結果的にはこの二冊にて書き漏らした宿題のようなものである。その意味では筆を置いた今、それなりの達成感を得ている。

本文中に引用した日本古典文学や漢詩など、学術上の一般的な解釈とは甚だしく異なる箇所も多々あり、それ以前に一般的な解釈を探せないものもあった。現代語訳を探せないものを、恥ずかしながら私訳したりもした。もろもろ究明つくせていない部分や精確性を欠く箇所、参照した論説の古さ、あるいは基本的な謬り、凡ミスについてはそれぞれの分野の専門家の指摘を待ちたいが、これまでの私の本がほぼ例外なくそうであったように、今回も専門分野には素通りされるのではないか。

第三章では多くの西洋文学を参照しているが、原書ではなくすべて翻訳本を頼りにした。この一点だけからしても、私が専門家である筈はない。しかしながら多くのすぐれた翻訳によって、ギリシアやローマ古典文学のすばらしさを味わい、ペトラルカやルソーの苦悩など手にとるように読むことができた。日本語で読み書きする者にのみ享受できる特権であろう。

最後になるが今回も草稿の段階にて、国際政治学者で、城西国際大学国際人文学部教授の飯倉章氏に、おおくの助言をいただいた。かつて大学で一年先輩であった同氏も私と同じく老境にさしかかっているが、今後もこのコンビを続けていきたく、この場をかりてお願いしておく。また彩流社の河野和憲氏には、今回も原稿持ち込みから出版に至るまで、ご配慮とご厚誼をいただいた。

【著者】 近藤祐 （こんどう・ゆう）

1958年東京生まれ。文筆家。一級建築士。慶應義塾大学経済学部卒業。アパレル企業企画部に勤務後、設計事務所での勤務を経て独立、建築デザイン事務所を主宰。著書には『物語としてのアパート』『洋画家たちの東京』『脳病院をめぐる人びと』『生きられる都市を求めて』『〈狭さ〉の美学』『呑川のすべて』（すべて彩流社刊）等がある。

Sairyusha

漂泊者《ひょうはくしゃ》の身体《しんたい》

二〇二四年四月二十日　初版第一刷

著者――近藤祐
発行者――河野和憲
発行所――株式会社 彩流社
〒101-0051
東京都千代田区神田神保町3-10大行ビル6階
電話：03-3234-5931
ファックス：03-3234-5932
E-mail：sairyusha@sairyusha.co.jp
印刷――明和印刷（株）
製本――（株）村上製本所
装丁――中山銀士＋金子暁仁

ISBN978-4-7791-2966-7 C0095
https://www.sairyusha.co.jp

【彩流社の海外文学】

魔宴

モーリス・サックス 著
大野露井 訳

瀟洒と放蕩の間隙に産み落とされた、ある作家の自省的伝記小説、本邦初訳！ ジャン・コクトー、アンドレ・ジッドを始め、数多の著名人と深い関係を持ったサックス。二十世紀初頭のフランスの芸術家達が生き生きと描かれる。

（四六判上製・税込三九六〇円）

蛇座

ジャン・ジオノ 著
山本省 訳

ジオノ最大の関心事であった、羊と羊飼いを扱う『蛇座 Le serpent d'étoiles』、そして彼が生まれ育った町について愛着をこめて書いた『高原の町マノスク Manosque-des-Plateaux』を収める。

（四六判並製・税込三三〇〇円）